www.tredition.de

AF177101

Thorsten Lipinski

Imperium Humanum - Das Reich der Menschen

www.tredition.de

© 2018 Thorsten Lipinski
Umschlaggestaltung: ©Juliane Schneeweiss,
                www.juiliane-schneeweiss.com
Bildmaterial: © depositphotos.com, shutterstock.com

Verlag und Druck: tredition GmbH, Hamburg

ISBN
Paperback: 978-3-7469-5450-9
Hardcover: 978-3-7469-5451-6
e-Book: 978-3-7469-5452-3

Zur Erinnerung an meinen Vater
Für meine Mutter

Mit dank an Anja, Elena und Marc

I

Das also war der Mensch

Als ich zum ersten Mal Bewusstsein erlangte, war diese Welt noch jung. Alles war neu, unberührt von menschlicher Geschichte, jungfräulich. Die Luft roch frisch und war erfüllt mit Hoffnung.

Meine Gliedmaßen bewegten sich unter meinem Befehl; hilflos erst. Dann, nach kurzer Zeit, erlangte ich volle Kontrolle. Meine Hände gruben sich in den Boden, auf dem ich rücklings lag.

Zögerlich öffnete ich die Lider. Brennendes Licht traf auf meine Netzhaut und bereitete mir leichte Kopfschmerzen. Bis ich den blauen Himmel über mir endlich klar erkennen konnte, vergingen einige Minuten. Fasziniert lag ich still und beobachtete die über das Firmament ziehenden Wolkenberge.

Verwirrt, innerlich aufgewühlt, lag ich weiterhin auf dem Boden. Bis plötzlich ein neuer Impuls Form in meinen Gedanken annahm. Ich konzentrierte mich darauf aufzustehen. Nach einigen Anläufen gelang es mir, mich aus einer knienden Position heraus aufzurichten. Ich bewegte meinen Kopf von rechts nach links und zurück, begierig meine Umgebung aufnehmend. Ich war in einem Wald. Auf einer Lichtung. Beide Begriffe waren mir *vor* diesem Gedanken unbekannt gewesen. Außerdem stellte ich fest, dass die

Sonne warm auf meine Haut schien, und dass der Wind durch mein Haar strich. Warum ich mich in dieser neuen Welt so schnell zurecht finden konnte, blieb mir vorerst ein Rätsel. Aber schon bald sollte ich nicht mehr nach der Quelle meines Wissens suchen, sondern sie als sprudelnde Inspiration akzeptieren und schätzen lernen.

Ich bewegte die Muskeln meiner Beine und tat ein paar Schritte. Es fühlte sich gut an. Ein Bedürfnis mich weiter zu bewegen trieb mich voran bis an den Rand des Waldes. Auf meiner Haut spürte ich den Temperaturunterschied als ich in den Schatten der Bäume trat. Dieses Mal dauerte es nur ein paar Sekunden bis meine Augen sich an die veränderten Lichtverhältnisse gewöhnten. Trockenes Gras bedeckte den Boden zwischen den grau und grimmig aufragenden Stämmen. In einiger Entfernung hörte ich das Plätschern von Wasser. Ich zuckte die Schultern und spürte dann … Durst. Ja, ich hatte Durst. Entschlossen richteten sich meine Schritte raschelnd der Richtung zu, aus der das Geräusch kam. Mich durch Unterholz kämpfend erreichte ich einen Bach, der sich in einen kleinen See ergoss. Ich folgte dem Ufer bis zu einer kleinen Sandfläche, wo ich mich dem Wasser vorsichtig näherte. Fische huschten davon in die Tiefe, als ich mich über die Oberfläche beugte, um mit meinen Händen die begehrte Flüssigkeit zu schöpfen. Das Wasser schmeckte köstlich und schien mich wacher zu machen. Eine Weile hockte ich am Ufer und genoss mit geschlossenen Lidern den seichten Wind auf meiner Haut. Als ich gerade weiterwandern wollte, fiel mein Blick auf die ruhige Wasseroberfläche. Erstaunt erstarrte ich, ging am Ufer auf die Knie und blickte hinab: Das also war der Mensch.

In der Spiegelung sah ich über meinem beharrten Brustkorb ein eindrucksvolles Gesicht. Die Nase etwas geplättet, ragte dennoch über die vollen Lippen hinaus. Das Kinn, ebenfalls beharrt, schob sich stolz nach vorn. Und unter der leicht gerunzelten Stirn lagen die Augen. Sie blickten mir verwundert und neugierig entgegen. Was für ein schönes Antlitz!, dachte ich.

Gefesselt betrachtete ich mein Gesicht, als mein feines Gehör mich warnte. Gefahr äußerte sich als ein Rascheln, das sich mir durchs Unterholz entlang des Uferstreifens, näherte. Hastig sah ich mich nach einer Deckung um. Aber mit dem See im Rücken und dem Unterholz des nahen Waldes, in dem die Gefahr lauerte, blieb mir keine Möglichkeit. Ich musste mich dem vor mir liegenden stellen.

Der Atem stockte mir als ein Raubtier mit schwarzem Fell, nach vorn gestreckten Krallen und weit geöffnetem, zahnbewehrten Maul aus dem Gebüsch auf mich zu schnellte. Ich schrie.

Und erwachte. Träume aus meiner Vergangenheit waren nicht unüblich, irritierten mich aber trotzdem immer wieder aufs Neue. Ich streckte die Muskeln. Es war lange her, dass ich sie noch benutzt hatte. Und mit dieser Frage kam von meinem Erinnerungsspeicher auch gleich die Antwort: Ich hatte mehr als fünfhundert Jahre kein Bewusstsein mehr gehabt. Das war nicht außergewöhnlich lang, sondern entsprach durchaus dem Durchschnitt. Ich erhob mich von meiner Liege und blieb vornübergebeugt am Rand sitzen, den Kopf mit den Händen stützend. Mein Speicher lieferte mir die nötigen Informationen. Ich befand mich in der Station auf Kreta. Also an einem Ort, den ich seit gut dreitausend Jahren nicht mehr besucht hatte. Der Körper, den ich nun als meinen eigenen empfand, war dahingegen erst vor wenigen Wochen gezüchtet worden. Er entsprach der entsprechenden Periode. Ich blickte an meiner behaarten Brust hinab auf meine baumelnden Füße, während kleine schwebende Maschinen Schläuche und Elektroden entfernten. Sie surrten um mich herum wie ein Bienenschwarm.

Weiterhin gab mir der Speicher eine kurze Beschreibung der herrschenden Verhältnisse auf der Mittelmeerinsel etwa zweihundert Meter über mir. Später sollten die Menschen diese Zeit die Minoische Periode nennen. Und das Jahr würde als 1444 vor unserer Zeitrechnung in ihre Geschichtsbücher eingegangen sein.

Ich atmete tief durch und entspannte mich. Welche Gefahren konnten schon in dieser Epoche auf mich warten? Ich ahnte ja noch nicht, dass mir dieses Mal eine besondere Aufgabe zukam.

Im Lift nach oben meldete sich mein Erinnerungsspeicher. Die bevorstehende Mission hatte keine - wie üblich - korrigierende Komponente, sondern basierte auf einem echten Notfall. Ein Mensch hatte Teile einer Station im afrikanischen Libyen, die nach einem Erdbeben an die Oberfläche gekommen waren, gefunden und wollte damit nach Kreta an den Hof des Königs reisen.

In einigen Tagen würde er in Kommos ankommen. Dort sollte er aufgehalten werden. Auf keinen Fall durfte das außerirdische Artefakt in die Hände eines Monarchen gelangen, der vielleicht die Mittel hatte, seinen Sinn und Zweck zu erkunden. Zumal ereignisreiche Wochen und Monate bevorstanden. Dies hatte mir zumindest mein Speicher mitgeteilt. Der Zugriff sollte in der Hafenstadt im Süden in zehn Tagen zur Zeit der Initiationsrituale erfolgen. Langsam kam der Lift zum Stehen. Die Tür öffnete sich, und ich wurde von grellem Tageslicht geblendet.

Der Weg aus den Bergen hinunter zur Küste war mühsam und nahm einige Tage in Anspruch. Unterwegs in den Schluchten und an den seichteren, mit Pinien und Eichen spärlich bewachsenen Hängen, begegnete mir kein Mensch, nur hin und wieder eine Herde Ziegen, die meckernd Reißaus nahmen, sobald sie mich entdeckten. Erst in der Nähe eines Dorfes, das gebückt unter einer steilen Felswand am Rande des Meeres lag, beobachtete ich Menschen.

Es handelte sich um eine kleine Gruppe barbusiger Mädchen, die scherzend und lachend einen kleinen Pfad benutzten, der sie nach Kommos führen sollte. Sie waren so miteinander beschäftigt, dass ich hinter einem Dornengestrüpp am Wegesrand gar nicht auffiel. Um den Hals an einer Kette trugen sie eine große Muschel, die über den nackten Brüsten baumelte. Als sich ihre hellen Stimmen hinter einer Biegung des Pfades verloren hatten, wagte ich mich aus meinem Versteck hinaus.

Die jungen Frauen mit ihren bunten Röcken und den zu einem Geflechtturm gezwungenen Haaren, welche von roten und blauen Bändern zusammengehalten wurden, waren auf dem Weg zu einem Ritual, wie mein Erinnerungsspeicher mir meldete.

Nur gut, dass sie mich nicht bemerkt hatten, denn kein Mann durfte sich ihnen entgegen stellen. Das war ein Tabu in der Gesellschaft dieser Zeit. Der Aufbruch und die Ankunft der Frauen waren bis auf die Stunde des Tages genau geplant. Jeder wusste also, dass sie unterwegs waren. Und Männer mussten sich von ihnen fern halten.

Noch einmal Glück gehabt, dachte ich erleichtert und setzte meine Wanderung fort, hielt mich dabei aber etwas abseits des Pfades.

Der Rest der Nacht verlief ereignislos, sah man von gelegentlichem Wolfsgeheul einmal ab. Im ersten Licht des Tages erblickte ich Kommos in einem schmalen Tal, das sich dem Meer zuneigte, unter mir. Von hier aus führte der Pfad in Schlangenlinien hinab in die Siedlung, die wohl aus mehr als hundert Häusern bestehen mochte. Inmitten der Wohnsiedlung befand sich ein kleiner Palast, der mein Ziel war.

Ich folgte dem Pfad hinab bis ich die ersten geduckten Häuser aus rauem Naturstein erreichte. Es war noch still auf der Gasse. Nur die Vögel gaben sich größte Mühe, einander zu übertönen.

Aber durch die Fenster brach schon das Flackern der ersten Öllampen. Schließlich war heute ein besonderer Tag, der viele Menschen aus der Umgebung zu den bevorstehenden Feierlichkeiten zu Ehren der großen Göttin locken sollte. Eine gute Kulisse also, um mich so unauffällig wie möglich zu bewegen.

Auf der Agora, dem Zentrum von Kommos, wurden die letzten Vorbereitungen getroffen. An der Bühne in der Mitte des mit roten Säulen umrandeten Platzes wurden letzte Pflanzen und Muscheln zur Verzierung angebracht, während der Tag begann, den Himmel zu erobern.

Die barbusigen Frauen warteten zu dieser Zeit in einem kleinen Haus in der Nähe auf ihren großen Auftritt. Dieser Moment schien mir geeignet, mich den rot gestrichenen Palastmauern ungesehen zu nähern.

Dort erwartete mich in den letzten verbliebenen Schatten der Nacht eine Gestalt. Es konnte sich nur um Inanna handeln, die ich hier zur vereinbarten Stunde treffen sollte. Ich drückte mich neben die Gestalt an die kühle Mauer.

„Endlich", raunte mir eine junge, weibliche Stimme zu. „Du bist beinahe fünf Minuten zu spät."

„Ich wurde aufgehalten", erwiderte ich. Eine weitere Erklärung schien mir nicht erforderlich.

„Also los", sagte Inanna und brachte einen Gegenstand hervor, der kurz im Dunkeln aufblitzte. Es gab ein kurzes, surrendes Geräusch, gefolgt von einem leisen Klicken. Bevor ich mich versah war sie an einem hauchdünnen Seil die Mauer emporgeschnellt. Auch ich hakte mich ein und wurde blitzschnell hinauf gezogen.

Auf der Mauer konnte ich einen Blick auf das Gesicht meiner Begleiterin werfen, während sie das Seil entfernte. Schwarzes, kurz geschnittenes Haar stand über einem strengen Gesicht mit breiten Augenbrauen und dunklen, braunen Augen. Durchaus hübsch für einen Menschen, dachte ich, obwohl sie genauso wenig menschlich war wie ich.

„Dort ist ein gutes Versteck!", flüsterte sie, nachdem wir die Mauer lautlos hinab geklettert waren. Sie deutete auf eine Nische hinter einer Reihe weinroter Säulen neben dem imposanten Tor, welches Zugang zum Palast gab. Im Moment war es noch geschlossen.

Wir wussten aber beide, während wir in unserem Versteck warteten, dass sich die Ereignisse schon bald überschlagen würden. Ich lauschte den geregelten Atemzügen Inannas dicht an meiner Seite. Die Versuchung sie zu berühren, sie zu küssen, war groß, aber ich war pflichtbewusst genug, um mich nun voll und ganz auf die bevorstehende Aufgabe zu konzentrieren. Viel hing von mir und Inanna ab.

Dann, von einer Minute zur anderen erwachte der Palast. Menschen mit brauner Haut und gekleidet in farbigen Gewändern strömten in den Hof des Palastes und bildeten eine Gasse zum Tor, welches von zwei mit Speeren bewaffneten Wachen geöffnet wurde. Die Menge im Hof stimmte einen mitreißenden Gesang an, der in lauten Jubel überging, als ungefähr zwanzig barbusige Mädchen durch das Tor hindurch schreitend die Menschengasse betraten. Hinter ihnen folgte eine Menschenmasse, die jeden noch verbliebenen Platz im Hof füllte.

„Ich habe unsere Zielperson ausgemacht", wisperte Inanna mir ins Ohr, während ihr Blick ins Nichts ging. Auch mein Hirn empfing ein starkes Signal, das aus der Menge im Palasthof kam.

„Jetzt!", sagte ich und trat aus unserem Versteck in die Menschenmenge. Niemand beachtete uns als wir uns durch die jubelnden Männer und Frauen drängelten. Unser Ziel war bald erreicht. Es handelte sich um einen kleinen Mann in der Kleidung eines Geschäftsmannes. Um die Schulter, an einem Lederriemen, trug er einen geflochtenen Sack.

Gerade jedoch als Inanna dem Mann den Beutel entreißen wollte, drehte dieser sich um und blickte uns erschrocken an.

„Kleftis!", rief er laut aus. Sofort wurden die Umstehenden aufmerksam und bildeten einen Kreis um uns. Erst jetzt schien ihnen aufzufallen, dass wir irgendwie fremd wirkten. Und das obwohl wir die *richtige* Kleidung trugen. Es dauerte nur einige Sekunden, dann wandte sich die Menge mit lautem Geschrei gegen uns.

„Komme dicht an mich heran", rief meine Begleiterin über den Lärm hinweg. Ich tat wie geheißen.

Ein grelles Licht blendete mich. Das Geschrei der Menschen wurde hysterisch, und ich spürte wie ich am Arm fortgezogen wurde. Dann gab es einen Knall, und Rauch nahm mir die gerade wiedergewonnene Sicht. Ich gab es auf, den Ereignissen mit meinen Sinnen zu folgen und konzentrierte mich darauf, die ziehende Hand meiner Partnerin nicht zu verlieren.

Wir waren wohl aus dem Palast hinaus gelangt, denn es wurde plötzlich stiller. Meine vertränten Augen sahen verschwommen eine schmale Gasse, die auf ein Feld hinauslief. Wir rannten.

Kurz darauf erreichten wir einen kleinen Pinienhain und konnten ein wenig verschnaufen. Unser Geist mochte unsterblich und allen anderen auf diesem Planeten überlegen sein, aber er steckte in einer fleischlichen Hülle, und wir waren völlig außer Atem.

Als ich wieder Luft bekam, wischte ich mir die Tränen aus den Augen und betrachtete meine Begleiterin, die mit einem breiten Grinsen vor mir stand. Sie hob den rechten Arm und zeigte mir, was sie in der Hand hielt. Sie hatte den Beutel des Händlers tatsächlich stehlen können.

„Das lief nicht wie geplant! Aber wir haben den Job erledigt!"

„Es gibt immer wieder Unregelmäßigkeiten in den Zeitberechnungen", erwiderte ich, noch immer ein wenig keuchend. „Dafür werden wir schließlich trainiert."

„Hm, hm", machte Inanna. „Gut, dass wir heute so glimpflich davon gekommen sind." Ich hatte keine Lust darauf einzugehen, erkundigte mich stattdessen:

„Haben wir bekommen, wofür man uns erweckt hat?"

Inanna kramte aus dem Beutel einen tropfenförmigen, silbernen Gegenstand hervor und hielt ihn triumphierend hoch.

„Ja!"

„Dann ist also alles zum Besten", sagte ich.

„Vorläufig!"

Inanna wirkte plötzlich sehr nachdenklich, so dass ich mich zu fragen veranlasst sah:

„Was meinst du damit?"

„Das intelligente Leben auf diesem Planten organisiert sich immer komplexer. Es ist nur eine Frage der Zeit bis sie den großen Plan in Gefahr bringen."

Ich lachte ihre Sorge weg. Und entgegnete mit ironischem Ton in der Stimme: „Wir werden immer die wahren Herrscher dieses Planten bleiben!"

„Vielleicht hast du recht", sagte Inanna. Sie blickte mir tief in die Augen.

Auf Hoher See, tief im Walde

Es war ein herrlicher Tag. Nur wenige Flockenwolken trieben über den strahlend blauen Himmel. Ich legte den Kopf in den Nacken und nahm einen tiefen Zug der frischen Seeluft.

„Alle Mast- und Focksegel setzen", brüllte der Quartermeister Pedro Luca über mir auf der Brücke. „Wir haben besten Wind! Steuer zehn Grad Luv." Sofort machten sich die Matrosen auf zu den Wanten. Ich beobachtete wie sie flink in die Takelage hinaufkletterten, teils zwischen Stagen und Tuch verschwindend, bis nach einer Weile alle Segel im Wind flatterten. Der Bug unseres Schiffes zerschnitt kleine Wellen, nur wenig Gischt erreichte das Deck. Wir machten tatsächlich gute Fahrt, wie Kapitän de Torres es in den letzten Tagen vorausgesagt hatte. Wenn uns das Wetter weiter günstig war, konnten wir schon in etwas mehr als einer Woche den Zielhafen erreichen: Puerto Cabezas in Nicaragua.

Ich schritt über das Deck zum Vormast und genoss den herrlichen Tag. Meine letzte Erweckung lag mehr als zweihundert Jahre in der Vergangenheit. Mich dürstete geradezu nach Leben. Ob es daran lag, dass mein Avatar, mein eigens für die Mission gezüchteter Gastkörper, dieses Mal sehr jung war, oder daran, dass ich nach all den Jahrtausenden begann, menschlich zu werden, war mir in diesem Moment egal. Alles fühlte sich leicht und beschwingt an. Ich hatte wahrscheinlich einfach nur gelernt, die Gegenwart zu schätzen.

Eine Hand auf meiner Schulter riss mich aus meinen Tagträumen. Ich wandte mich so schnell um, das Kapitän de Torres erschrocken einen Schritt zurückwich. Aber sofort hatte er sich wieder unter Kontrolle und zeigte mir sein freundlichstes Lächeln.

„Guten Tag wünsche ich!"

Ich nickte ihm zu. Und de Torres fuhr fort:

„Ich will mich nicht aufdrängen, aber die Kosten der Überfahrt sind noch nicht ganz beglichen, mein Herr!"

Das also war seine Sorge.

„Sie bekommen den Rest der Summe bei Ankunft in Puerto Cabezas, wie vereinbart, Kapitän de Torres."

„Ich kann mich an eine solche Vereinbarung nicht so recht erinnern", erwiderte er mit künstlicher Autorität. De Torres schien Respekt vor mir zu haben. Ich strahlte Sicherheit aus und eine gewisse Autorität, sicher. Aber dass ein Haudegen zur See wie er eine solche Ehrfurcht entwickelt hatte, musste irgendwo anders seine Ursache haben. Ich konnte jedoch im Moment nicht erkennen, was in ihm vorging.

Ich trat einen Schritt vor. Mein Kopf überragte den seinen um einige Zentimeter.

„Vielleicht muss ich Euer Gedächtnis auffrischen."

Er biss sich auf die Lippe, schien nachzudenken, abzuwägen.

„Nein, das wird nicht nötig sein. Ich vertraue Euch!"

Dann lächelte er, und ich bemerkte, dass es ihm große Mühe bereitete.

„Einen schönen Tag wünsche ich dem Herrn!"

„Bis später, Kapitän de Torres!"

Er ging davon, schaute sich aber noch ein letztes Mal zu mir um. Der Mann blieb mir ein Rätsel. Er musste doch wissen, dass unser Vertrag durchaus üblich war. Warum verlangte er nun plötzlich die Gesamtsumme? Warum bangte er um seinen Gewinn? Und wieso trat er mir ständig mit diesem kaum verhohlenem Respekt entgegen?

Vor meiner Einschiffung in Havanna waren wir uns noch nie begegnet. Seitdem hatte de Torres nichts von mir erfahren. Vielleicht machte ihn gerade das nervös, obwohl viele Reisende in dieser Weltgegend zu dieser Zeit nicht gerade schwatzhaft waren. Oftmals gab es einen Schatz oder ein Geheimnis zu waren. Es waren eben raue Zeiten.

Es half aber nichts mir mein Gehirn *und* meine Zusatzgehirne zu zermartern. Ich hatte einfach zu wenig Informationen.

In diesen Gedanken versunken, hatten mich meine Beine inzwischen zum Heck am Quarterdeck geführt. Ein Matrose im Ausguck begrüßte mich brummend und spuckte dann seinen ausgelutschten Kautabak über Bord. Der wachhabende Steuermann würdigte mich keines Blickes. Mir sollte es recht sein. Ich ging zur Reling und betrachtete das Meer.

Plötzlich sah ich etwas in den Wellenbergen unmittelbar unter dem deutlich sichtbaren Horizont aufblitzen. Zuerst hielt ich es für eine Reflexion der Sonne auf dem Wasser, aber dann tauchte für eine Sekunde etwas auf. Ich meinte einen Mast erkannt zu haben.

Ich wandte mich an den Matrosen, der sich inzwischen ein neues Stück Kautabak zwischen die braunen Zähne geschoben hatte.

„Welches Schiff fährt in unserem Fahrwasser, Maat?"

Er sah mich aus blutunterlaufenen Augen an. Keinen Ausdruck in seinem Ledergesicht.

„Was für ein Schiff meinen der Herr?"

Ich deutet auf die Stelle, an der ich den Mast gesehen hatte.

„Dort!"

Der Matrose hob widerwillig sein Fernrohr ans Auge und sah hinaus auf See. Nach einer Weile grunzte er und gab mir das Fernrohr.

„Wenn Eure Augen geschulter sind ..."

Ich nahm das Gerät an und putzte die Linsen mit meinen Hemdaufschlägen bevor ich hindurchblickte. Es gab tatsächlich nichts zu sehen.

Ich wiederholte den Eindruck, das Gesehene in meinem Extra-Gehirn, und alle Zweifel wurden davon gefegt. Der Mast eines anderen Schiffes war deutlich erkennbar gewesen. Ich hatte mich nicht geirrt. Aber nun war es verschwunden. Wollte sich jemand verstecken oder war alles nur ein Zufall? Ich konnte nichts tun als abwarten. Oder zumindest sehen, was ich aus de Torres heraus bekommen konnte.

Vielleicht waren beide Ereignisse – das merkwürdige Verhalten des Kapitäns und das verfolgende Schiff – ja sogar miteinander verknüpft.

Ich stieg die Treppe hinunter zum Hauptdeck und betrat, nachdem ich angeklopft hatte, die Kajüte des Kapitäns. De Torres stand hinter seinem Kartentisch und blickte mir erstaunt, ja fast ängstlich, entgegen.

„Was wünschen Sie?"

Ohne zu antworten trat ich an ihn heran und sagte:

„Was verschweigen Sie mir, Kapitän?"

De Torres hob seine Hände, trat einen Schritt zurück.

„Ich weiß nicht, wovon Sie sprechen."

„Sehen Sie, Kapitän", meinte ich mit ernster Stimme, während ich mich ihm bis auf zwei Nasenspitzen näherte. „Wir beide wissen, dass Sie mir etwas verheimlichen. Wir können uns viel Zeit sparen, wenn sie ehrlich zu mir sind … Wer steuert das Schiff, das uns verfolgt?"

Er starrte mich entgeistert an. Dann gab er sich wohl einen Ruck und erwiderte, den Blick zu Boden gesenkt:

„Ich habe wirklich keine Ahnung … Ich befürchte, dass es sich um Piraten handelt."

„Was bringt Sie auf diese Idee?"

Ich zog mir einen Stuhl heran und setzte mich, deutete auf einen zweiten Stuhl hinter dem Kartentisch. De Torres setzte sich ebenfalls. Dass er meinem dreisten Auftreten nichts entgegen setzte, bewies mir zwei Dinge: Er hielt mich für mächtiger als ich war, und er hatte Angst.

„Erlauben Sie mir eine Gegenfrage, Herr Enki."

Ich nickte ihm auffordernd zu.

„Sind Sie ein Pirat?"

Innerlich spürte ich ein Schmunzeln kribbeln, äußerlich blieb ich kalt wie Eis. „Nein! Noch einmal: Was bringt Sie zu dieser Vermutung?" Er rieb sich mit der Hand über den Mund, meinte dann:

„Nun, gut. Vielleicht sollte ich mich Ihnen endlich anvertrauen. Sie strahlen eine gewisse … Autorität aus." Ich sagte nichts, um seinen Redefluss nicht zu unterbrechen.

„Bevor wir aus Havanna ausliefen, bemerkte ich eine seltsame Frau, die mich beschattete. Sie war sehr geübt darin, und nur ein Zufall machte mich auf Sie aufmerksam. Es gelang mir nicht, sie zur Rede zu stellen. Sie verschwand spurlos im Gewühl der Menschen am Kai. Erst kurz bevor wir einschifften, sah ich sie wieder. Sie befand sich an Bord eines Schoners, der in unserer Nähe ankerte. Ich erwischte einen kurzen Blick auf diese Frau, dann hatte sie mich wohl bemerkt und war wieder verschwunden …

Nun, diese rätselhafte Frau mochte sich vor mir verstecken. Einem erfahrenen Seemann allerdings entgeht kein Schoner, der in seinem Fahrwasser fährt.

Der Kapitän des anderen Seglers ist ein Stümper, wenn er uns heimlich verfolgen will. Schon seit Tagen melden mir meine Rudergänger einen Zweimaster am Horizont. An Bord befindet sich diese geheimnisvolle Frau. Dessen bin ich mir sicher!

Ich habe meine Männer Ihnen gegenüber zu Schweigen verpflichtet. Ich weiß nämlich nicht, ob Sie mit dieser Frau im Bunde sind, Herr Enki."

Ich war verblüfft, ließ mir jedoch nichts anmerken.

„Ich versichere Ihnen, Kapitän de Torres, dass ich mit dieser Sache nicht das Geringste zu tun habe. Ich bin nur ein einfacher Geschäftsmann auf dem Weg zu Gesprächen mit einem wichtigen Kunden in Puerto Cabezas."

Ich war mir inzwischen ziemlich sicher, dass dies in doppelter Hinsicht gelogen war. Diese Frau verfolgte *mich*. Meine auf Logik basierende und von Computern gestützte Intuition hatte mich in der Vergangenheit – und das war eine sehr lange, erfahrungsreiche gewesen – selten im Stich gelassen. Und der Kapitän hatte wohl angenommen, dass ich mit dieser Frau im Bunde war, um sein Schiff in geeignetem Augenblick zu entern und zu überfallen.

De Torres riss mich aus meinen Gedanken.

„Ich habe schon oft gehört, dass Piraten die Schiffe, die sie auf hoher See überfallen wollen, schon im Hafen auskundschaften. Oft soll sich sogar an Bord ein Spion einschiffen … Sind Sie ein solcher, Herr Enki?"

Jetzt lachte ich laut heraus.

„Sehe ich etwa so aus?"

„Dem Sinn eines Spions entspricht es, nicht aufzufallen", wandte er ein. „Sie sind durchaus gekleidet wie ein wohlhabender Kaufmann, aber was bedeutet das schon? Etwas in Ihrem Gehabe ist – mit Verlaub - sehr geheimnisvoll."

Kapitän de Torres war ein rechter Menschenkenner. Das musste ich ihm lassen.

„Ich versichere Ihnen, Kapitän, dass ich kein Spion bin. Aber ich vertraue Ihnen an, dass meine Reise mehr als nur eine Handelsbeziehung zum Hintergrund hat."

„Politik?", fragte de Torres.

Ich nickte leicht.

„Wenn uns jemand verfolgt, dann nicht um Ihr Schiff zu überfallen, sondern, um ein Auge auf mich zu haben. Ich bin sehr froh, dass der Verfolger entdeckt wurde und Sie mich informieren. Ich werde Ihre Loyalität zur Krone in entsprechenden Kreisen erwähnen."

Ich zwinkerte ihm zu. „Sie verstehen sicher, Kapitän, dass ich Ihnen Details vorenthalte."

De Torres lachte. Er wirkte erleichtert. Also hatte er meine Lüge geschluckt.

„Trinken wir darauf", lud er mich ein. Ich schlug den Becher Wein nicht aus. Aber meine Gedanken waren woanders. War Inanna die geheimnisvolle Frau im Hafen von Havanna gewesen? Sollten wir uns endlich wieder begegnen?

Ein paar Tage später erreichten wir Puerto Cabezas. Unser Schiff ging in der flachen Bucht vor Anker, und Kapitän de Torres begleitete mich persönlich im Ruderboot an Land.

Am Strand übergab ich ihm den Rest des ausgehandelten Betrags für meine Überfahrt von Havanna hierher. Wir verabschiedeten uns mit einem Handschlag, wobei er mich ängstlich, gleichzeitig verachtend, anblickte. Ich ignorierte dies, wandte mich der nahen Siedlung zu und sollte ihn nie wiedersehen.

Die Station in der Umgebung von Havanna hatte ich benutzen müssen, weil diese in Nicaragua gänzlich ausgefallen war. Was auch der Grund war, warum ich hierher gesandt worden war. Mein Körper war frisch generiert, mein Name erfunden, angepasst an dieses Jahr der Menschheitsgeschichte: also 1722.

Wer also bei allen Sternen konnte sich an meine Fersen geheftet haben. Mein Extrahirn lieferte einen ersten Verdacht; nicht mehr als eine Eingebung, bevor ich mehr Daten zur Verfügung hatte. Sollte es tatsächlich Inanna sein?

Meine Aufgabe konnte dahingegen nicht einfacher sein. Ich sollte die verlorene Station hier in Nicaragua aufsuchen, den Grund dafür finden, warum sie sich nicht länger meldete, und sie entweder reparieren oder ganz stilllegen.

Der Ort Puerto Cabezas, war nur eine kleine Ansammlung von windschiefen Holzhäusern, deren bunte Farben begannen abzublättern. Im Schatten der Gebäude lungerten bärtige Männer, die mich misstrauisch beäugten. Eine Gruppe von Frauen, die verschiedene Waren auf ihren Köpfen balancierten, kam mir kichernd entgegen. Sie betrachteten mich scheu. Alles in allem erregte ich mehr Aufmerksamkeit als mir lieb war. Der Musik spanischer Seelieder und dem

Geruch gebratenen Fleisches folgend, erreichte ich die Taverne des kleinen Ortes. Ein mürrischer, unrasierter Wirt vermietete mir ein kleines, muffig riechendes Zimmer im zweiten Stock des heruntergekommenen Hauses.

Ich zog mich dahin zurück und beschloss, erst im Morgengrauen, heimlich und unbemerkt, aufzubrechen. Vor mir lag noch ein guter Fußmarsch von zehn Tagen durch unwegsamen Dschungel. Wie die meisten Stationen meiner Auftraggeber lag sie weit entfernt von menschlichen Siedlungen und Städten.

Mein Körper brauchte also eine Ruhepause von den Strapazen der Reise. In dieser Beziehung war ich durch und durch menschlich. Ich legte mich auf die von Ungeziefern wimmelnde Matratze – was soll's, dachte ich. In ein paar Tagen war ich diesen Körper wieder los - und schlief bald ein.

In der Nacht weckte mich mein Extrahirn, weil es eine Gefahr vermutete. Sofort war ich hellwach, setzte mich auf den Rand des quietschenden Bettes und lauschte erstarrt den Geräuschen der Nacht. Zuerst nahm ich über das Rauschen des Windes, der an dem alten Haus zerrte, und dem fernen Gesang betrunkener Matrosen, nichts wahr. Erst nach einer Weile hörte ich Geraschel und Schritte im Sand unter meinem Fenster. Vorsichtig, geräuschlos erhob ich mich von Bett und schlich zum Fenster. Durch die verdreckten Scheiben wagte ich einen Blick hinaus auf den Hof hinter der Taverne. Es dauerte schon eine Weile bis sich etwas bewegte, aber dann erkannte ich ganz klar und deutlich einen Schatten.

Eine Gestalt, die wohl hinter ein paar abgestellten Fässern gelauert hatte, wagte sich hervor und schlich auf die Taverne zu, direkt unter mein Fenster. Ich tat einen winzigen Schritte nach vorn, um einen besseren Blick auf den Hof zu haben. Dabei rechnete ich nicht mit einer losen Diele. Das Knarren zerriss wie ein Pistolenschuss die Stille. Innerlich fluchte ich als ich die Gestalt davoneilen und in der Nacht verschwinden sah.

In dieser Nacht würde ich nicht mehr erfahren, wer mein Verfolger war. Nachdenklich legte ich mich aufs Bett. Die innere Aufregung legte sich, der ferne Gesang betrunkener Seeleute verstummte, und ich schlief wieder ein.

Vogelgezwitscher erfüllte die Luft, die schwer und feucht in den Gassen Puerto Cabezas lag. Es war in beginnender Dämmerung als ich mich aufmachte, die Taverne zu verlassen. Im Schankraum schnarchte einsam ein übrig gebliebener Gast, den Kopf auf verschränkten Armen auf dem Tisch ruhend. Er würde so schnell nicht aufwachen.

Niemand begegnete mir auf dem Weg hinaus aus der Siedlung, und als der Morgen sich endgültig mit orangenen Tönen im östlichen Firmament ankündigte, erreichte ich den Dschungel. Hier endete die heutig existierende Zivilisation, aber mein Weg würde mich zu den Ruinen einer viel älteren Kultur führen. Eine Kultur, die schon vor der Ankunft der Spanier Außenposten in diesem Teil der Welt unterhalten hatte. Sie hatten einen dieser Handelsposten direkt über einer Station meiner Auftraggeber gebaut, die ihrerseits Millionen Jahre älter war als die Zivilisation der Maya. Dies war nun mein Ziel.

Die Ruinen lagen zehn Tagesmärsche – wohlgemerkt: durch dichten Dschungel – von Puerto Cabezas entfernt. Schon deshalb hatte kaum einer der Siedler den Weg dorthin gefunden. Die Ruinen waren den spanischen Kolonisten wohl bekannt, aber ihre Neugier gegenüber einer in ihren Augen minderwertigen Kultur hielt sich in Grenzen. Sie konnten ja nicht ahnen, was für Wunder sich nur dreißig Meter unter der Oberfläche verbargen.

Ein Glück, denn die Menschen waren noch nicht reif für das, was sie dort vorfinden würden. Wenn sie es überhaupt jemals sein würden. Aber es war nicht das erste Mal, dass ich die Menschheit in ihrer Neugier und ihrem Schaffensdrang unterschätzte. Es schien sich inzwischen anzudeuten, dass die Menschheitsgeschichte sich dem „Delta-Punkt" nähern könnte. Jedenfalls hatte mir die Station in Havanna diese Information ins Extrahirn geladen als ich vor sechs Wochen wieder das Bewusstsein erlangt hatte. Auch ich musste feststellen, dass die Menschheit sich seit meinem letzten Erwachen überproportional prächtig entwickelt hatte. Sollten meine Auftraggeber, die Herren der Zeit, mit ihren Befürchtungen also recht behalten. Oder erfüllten sich gar ihre Hoffnungen? Es war nicht an mir, darüber zu urteilen. Ich war nur ein Werkzeug, ein Diener der Herren der Zeit.

Die Geräusche des Dschungels holten mich in die Wirklichkeit zurück. Ich musste mich konzentrieren, denn von nun an bedeutete jeder Schritt eine große Gefahr. Schlangen und Jaguare waren noch die geringste Bedrohung. Ich musste bei jeder Bewegung aufpassen, im unwegsamen Gelände nicht den Halt zu verlieren und mir den Knöchel zu verstauchen oder zu brechen. Das wäre einem fast sicherem Todesurteil gleichgekommen. Da es weit und breit keine Hilfe gab, würde mein Körper sicherlich den Hungertod sterben. Ich umschloss den Griff der Machete fester und begann einen Weg durchs Unterholz des wuchernden Waldes zu schlagen. Noch bevor die Sonne den Horizont erleuchtete, war ich bereits tief in den Dschungel vorgedrungen.

Begegnung in der Zeit

Auf den ersten Blick war nichts zu sehen. Ein uninformierter Wanderer mochte die Stelle unter einigen Bäumen passieren, ohne etwas zu entdecken. Aber ich wusste, wonach ich zu suchen hatte. Zwischen den Wurzeln waren noch einige behauene Steinquader erhalten geblieben. Nachdem ich einige Sträucher und Wurzeln beseitigt hatte, wurde ein Relief sichtbar, das einen Herrscher aus vergangenen Zeiten zeigte, einen Speer in der Hand, bereit zu neuen Eroberungen. Ich las die Bilderinschrift und stellte erstaunt fest, dass K'inich Janaab Pakal der Stifter dieses verschwundenen Handelspostens der Maya gewesen war. Ich war ihm begegnet. Ich berührte sein Porträt und meine Gedanken schweiften kurz in die Vergangenheit ab.

Aber Sentimentalität, die eigentlich eine Eigenschaft des Menschen war, dennoch in Jahrtausenden in mir gereift war, konnte ich mir im Moment nicht leisten. Ich zwang mich zurück in die Realität. Nur das hier und jetzt zählte, erinnerte ich mich an einen alten Leitspruch meiner Programmierung. Und obwohl diese durch das Erlebte stark verändert worden war, galt sie mir immer noch als höchste Referenz. Wie eine Art von Religion.

Nach einer Weile und ein paar Anstrengungen hatte ich den Eingang zur Station zwischen Wurzel- und Mauerwerk gefunden. Gerade wollte ich den schmalen Gang, der in die Tiefe führte, betreten als ich ein Knacken aus dem Unterholz wahrnahm. War es ein Tier gewesen? Ein Verfolger? Die Ereignisse auf der Überfahrt hatten mich skeptisch gemacht und meine Sinne noch einmal geschärft. Ich betrat den Gang, blieb aber nach ein paar Schritten lauschend in der Dunkelheit stehen. Eine ganze Weile geschah nichts. Dann aber vernahm ich Schritte. Jemand versuchte, mir hinterher zu schleichen. Aber meinem guten Gehör entgingen die vorsichtigen Bemühungen, mich zu beschatten, nicht. Es dauerte nicht lange bis eine menschliche Silhouette sich über mir im Eingang der Station abzeichnete. Ich trat in die Mitte des Ganges und rief:

„Wer geht dort?"

Die Antwort kam zögernd.

„Ich will dir nichts Böses!"

Ich stieg einen Stück des Ganges hinauf, bis ich vor ihr stand. Es handelte sich um eine dunkelhaarige Frau, die mich aus braunen Augen heraus betrachtete. Sie wirkte entschlossen und furchtlos.

„Erkennst du mich nicht, … Enki?"

Diesen Namen kannten auf diesem Planeten nur zwei. Ich war der eine und die andere musste doch …

„Inanna?", fragte ich und kannte schon die Antwort.

„Du hast mich wohl nicht erwartet?"

Ich schüttelte den Kopf. Es war Jahrhunderte her, dass wir uns begegnet waren. Warum war ich nicht informiert worden? Vertrauten die Auftraggeber meiner Einheit nicht mehr? War ich defekt? Oder hatten die Herren der Zeit Verdacht geschöpft? Wussten sie von der Zuneigung zwischen uns?

Ich umarmte sie froh und küsste sie.

„Wir sollten miteinander reden."

Das war eine gute Idee. Wir setzten uns in der Nähe des Eingangs auf einen umgestürzten Baum und hielten uns bei den Händen. Einige Sekunden herrschte Stille, bis ich mir ein Herz nahm und fragte:

„Nun, was führt dich an diesen Ort?"

Inanna legte den Kopf in den Nacken, ließ die Sonne in ihr Gesicht scheinen. Mit geschlossenen Augen erwiderte sie:

„Im Prinzip dasselbe wie dich. Diese Station ist aus bisher unerklärlichen Gründen ausgefallen. Nur ..."

Eine Pause schürte Ungeduld in mir.

„ ... bin ich dieses Mal eine Art Rückversicherung."

Ich sah sie fragend an.

„Unsere Auftraggeber", fuhr sie verstehend fort, „wollten einfach nur sichergehen. Die Zeiten haben sich geändert. Die Geschichte der Menschheit nimmt eine entscheidende Wendung."

Das entsprach meinem eigenen Wissen.

„Aber warum wurde ich nicht informiert?"

„Das entzieht sich mir. Ich habe auch keine genaueren Daten."

Ihre Stimme klang plötzlich kühl, distanziert.

„Die Herren der Zeit werden schon wissen, was sie tun. Wir sind nur ihre Werkzeuge."

Das war sicher so, gestand ich mir. Dennoch hatte ich eine merkwürdige Ahnung. Der Rhythmus der Geschichte schien aus den Fugen. Die Herren der Zeit hatten eine neue Richtung eingeschlagen. Ihre Motive jedoch blieben mir ein Rätsel. Ich war mir jetzt sicher, dass es Inanna ebenso erging.

„Der Delta-Punkt", sagte ich leise.

Inanna nickte.

„Das muss es sein."

„Ich sehe nicht, wie diese Menschheit die Datenvielfalt im Universum stören oder bereichern sollte."

Ich konnte es mir wirklich nicht vorstellen. Dazu brauchte es nämlich zumindest interstellare Raumfahrt und einen imperialen Gedanken. Das Letztere war bei der Kriegssucht und religiösen Verblendung dieser Epoche durchaus vorstellbar, aber die Menschen hatten noch nicht einmal Fluggeräte, geschweige denn Maschinen, die sie zu einem anderen Stern transportieren konnten.

„Ich auch nicht", stimmte mir Inanna nach einigen Sekunden des Schweigens zu. „Aber die Herren der Zeit werden es wohl besser wissen. Ihre Erfahrung beschränkt sich nicht nur auf die Zivilisation der Menschen. Ihre Erinnerung geht immerhin fünfzehn Milliarden Jahre zurück, noch bevor die Raum-Zeit dieses Universums entstand."

„Und doch können sie sich irren, oder?", brummte ich. „Sie mögen in den Augen der Menschen vielleicht Götter sein, aber auch sie sind nur Bewohner des Kosmos. Sie haben ihn nicht geschaffen. Ihre Weisheit ist nicht der letzte Schluss. Sie sind nicht gefeit gegen Entropie."

„Alles wahr!", versicherte mir Inanna. Ich hörte ihr „aber", bevor sie es aussprach. „Aber wir sind nur Werkzeuge. Ist es an uns zu urteilen?"

„Wenn unsere Auftraggeber nicht gewollt hätten, dass wir uns Gedanken machen ..."

Der Rest erklärte sich von selbst.

„Und wenn unsere Zweifel ein Systemfehler sind, sind die Herren der Zeit ganz gewiss nicht unfehlbar."

Ich nickte nachdenklich und seufzte dann.

„Solange wir keine weiteren Daten haben, ist es nur müßig, sich den Kopf über diese Fragen zu zerbrechen."

„Werden wir jemals genug Daten haben, unsere Bedeutung, den Sinn unseres Seins, zu erkennen?"

„Wahrscheinlich nie", bestätigte ich. „Gilt jedoch nicht dasselbe für unsere Auftraggeber?"

Nach einer kurzen Pause fügte ich hinzu:

„Es ist also besser, wenn wir uns auf unsere Mission konzentrieren. Was uns betrifft ist dies der Sinn des Lebens."

„Einverstanden!", sagte meine Begleiterin. „Gehen wir!"

Nach einem Abstieg durch einen versteckten Gang erreichten Inanna und ich das Herzstück der Station, einen kreisrunden Raum dreißig Meter unter der Oberfläche. Schnell stellte sich heraus, warum die Station nicht mehr sendete oder empfing. Und der Grund war für mich Anlass zur Panik.

„Hier ist alles ausgeräumt worden ...", meinte Inanna mit gebrochener Stimme.

„Wie ..."

Mir fehlten die Worte. Was ich sah bedeutete eine Katastrophe. Auf dem Pult in der Mitte des Raumes hatte einst ein Projektionsgerät gestanden. Es war verschwunden. An der runden Wand, wo einst Generatoren und Rechner leise vor sich hingesummt hatten, war von ihnen nichts mehr zu entdecken. Auf dem Boden lagen Kabelreste und Plastikstahl-Trümmer. Wer immer hier gewütet hatte, hatte ganze Arbeit geleistet. Das komplette Inventar dieser Station war geraubt oder vernichtet.

„Wie ist das möglich?", beendete ich meinen Satz endlich.

„Kein Mensch kann in die Stationen der Herren der Zeit eindringen", sagte Inanna, und klang dabei, als wolle sie das Unausweichliche bezweifeln, ihren Augen nicht vertrauend.

„Die Eingänge sind mit Sensoren gesichert", versicherte ich. „Sie müssen wohl ausgefallen sein. Nur so konnten Menschen hier eindringen."

Eine andere Erklärung konnte ich nicht bedenken. Meine Begleiterin nickte.

„Trotzdem ist es ein unglaublicher Zufall, dass gerade in diesem Moment Menschen die Kammern unter der Erde fanden."

„Zufälle sind das Salz des Lebens", meinte ich sarkastisch. „Auch unsere Auftraggeber sind nicht dagegen gefeit ... Ein unglaubliches Schlamassel!"

„In all meinen Jahrtausenden als Agentin ist mir ein solcher Vorfall nicht begegnet. Ja, es gab Material, das von Menschen gestohlen wurde. Du erinnerst dich sicher an unseren Einsatz auf Kreta vor rund 2200 Jahren? Aber nie zuvor haben Menschen eine vollständige Station in die Hände bekommen. Das ist ..."

„Das ist nicht akzeptabel", vollendete ich ihren Satz, während ich in die Hocke ging und einige Trümmer am Boden untersuchte.

„Was sollen wir jetzt tun?"

Die Frage Inannas reizte mein Extrahirn. Die Konsequenzen dieses Vorgangs waren ziemlich weitreichend. Das gestohlene Inventar musste bis auf den letzten Metallkrümel verfolgt, wiederbeschafft und vernichtet werden. Eine Arbeit, die alle Agenten der Herren auf diesem Planeten jahrelang beschäftigen mochte. Die Diebe hatten einen Vorsprung von Monaten, die Beute war wahrscheinlich in alle Himmelsrichtungen verteilt. Ein Gefühl von Kapitulation machte sich in mir breit. War dies der Dammbruch, der den Menschen alles enthüllen, das Geheimnis ihres Ursprungs lüften sollte? Das durfte auf keinen Fall geschehen. Die Zeit war noch nicht reif.

„Auf jeden Fall wird uns in den nächsten Monaten oder sogar Jahren nicht langweilig sein", bemerkte ich. „Die Zeit, dass wir ganze Epochen verschliefen, ist dahin."

„Unsere Auftraggeber werden uns sicher bald informieren, was zu tun ist", stimmte mir Inanna zu. Daran hatte ich nicht den geringsten Zweifel.

II

Enzyclopedia

Eintrag aus dem Enzyclopedia Galactica Netzwerk zum Aufbau des sogenannten „Imperium Humanum":

„ ... Der Begriff „Imperium Humanum" ist daher sehr hoch gegriffen, dient jedoch der Menschheit auf allen bekannten Welten als Identitätsmerkmal für einen gemeinsamen Ursprung, eine gemeinsame grundlegende Kultur, die trotz aller planetaren Unterschiede sich dennoch auf einen Nenner bringen lässt. [...]

Die Erde spielt dabei in den Legenden eine große Rolle. [...] Heute kaum bewohnt, dient sie hauptsächlich einem Fetisch-Tourismus. Beinahe als Heiligtum verehrt, kommen sonnenjährlich Milliarden von Besuchern, um den Ursprungsplaneten zu besuchen, die Welt, auf welcher der Mensch im Laufe der Evolution entstanden ist. [...]

Dahingegen gibt es im galaktischen Siedlungsbereich der Menschen keine eigentliche Hauptwelt. Gelenkt wird diese Gemeinschaft durch das allgegenwärtige Netzwerk, welches sich in verschiedenste Untergruppen teilt. Wie allgemein bekannt kann jeder Humane an diesem Leitsystem teilnehmen, ob er nun Umweltangepasster oder Genhuman ist. Die Charta von Bellesis ist auf alle humanen Lebensformen anzupassen, obwohl es seit zwei Jahrhunderten Diskussionen gibt, ob dies auch auf eine DNS-Vermischung nicht menschlichen Ursprungs zutreffen sollte. [...]

Der Handel zwischen den von Menschen besiedelten Planeten und Orbitern ist deswegen mit dem Wirtschaftssystem des Prä-Ratio nicht zu vergleichen, da monetäre Relikte seit über acht-zehntausend Jahren keine Rolle mehr spielen. Zugleich wird alles von Verfügbarkeits- und Verlangens-Faktoren bestimmt. Die Knotenpunkte und Logistikdaten dieses heutigen Wirtschaftssystems bedeuten Macht und akkumulieren nicht selten Energie-Überschüsse, [...]

Liam Sevnico

Er tat den letzten Schritt seines Aufstiegs, wischte sich den Schweiß von der Stirn und blickte sich um. Das Besucherzentrum Victorius Kalanis sah von hier oben aus wie eine riesige Seifenblase auf dem Besiktas-See. Die Oberfläche des Wassers lag spiegelglatt, wurde nur ab und zu vom seichten Wind aufgeraut und reflektierte den beinahe wolkenlosen Himmel. Am gegenüber liegenden Ufer, etwa fünf Kilometer entfernt, türmte sich das Jülüg-Gebirge wie ein Wall aus grauem Stein gegen den Horizont. Die hochstehende Mittagssonne warf tiefe Schatten in die Falten der Berge. Liam Sevnico erkannte das Forschungszentrum Erde-5, welches eingebettet zwischen den Felsen in einem künstlich angelegtem Tal lag, und dessen hoher Turm, der nach oben trichterförmig auslief, selbst aus dieser Entfernung noch gut zu sehen war, obwohl er zwei Tagesmärsche von seinem Standort entfernt lag.

Das Besucherzentrum in der Mitte des Sees, benannt nach dem Wiederentdecker des Ursprungsplaneten, war eine perfekte Halbkugel aus glänzendem Carbon-Titan. Auf der ihm zugewandten Seite sah Liam wie sich eine Schleuse am unteren Rand der Halbkugel, wo das Wasser sanft gegen die ewig währenden Wände brandete, öffnete und ein Lufttaxi freigab, welches schnell an Höhe gewann, um dann lautlos im Blau des Himmels zu verschwinden. Es war tatsächlich ein wunderbarer Tag für einen touristischen Ausflug zu den Attraktionen der Erde.

Liam beschloss, eine Pause einzulegen und setzte sich auf

einen Moos-überwachsenen Stein, während sein Rucksack von seinem Rücken glitt, um vor ihm schwebend zu verharren. Der Rucksack öffnete sich als seine Hand sich ihm näherte, und er holte seine Marschverpflegung heraus.

Auf seinem Nahrungsblock Marke „Erdvergnügen" kauend betrachtete er den hohen, schmalen Turm, der vom Kuppeldach des Besucherzentrums ausgehend sich steil in den Himmel schob, wo er als dünnes Band in der Atmosphäre verschwand. Am anderen Ende, etwa hundertzwanzig Klaks über ihm, wusste Liam, drehte sich die Orbitalbasis Peter-2 mit der Erde in einer geosynchronen Umlaufbahn.

Dort kamen die Touristen aus allen Teilen des Imperiums mit Sprungschiffen an, um die mit Sentimentalität behaftete Wiege der Menschheit zu besuchen. Im Turm befand sich ein Fahrstuhl, der die Reisenden direkt ins Besucherzentrum Victorius Kalanis beförderte, wo sie ein luxuriöses Ferienparadies mit allen erdenklichen Annehmlichkeiten erwartete. Liam hatte gehört, dass die Halbkugel in der Mitte des Sees allein über tausend Holoräume bereit hielt, die alle Wünsche zu erfüllen wussten. Das waren wohl mehr Holoräume als man auf seinem Heimatplaneten finden konnte.

Er schmunzelte bei diesem Gedanken. Er selbst machte sich nicht sehr viel aus diesen virtuellen Schöpfungen, die hier vor allem eine verschönerte Version der Erde aus der Prä-Ratio-Periode zeigten. Und doch bestand seine Arbeit darin, Daten und Eindrücke für Holowelten zu sammeln. Seine Wanderungen waren wirklich der Grundstoff für die

Projektionen, welche den Besuchern der Erde im Besucherzentrum zur Verfügung gestellt wurden. Er sammelte Gerüche, Farben und ausgesprochen schöne Orte. Die Holokünstler machten daraus ein Werk, das die Touristen genießen konnten.

Liam Sevnico liebte das richtige Leben, den Wind in seinen Haaren und eine Sonne über ihm. Seine Haut war braun und straff, sein Körper muskulös aber mager. Und sein Gesicht – das nicht behandelt war, wie er manchmal in einem Anflug von Eitelkeit versicherte, wenn er darauf angesprochen wurde – war ebenmäßig, seine Wangenknochen wohlgeformt. Seine braunen Augen blickten neugierig in die Welt.

Er hatte gehört, dass es Menschen gab, die seit Jahrzehnten nicht mehr unter freiem Himmel gewesen waren und geradezu eine Phobie gegen frische Luft entwickelt hatten. Diese armen Seelen hatten sein volles Mitleid.

Für Liam gab es nichts schöneres als die unberührte Natur. Und als er den Auftrag vom Netz bekommen hatte, auf der Erde Daten für Holokünstler zu sammeln, hatte Liam nicht lange gezögert. Denn im Gegensatz zum Zeitalter der Prä-Ratio, war der Planet fast unbewohnt. Das Ökosystem, einst gebeutelt und kurz vorm Kollaps, hatte sich in den vergangenen tausenden Jahren bestens erholt. Die Erde war wieder eine wunderbar wilde Welt mit weiten Wäldern und reinem Wasser.

Nachdem Liam Sevnico sich satt gegessen hatte, kramte er seine Ausrüstung hervor. Er nahm holografische Bilder der Umgebung und zeichnete Gerüche und Geräusche mithilfe einer kleinen silbernen Box auf. Danach verstaute er alles wieder und klickte den schwerelos schwebenden Rucksack an einer Halterung am Rücken fest. Gerade wollte er seine Wanderung fortsetzen, als sein Kommunikator sich mit einem für andere unhörbaren Piepen in seinem Ohr meldete.

„Ja, Hallo!", sagte Liam. Und eine Stimme in seinem Kopf erwiderte:

„Eine Nachricht vom Forschungszentrum Erde 5. Entgegen nehmen?"

„Ja, bitte!", bestätigte er dem winzigen Computer, der in seinem Nacken unter einer Fettschicht vergraben lag und Kontakt mit seinem Gehirn aufnehmen konnte. Dieser Rechner diente Liam sowohl als Kommunikator als auch als Speicher für sein angesammeltes Wissen. Er benutzte ihn ganz natürlich, was daran lag, dass er ihm schon kurz nach der Geburt eingepflanzt worden war. Und er war keine Ausnahme! Fast achtzig Prozent aller Menschen im Imperium hatten einen solchen kleinen Helfer im Kopf.

„Liam?"

„Ja. Wer spricht?"

„Hochrat Helmer. Ich bin Leiter des Forschungszentrums Erde 5."

„Das ist mir bekannt", meinte Liam frech, obwohl er diese Information gerade eben von seinem Computer bekommen hatte. Hochrat Helmer. In Sekundenschnelle waren Liam alle Daten über diese Person bekannt. Helmer war ein Hochrat der Wissenschaften und ein recht hohes Tier in der Hierarchie des Netzes. Was konnte er nur von ihm wollen?, fragte sich Liam.

„Ich weiß, es mag für Sie sehr ungewöhnlich klingen ... Aber ich muss mich dringend mit Ihnen unterhalten."

„Ich bin gerade auf einer Wanderung zum Sammeln ..."

„Ich weiß", hörte Liam Helmer sagen. „Aber Sie können sich nicht vorstellen, was wir hier auf dem Ursprungsplaneten gefunden haben!"

Er konnte es sehr wohl. Immer wieder wurden Artefakte und Reste der Prä-Ratio-Periode auf der Erde entdeckt. Erst vor drei Jahren hatten man in einer unterirdischen Halle, unberührt seit tausenden von Jahren, einen erstaunlichen Fund gemacht: Goldbarren.

Geprägt in einer der Schriften des Prä-Ratio, und perfekt erhalten, glänzten sie heute als vielbeachtetes Ausstellungsstück des Besucherzentrums.

Diese Funde waren eher selten, denn außer einigen Plastikrückständen und strahlendem Atommüll war nicht mehr viel von der einstigen Zivilisation der Erde übrig geblieben. Wind und Wetter hatten alles zerrieben. Wo einst Millionenstädte standen, waren nicht einmal die Grundmauern der meisten Gebäude erhalten geblieben.

Auf dem Mond der Erde waren mehr Spuren der Prä-Ratio-Menschheit zu finden als auf der gesamten Erde, dachte Liam. Dazu gehörten die Fußspuren der ersten Menschen auf dem Trabanten und das zurückgelassene Material der antiken Astronauten.

Andere Hinterlassenschaften dahingegen wurden relativ

zahlreich ausgegraben. Letzten Monat noch waren zahlreiche Knochen entdeckt worden. Liam hatte holografische Aufnahmen gemacht, so dass die Historiker später sich einen genauen Eindruck des Fundortes machen konnten. Auch dies war Teil seiner Arbeit, seines Auftrags hier auf diesem historischen Planeten.

Ein Teil, der ihn immer wieder unendlich langweilte. Denn es wurde äußerste Genauigkeit von ihm verlangt. Innerlich seufzend, äußerlich jedoch professionell gefasst, erwidert Liam:

„Wie gesagt bin ich auf einer Wanderung. Meine Daten werden nächste Woche im Besucherzentrum für ein neues Holowerk erwartet. „Der Besiktas-See. Eine Wanderung rund um die versunkene Stadt.""

„Was?", fragte Helmer irritiert.

„Das ist der Titel des Holowerks, für das ich gerade arbeite."

Und von diesem Projekt wollte er sich nur ungern entbinden lassen. Die sogenannte „Versunkene Stadt" - ihren antiken Namen hatte man noch nicht definieren können - lag auf dem Boden des Sees und konnte vom Besucherzentrum aus durch riesige Fenster unter der Wasseroberfläche beobachtet werden. Auch wenn es außer ein paar mickrigen Mauerresten nicht viel zu sehen gab, ging von diesem alten Ort doch ein gewisser Zauber aus. Vor allem die Natur der Umgebung war berauschend schön und kannte einige Tier- und Pflanzenarten, die auf der Erde nur hier vorkamen.

„Aha!", meinte der Hochrat. Es klang für Liam nach uninteressierter Arroganz.

„Ich kann Ihnen garantieren, dass wir etwas viel Spannenderes für Sie haben. Sie werden es nicht glauben! Wir brauchen dringend einen guten Aufzeichner wie Sie, Liam."

„Vielleicht in drei Tagen?", versuchte ich mich herauszuwinden.

„Ein Transportgleiter ist bereits zu Ihrem Standort unterwegs, um Sie abzuholen. Er müsste in fünf Minuten bei Ihnen sein."

Liam Sevnico sah ein, dass es keinen Sinn mehr machte, sich zu wehren. Helmer hatte recht: Er war der beste Aufzeichner der Branche. Jedenfalls hielt er sich dafür. Außerdem gehörte es zu seiner Aufgabe, Funde aufzuzeichnen, auch wenn es ihm nicht recht gefiel. Und die Tatsache, dass Hochrat Helmer, ihn persönlich kontaktiert hatte, deutete auf etwas Bedeutsames hin.

Eine gewisse Neugier bemächtigte sich seiner, und als der Gleiter keine zwanzig Schritte von ihm entfernt landete, stieg er widerspruchslos und auch ein wenig aufgeregt ein.

Dornröschen

Liam wartete nun schon eine halbe Stunde und er dachte, man hätte ihn in diesem ungemütlichem Zimmer vergessen, in dem sich nichts anderes befand als ein schwebender rundlicher Sessel, der metallisch aussah, sich aber anfühlte wie Samt, und einem einfachen Tisch auf dem ein Holoprojektor lag, als sich die Tür öffnete.

Helmer schwebte herein. Seine breite Brust voran, über der streng das Gesicht mit dem größten Kinn, das Liam jemals gesehen hatte, stand. Der Hochrat näherte sich ihm, wobei seine Beine den Boden nicht berührten. Mit seinen braunen Augen suchte er den direkten Kontakt.

Liam versuchte, sich aus dem Sessel zu erheben, aber Helmer winkte ab.

„Bleiben Sie ruhig sitzen … Und entschuldigen Sie bitte, wenn ich nicht dasselbe tue, aber ich habe mir den Knöchel verstaucht. Der Medo hat mir zwei Tage Antigrav verordnet, um den Nanos die Zeit zu geben, meinen Knöchel zu heilen."

Er blickte auf seine schwebenden Füße und fügte dann hinzu:

„Ich sehe lächerlich aus … wie ein Zweihunderter!"

Die meisten Zweihundertjährigen benötigten in der Tat Antigrav-Gehhilfen, aber das Temperament des Hochrats ließ keinen Zweifel: Er stand in der Blüte seines Lebens und konnte nicht älter als siebzig sein. Seine dünne Gestalt würde sicherlich zwei Mal in den mächtigen Körper Helmers passen, dachte Liam.

„Aber wir sind nicht hier, um meinen Gesundheitszustand zu diskutieren", sagte der Hochrat. „Ich habe mich im Netz über Sie informiert, Aufzeichner Sevnico. Scheinbar sind sie der Beste Ihrer Zunft im Umkreis von Lichtjahren. Es gibt ein wichtiges Ereignis festzuhalten. Ich denke, dass diese Sache bald das gesamte Netz überschwemmt."

Die Neugier Liams wuchs. Er war wohl nicht der Beste seines Faches, aber er hielt sich selbst für überdurchschnittlich. Seine angeborene Übersensibilität qualifizierte ihn für den Beruf eines Aufzeichners. Seine Werke waren voller Gefühle, die andere Aufzeichner nicht in ihre Arbeit einzubringen vermochten. Deshalb war er für viele Aufträge sehr begehrt. Die Holokünstler liebten seine Darstellungen, weil sein Gehirn zu ganz besonderen Interpretationen der aufgenommenen Daten fähig war.

„Aber vorher möchte ich Sie ein paar Dinge fragen, wenn es Ihnen nichts ausmacht?"

„Fragen Sie!"

„Was wissen Sie über die Prä-Ratio-Periode?"

Sollte dies ein Witz sein? Jedes Kind wurde mit diesem Wissen geboren. Liam seufzte.

„Das, was wohl jeder weiß."

„Formulieren Sie. Ich möchte es aus Ihrem Mund hören", forderte Helmer.

„Nun ..."

Wo sollte Liam beginnen? Die Daten aus seinem Speicher im Nacken flossen nur so in sein Bewusstsein. Die Prä-Ratio endete vor vielen tausend Jahren und war bestimmt von Kriegen, Umweltzerstörung und Hass, der aus Unsicherheit und verletztem Stolz geboren worden war. Die Konflikte waren zahlreich, die Ressourcen für die antike Energiegewinnung beinahe erschöpft. Viele erhaltene Schriften sprachen von einem Zeitalter im Umbruch, an dessen Ende die Neuzeit liegen sollte. Dunkle Jahre folgten, in denen nur kleine Fortschritte erzielt wurden. Chaos und Fanatismus bestimmten diese Periode, bis sich endlich ein Keim der Vernunft bildete. Die „Zelle der Rettung" bedeutete im Keim einen neuen Anfang, eine neue Chance für die Menschheit. Die vergessenen Kolonien wurden wiederentdeckt, die Menschheit vereint.

Namen, Daten, Ereignisse rasselten durch Liams Bewusstsein. Ein paar tausend Jahre Geschichte ließen sich nicht mal eben zusammen fassen.

„Nun?", unterbrach Helmer die entstandene Stille. „Sie wissen wohl alles über die Prä-Ratio?"

Er machte eine dramatische Pause und blickte Liam in die dunklen, etwas träumerisch wirkenden Augen. Dann fuhr er fort:

„Was würden sie sagen, wenn wir nun eine ganz neue Quelle, einen ganz neuen Zugang zu dieser dunklen Periode der Menschheit entdeckt hätten?"

Liam zuckte die Schultern. Was hatten sie wohl gefunden? Einen neuen Goldvorrat? Ein bis jetzt verschüttetes Archiv? Die soundsovielte Kopie eines antiken Kunstwerks?

„Nichts, was Ihnen durch den Kopf geht, kommt dem Fund auch nur nahe."

Liam erschrak. Konnte der Hochrat etwa Gedanken lesen?

Solche Geräte waren nur in sehr beschränktem Umfang erlaubt, und Liam konnte sich nicht vorstellen, dass ausgerechnet ein Hochrat der Wissenschaften den Kodex brach, ja sogar gegen die Charta von Bellesis verstieß.

„Ich sehe Ihnen Ihre Fragen an. Ich glaube es fehlt Ihnen ein wenig an Fantasie."

Damit wandte Helmer sich um und winkte Liam zu.

„Folgen Sie mir! Sie werden staunen!"

Verwirrt erhob sich Liam Sevnico aus seinem runden Sessel und stapfte dem schwebenden Hochrat hinterher.

Endlich, nach zwanzig Minuten, setzte der Gleiter zur Landung an. Unter ihnen lagen die steilen Flanken des Berges, die grau und uninteressiert das Licht der Sonne reflektierten.

In einer Felsspalte konnte Liam Sevnico durch das untere Kuppelfenster des Gleiters ein paar provisorische Bauten erkennen, um die herum emsiges Treiben von Maschinen und Menschen herrschte.

Sanft und völlig lautlos setzte der schlanke Gleiter mit der Kugelförmigen Passagierkuppel auf. Nur ein wenig Staub wirbelte um die glänzend silbernen Flanken des Fluggeräts. Es dauerte noch dreißig Sekunden bevor die Schwerkraftgurte sich lösten und der Roboter-Pilot ihm und Hochrat Helmer erlaubte auszusteigen.

Sofort näherte sich ihnen ein Gruppe von sechs Männern und Frauen in blauen, Muskel-verstärkenden Arbeitsanzügen. Ihre Gesichter beinahe ausdruckslos, aber in den Augen Respekt, blieben sie zwei Schritte vor Liam und dem Hochrat stehen. Eine junge Frau, etwa um die sechzig, trat hervor, strich sich durch die schwarzen, langen Haare – eine seltsame Geste der Verlegenheit, fand Liam – und sagte:

„Hochrat Helmer! Es ist uns eine Ehre, Sie hier zu empfangen. Das Netz hat uns über Ihren Besuch informiert. Alle sind in heller Aufregung über unseren Fund ..."

Sie lächelte und kicherte unsicher, und fuhr dann schnell fort:

„... das Netz ist voller Vermutungen. Wir haben uns erlaubt ..."

„Ersparen Sie mir bitte die Details. Das Netz ist immer in Schwingung. Morgen schon wird es einen anderen Aufreger im Imperium geben, und diese Sache hier wird vergessen sein. Führen Sei uns bitte zum Fundort. Meine Zeit ist kostbar!"

„Sicherlich!", versicherte die Frau im Muskel-Blaumann. „Hier entlang ..."

Liam und Helmer folgten der Geste. Gemeinsam, umschwärmt von den sechs Archäohumanologen, erreichten sie eine steile Felswand, die von wilden Rangpflanzen mit orangen Blüten überwuchert war. In der Nähe des Bodens jedoch war die Vegetation entfernt worden. Wohl mithilfe eines Photonenbohrers – die etwa fünfzehn Meter hohe Maschine stand nicht weit entfernt, wie Liam bemerkte – war ein gewaltiges Loch am Felsansatz in den Boden gefräst worden. Ein provisorisch wirkender Fahrstuhl, der in die Tiefe des Lochs hinab führt, erwartete die kleine Gruppe schon.

„Es geht ein ganzes Stück hinunter", erklärte die junge Frau, die wohl als Sprecherin der Archäohumanologen gewählt worden war. Die anderen betrachteten Helmer als würde er sie gleich auffressen wollen.

„Nun gut. Dann wollen wir mal!"

Mit diesen Worten schwebte Helmer auf die Plattform, welche Liam und den sechs Wissenschaftlern bequem Platz bot und von einer roten Reling umfasst wurde. Gerade hatten alle die Plattform betreten, als sie sich leicht ruckelnd in Bewegung setzte. Sie folgte einem Tunnel, der sich im fünfundvierzig Grad Winkel ins Gestein hinab schob.

Über die Reling wagte Liam einen Blick in die Tiefe und fuhr erschrocken zurück, als er kein Ende des Tunnels erkennen konnte.

Die Archäohumanologen hatten sicher Wochen gebraucht, um diesen Zugang zur Unterwelt zu schaffen. Und wo führte er hin? Was hatten sie tief unter der Erde des Ursprungsplaneten entdeckt? Und wie?

Diese und andere Fragen schossen Liam Sevnico durch den Kopf, während die Plattform weiter an fast glatten Felswänden vorbei – der Photonenbohrer hatte ganze Arbeit geleistet - nach unten raste. Die ganze Fahrt über, sagte niemand ein Wort, aber Liam sah, wie die junge Frau zu ihm hinüber blinzelte. Sie fragte sich wohl, wer er war, denn Hochrat Helmer hatte bei ihrer Begegnung völlig vergessen, ihn vorzustellen. In seinen Augen wahrscheinlich eine überflüssige Höflichkeit.

Liam entschloss sich, ihr einen Hinweis zu geben und kramte aus seiner Tasche die winzige Holo-Kamera hervor, um ein paar Eindrücke zu sammeln. Die Frau nickte kurz und lächelte. Liam erwiderte es und konzentrierte sich dann auf seinen Auftrag, alles hier für andere festzulegen. Aufnahme für Aufnahme wurde in seinem Nacken gespeichert und mit seinen persönlichen Eindrücken gekoppelt.

„Berichten Sie bitte, wie es zu diesem Fund kam", verlangte Helmer, der scheinbar keinen Moment Ruhe duldete.

„Bei Routinebestrahlungen haben wir im Jülüg-Gebirge einen Hohlraum entdeckt. Eigentlich nichts besonderes. Es gibt mehrere Höhlensysteme in diesen Bergen. Sie wurden schon untersucht als das Besucherzentrum mit dem Raumlift und der Orbitalstation geplant wurden … Also vor etwa zweihundert Jahren."

Die letzte Information holte sie „aus dem Nacken", wie man sagte. Dessen war sich Liam sicher.

„Und so lange sind die Daten unausgewertet geblieben?", hakte der Hochrat nach, ohne die Archäohumanologin anzusehen.

„Nein sicher nicht!"

Liam erkannte aus dem Augenwinkel wie die Frau errötete. Aber nur einen Moment, dann griffen wohl ihre Nanos ein und machten das Gesicht wieder ausdruckslos, irgendwie schüchtern.

„Das waren die alten Untersuchungs-Daten. *Unsere* Daten haben wir so schnell wie möglich ausgewertet", versicherte die Frau. „Sie sind erst drei Monate alt. Aber selbst die Computer im Archäohumanologischen Institut auf Erde-5 konnten nicht Spezielles ermitteln. Einem jungen Anwärter ist es zu verdanken, dass wir aufmerksam wurden. Er bemerkte einige Ungenauigkeiten im Datenstrom, und bei näherer Betrachtung fiel ihm auf, dass eine der vermessenen Höhlen nicht natürlichen Ursprungs sein konnte. Nachdem der Netzrat des Instituts darüber informiert worden war, haben wir sofort alles Nötige veranlasst.

Wir graben hier erst seit fünf Tagen. Vorgestern Nacht sind wir endlich zur Kammer im Gestein vorgestoßen. Was wir dort fanden war so unglaublich, dass wir sofort das Netz des Hochrats der Wissenschaften verständigt haben."

„Und jetzt bin ich hier", meinte Helmer.

„Worum handelt es sich hier eigentlich?", traute sich Liam zu fragen.

„Es ist verrückt, aber ..."

„Sagen Sie nichts!", unterbrach der Hochrat und warf sowohl Liam als auch der jungen Archäohumanologin einen strengen Blick zu. „Ich möchte, dass unser junger Freund hier ganz ohne Vorurteile an seine Arbeit gehen kann."

Das machte sogar Sinn, fand Liam. Abgesehen davon, dass man einer Autorität wie einem Hochrat der Wissenschaften nicht widersprach, würde Liam alles ganz frisch aufnehmen können. Das konnte seine Arbeit durchaus spektakulärer machen, da seine Gefühle ebenfalls in die Aufnahmen einflossen. Trotzdem platzte er fast vor Neugier.

Nach einigen Sekunden des Schweigens erreichte die Liftplattform den Boden des Abgrunds. Erstaunlich, was die Maschinen der Archäohumanologen in wenigen Tagen fertiggestellt hatten. Sie erwartete eine ziemlich geräumige Halle, deren Wände, Boden und Decke aus glatt geschliffenem Fels bestanden. Die Luft war feucht und warm. Überall standen metallene Kisten und Rollen mit Faserkabeln herum. Es herrschte emsige Betriebsamkeit bis die anwesenden Arbeiter die eindrucksvolle Gestalt des Hochrats wahrnahmen. Still stehend starrten sie zu der Gruppe auf der Liftplattform herüber. Liam hörte Getuschel. Helmer schwebte unbeeindruckt voran.

„Schön!", meinte er und faltete die Hände. „Sie haben in kurzer Zeit viel geleistet."

„Hier entlang!", deutete die Sprecherin der Archäohumanologen mit einer Handgeste an, sichtlich erfreut über das unerwartete Kompliment Helmers.

Ihre kleine Gruppe bewegte sich an einigen mannshohen Kisten und einem surrenden Generator vorbei durch die Halle und erreichte einen etwa drei Meter breiten Durchbruch. Scheinwerfer erhellten das Innere eines alten Gewölbes.

Alt war gar kein Ausdruck, dachte Liam, und atmete den modrigen Geschmack der Luft. Dieser Raum schien aus dem Anfang der Zeit. Die Wände waren fast eingestürzt und wurden nun von einer Nanostruktur gestützt, welche im grellen Licht glitzerte. Liams Geräte zeichneten jedes Detail auf: Die vergammelten Balken aus unbekanntem Material, welche die Gruft – so kam es Liam vor, und er sollte nicht ganz unrecht haben – einst schützten, und die klaren Wasserpfützen am Boden, aus denen Stalagmiten zu vom Gewölbe herabhängenden Stalaktiten hinauf wuchsen.

Einige unerkennbare, von den Jahrtausenden schwer geschlagene Gegenstände lagen herum und waren fest mit dem nass-leuchtenden Boden verwachsen. In einer Ecke jedoch brummte eine schwarze Box unter einer Haube aus aufgehäuftem Schlamm. Waren dies Zeichen einer funktionierenden Technik? Liams Aufregung steigerte sich noch. Wenn dies wirklich ein Raum aus der Prä-Ratio war, bedeutete das einen Sensationsfund.

Mitten im Raum, halb eingeschlossen von gewachsenen Kalkstrukturen war eine rechteckige Kiste, die mit der schwarzen Box über ein Rohr verbunden war. Eine Haut aus Kalkstein hatte sich zwischen Boden und dieser Leitung wie ein Vorhang geformt.

Die Kiste selbst war außerdem von Eiskristallen besetzt und schien aus Metall zu bestehen. Wie konnte sich dort Eis bilden, wenn es hier unten relativ warm war?, fragte sich Liam. Die Sache wurde mit jeder Sekunde rätselhafter.

„Nun, was sagen Sie?", wurden seine Gedanken von Helmer jäh unterbrochen. „Ist das nicht ein unglaublicher Fund? Haben Sie alles aufgezeichnet?"

„Ehrlich gesagt", erwiderte Liam, „weiß ich nicht genau, was ich hier sehe."

„Sie sehen einen Sarkophag."

„Aha ...", machte Liam, während ihm dämmerte, was er dort betrachtete. Hatten Sie doch tatsächlich noch ein gut erhaltenes Grab aus der Prä-Ratio aufgespürt!

„Aber der Besitzer ist noch nicht tot!", erklärte der Hochrat und lächelte süffisant.

„Aber ... das ist unmöglich!"

Liam war tatsächlich so überrascht, dass er die Neigung verspürte, sich zu setzen.

„Sie behaupten also, Hochrat, dass sich in diesem Behälter", er deutete auf die kalk- und eisverkrustete Kiste in der Mitte des Felsgewölbes, „ein lebender Mensch aus der Prä-Ratio befindet?"

Gefühle ganz unbekannter Art flossen in seine Aufzeichnungen ein und wurden im Nacken gespeichert. Er spürte die Einzigartigkeit des Moments. Helmer hatte recht gehabt: Dies war eine Entdeckung, die einen ganz neuen Blick auf die Prä-Ratio bieten konnte.

„Ganz recht!"

Der Hochrat der Wissenschaften war sichtlich befriedigt. Keinen Zweifel, dass der Ruhm des Fundes an ihm kleben bleiben würde. Ein wenig tat ihm die junge Archäohumanologin leid. Und auch dies floss in seine Aufzeichnungen ein. Zumindest ihren Namen wollte er dem Publikum nicht vorenthalten. Er wandte sich direkt an sie:

„Wie heißen Sie?"

„Silvan Al-Simbet", antwortete die Angesprochene ein wenig schüchtern. Gleichzeitig verschwand das smarte Grinsen aus Helmers Gesicht. Es freute Liam, dass er ihn ärgern konnte. Liam provozierte eben gern.

„Was soll weiter mit … dieser besonderen Zeitkapsel geschehen?"

Auch diese Frage war an die Archäohumanologin gerichtet, aber der Hochrat schwebte vor sie und antwortete für Silvan Al-Simbet:

„Wir werden alles tun, um die Person im Innern am Leben zu halten. Sie werden ebenfalls dabei sein, wenn wir diesen Prä-Ratio-Menschen zu neuem Leben erwecken."

Liam nickte.

„Und wie konnte diese … Person all die Jahrtausende überleben?"

Hochrat Helmer blickte kurz erstaunt, schien in seinem Speicher zu suchen, aber, da diese Information noch nicht im Netz veröffentlicht wurde, musste er sein Scheitern schließlich eingestehen. Er tat dies mit der Würde eines Hochrats.

„Diese Fragen kann Ihnen sicherlich Rätin Al-Simbet beantworten."

Trotz seines Lächelns traf Liam ein verärgerter Blick Helmers.

Die Archäohumanologin trat hinter dem schwebenden Hochrat hervor.

„Es ist tatsächlich ein kleines Wunder", erklärte sie freundlich. Liam wusste schon, wer der „Held", die Mittelpunktfigur, seiner Aufzeichnungen werden würde.

„Nur dank eines thermisch gespeisten Kraftwerks konnte die Person im Innern der Erhaltungs-Kammer überleben. Außerdem hat dieses Gewölbe erstaunlicherweise jeder Erdverschiebung widerstanden. Die Technik hier – ganz klar primitiv, wie alle Artefakte der Prä-Ratio – hat dennoch dem Zahn der Zeit getrotzt. Sie ist geradezu für die Ewigkeit konzipiert: Keine beweglichen Teile, eingeschweißte Prozessoren, und alle Teile aus Carbon-Titan. Übrigens eine der frühesten Anwendungen dieses Werkstoffs …

Trotzdem ist es ein Wunder, dass diese Kammer verschont wurde. Es gab seit ihrer Errichtung immerhin über tausendfünfhundert Erdbeben in dieser Erdgegend."

„Das klingt sehr aufregend!", bestätigte Liam den Enthusiasmus, den die junge Frau ausstrahlte. Er wollte sie damit verstärken, um seine Aufzeichnungen zu dramatisieren.

„Das ist es sicherlich!", fuhr der Hochrat dazwischen. „Doch Sie sollten sich nun um Ihren Auftrag kümmern, und alles in diesem Gewölbe aufzeichnen. Später wird es noch viele Gelegenheiten geben, Ihre Neugier zu befriedigen."

Wie sollte Liam Sevnico dies verstehen? Aber bevor er nachfragen konnte, lieferte Helmer ihm die Antwort:

„Sie werden auch – auf *meinen* Antrag hin – beim weiteren Verlauf dieser Geschichte dabei sein: Sowohl bei der Wiederbelebung als auch bei der Befragung und weiteren

Begleitung dieses Fundes."

Davon war Liam eigentlich ausgegangen und erkannte jetzt, dass seine weitere Arbeit vom Gutdünken des Hochrats abhing. Vielleicht sollte er Helmer etwas mehr Respekt bezeugen. Er nahm sich vor, von nun an artig zu sein, denn er hatte Interesse an diesem Auftrag gefunden. Wie hätte er auch anders gekonnt? Der Rebell in ihm musste – wenigstens solange er an diesem Bericht arbeitete – eben schweigen, auch wenn es ihm schwer fallen würde. Liam war weise genug zu wissen, dass diese Sache eine ganz große war; vielleicht größer als sein gekränktes Ego.

Also nickte er und konzentrierte sich auf den Raum.

Eine Woche später erhielt Liam endlich die ersehnte Nachricht. Er hatte schon Angst gehabt, dass man ihn vergessen könnte. Tagelang hatte er gewartet, hatte nur kurze Ausflüge in die Umgebung des Forschungszentrums Erde-5, wo er im Moment Quartier bezogen hatte, gewagt. Seine Arbeit hatte geruht, seine Anspannung war mit jeder Stunde gestiegen.

Jetzt endlich empfing er die Botschaft über seinen Speicher im Nacken. Sie war kurz und vom Hochrat Helmer persönlich unterzeichnet.

„Finden Sie sich bitte in Untersuchungsraum sieben drei acht auf der gelben Ebene ein. Heute fünfzehn Uhr, Erdzeit.

Hochrat Sio Helmer, Abgesandter des Instituts der Wissenschaften."

Das gab ihm noch etwa zwei Stunden Zeit, sich vorzubereiten. Er prüfte seine Aufnahmegeräte für Bild, Ton, Geschmack und Geruch, testete ihre Verbindung zu seinem Speicher, auf den wiederum seine persönlichen Gefühle und Gedanken Einfluss hatten.

Also beschloss er seinen Geist von Anspannung und Aufruhr zu befreien, um eine „saubere" Aufzeichnung zu bekommen. In einem Antigrav-Feld in der Mitte seiner spartanischen Unterkunft im Schneidersitz schwebend, konzentrierte er sich auf seine Atmung und versuchte den Knoten in seinem angespannten Gedanken zu entwirren. Liam Sevnico spürte die Gedankenlosigkeit, antrainiert in jahrelanger Übung, übernehmen. Sein Speicher schaltete seine Hauptfunktionen ab, die Welt entfernte sich, und alles fiel in einen Punkt zusammen im Hier und Jetzt. Er schwebte, beruhigt und der Wirklichkeit entrückt.

So weit fort war sein Geist, dass er die sanfte Musik, die sein Speicher benutzte, um ihn an etwas zu erinnern, erst nur ganz leise, im Hintergrund des Rauschens seines Gehirns, wahrnahm. Dann kam er langsam aus seiner Meditation zurück und erkannte, dass es Zeit war.

Er hatte noch eine halbe Stunde, um zur gelben Ebene am Fuße des Turmes des Forschungszentrums zu gelangen. Er veränderte noch die Farbe seiner Kleidung, indem er den Nanos in der Hose und der Jacke über seinen Speicher befahl, von weiß zu einem tiefen Blau zu wechseln, dann verstaute er seine Aufnahmegeräte in einer Antigrav-Tasche, die er sich um die Hüfte schnallte. Nur eine kleine fliegende Drohne, die für Übersichtsaufnahmen gedacht war, ließ er über seinem Kopf schwebend verharren. Sie würde ihm verlässlich gute Dienste leisten. Dann verließ er sein Quartier.

Auf den Gängen im Innern des Turmes herrschte wie stets ein eindrucksvolles Durcheinander von Menschen und Maschinen. Erst als ein Pendel-Lift Liam in die unteren Etagen des Turms brachte, wurde es ruhiger.

Hier unten befanden sich vor allem Lagerräume, Energiemeiler und abgeschottete Labors, wie zum Beispiel der Raum sieben drei acht.

Das Surren der hinter der rechten Wand verborgenen Energieerzeuger begleitete ihn durch einen Gang, dessen linke Wand vollständig aus Carbon-Glas bestand und einen wundervollen Blick über den Besiktas-See erlaubte. Glitzernd wie tausend tanzende Kristalle warf die Wasseroberfläche das Sonnenlicht aus strahlend blauem Himmel zurück. Auch von hier war die Kuppel und der Lift-Turm des Besucherzentrums gut zu sehen.

Der Gang lief leicht nach rechts gekrümmt voran. Nur ein einsamer Reinigungsroboter, ein Staubot wie sie im Allgemeinen genannt wurden, begegnete ihm auf seinem Weg, zog leise brummend an ihm vorüber und verschwand hinter der Biegung des Ganges. Schließlich erreichte Liam eine hellgraue Tür, die außer der Aufschrift „738" in großen roten Ziffern, völlig unspektakulär war. Eine Hochsicherheitstür, dachte Liam Sevnico und war nicht verwundert. Denn hinter ihr verbarg sich seiner Meinung nach ein wahrer Schatz. Und er würde bei der Bergung dabei sein.

Selbstsicher – sein Zugang würde natürlich gewährleistet sein – trat er vor und legte seine Hand auf das kühle Metall der Tür. Der Rechner erkannte seine DNS und seinen Handabdruck, die graue Tür löste sich für einen Moment auf, und er trat ein. Hinter ihm erschien die Tür wieder.

Liam stand in einem weiten, hohen Raum, dessen weiße Farbe das helle Licht, das von der Decke ausging, perfekt reflektierte. In der Mitte des Raumes, umschlossen von Rechnern und tragbaren Energiemeilern, erkannte Liam Sevnico die Kiste, die er schon im Gewölbe unter den Jülüg-Bergen gesehen hatte. Um sie herum standen fünf Personen, die ihm abwartend entgegen blickten.

Er sah den Hochrat; noch immer schwebend, und darum die anderen um mehr als einen Kopf überragend. Neben ihm stand Silvan Al-Simbet, sowie eine weitere hochgewachsene Frau mit blauen, kurzen Haaren und zwei Männer, von denen der eine klein und rund wirkte, während der andere hager und schlank aussah.

„Wir haben auf Sie gewartet!", empfing ihn Helmer mit unfreundlicher Mine. Dabei war Liam keineswegs zu spät. Sogar ein paar Minuten vor der vereinbarten Uhrzeit. Liam zuckte mit den Schultern. Er hatte nicht vor, sich von Helmer aus der mühsam errungenen Ruhe bringen zu lassen.

„Auch erfreut, Sie wieder zu sehen, Hochrat Helmer", erwiderte er.

„Rat Al-Simbet kennen sie ja bereits", meinte Helmer. „Dies sind Rat Lohmer, Historiker, Spezialist in Antik-Linguistik und bestens vertraut mit der Periode, aus der diese Kiste stammt, sowie Tech

Hakat und Tech Kandorikis, die eine entscheidende Rolle bei der Bedienung der Maschinen leisten werden. Sie sind die besten Techniker des Forschungszentrums ... Wir wollen doch nicht, dass etwas schief geht!"

„Keinesfalls!", bestätigte Liam und schüttelte allen Anwesenden die Hand.

„Dann wollen wir mal", beschloss Helmer. „Fangen Sie an, Rat Al-Simbet!"

„Sehr gern", erwiderte die Archäohumanologin wie eingeübt. „Wir haben in den letzten Tagen ununterbrochen daran gearbeitet, das antike Lebenserhaltungssystem aus dem Felsgewölbe hierher zu transportieren – und Sie können mir glauben, dass dies keine einfache Sache war !"

Sie lächelte schüchtern, fuhr dann fort:

„Das war aber nichts im Vergleich mit den Schwierigkeiten, die wir hatten, diese Antiquität an unsere moderne Technik anzupassen. Prä-Ratio-Technik kannte keine Gedankensteuerung, keine hohen Symmetrie-Energie-Transfers und nur sehr beschränkt den Einsatz von Nanos. Aber das ist ja Allgemeinwissen ..."

Silvan Al-Simbet ging zu einer Steuerkonsole herüber und konzentrierte sich auf verschiedene Befehle, wie Liam deutlich an ihrem Gesicht ablesen konnte.

„Ich habe nun den Erweckungsvorgang eingeleitet", erklärte die Rätin der Archäohumanologie. Ihre Stimme zitterte kaum hörbar, aber für einem erfahrenen

Aufzeichner wie Liam offensichtlich, vor Erregung. Das Surren der Energiemeiler erhöhte sich langsam um zwei Oktaven. Die kleine Gruppe wartete, ohne dass jemand ein Wort sprach, während sich das Gesicht Al-Simbets unter der Anspannung verkrampfte. Liam wusste, dass gewaltige Datenströme durch ihren Speicher flossen, und bewunderte ihre Fähigkeit der Koordination.

„Jetzt ist es so weit", brachte die Archäohumanologin schließlich gepresst hervor. „Ich empfange Lebenszeichen: Puls, Blutdruck ... und Atmung.

Helfen Sie mir bitte!"

Silvan Al-Simbet richtet sich an Tech Hakat und Tech Kandorikis, die einer eingespielten Anleitung zu folgen schienen. Sie stellten sich an die Längsseiten der Kiste und hoben den Deckel an. Ein muffiger Geruch verbreitete sich. Nachdem zwei Roboter den Deckel zur Seite verfrachtet hatten, traten Liam, der Hochrat und der Historiker Lohmer dichter heran.

Im Innern der Kiste lag, gebettet in einer Gel-artigen, milchig-weißen Masse, eine Frau, die Liam wohl auf sechzig geschätzt hätte. Natürlich musste sie viel jünger sein. Immerhin stammte sie aus der Prä-Ratio.

Lange, schwarze Haare umkränzten ihr ernstes Gesicht, welches sich um eine imposante Nase sammelte. Ihre Lippen waren dünn und geschlossen. Eine gewisse Härte ging von ihren Zügen aus. Liams Aufzeichnungen füllten seinen Speicher. Keine Millisekunde wollte er verpassen.

Alle Anwesenden hielten den Atem an und starrten auf die

Zeitreisende hinab.

Endlich, nach einer gefühlten Ewigkeit, öffnete die Besucherin aus der Vergangenheit langsam die zitternden Lider. Ihre Augen waren von einem strahlend hellen Blau, blickten jedoch in die Weite.

„Können Sie mich hören?", fragte Helmer, aber die Frau in der Kiste antwortete nicht, sondern stöhnte leise.

„Geben Sie ihr ein paar Minuten!", meinte Lohmer. „Immerhin ist unser Dornröschen hier gerade erst aufgewacht aus ihrem Jahrtausend-Schlaf."

„Dornröschen?", erkundigte sich Helmer. Er konnte nur einen winzigen Eintrag im Netz finden: Märchengestalt.

„Eine uralte Legende", winkte der Historiker ab. „Nicht wichtig."

Die Lippen der Schläferin öffneten sich. Ein schwacher Hauch kam darüber, kaum hörbar. Aber Liams Sinne waren geschärft und nahmen alles wahr.

„Sie fragt wohl, wo sie ist", erklärte er den anderen.

„Das wird nicht ganz einfach zu erklären sein", meinte Lohmer und beugte sich ein wenig zu ihr hinab.

Wieder erhob die Frau ihre Stimme. Sie war brüchig und leise. Trotzdem konnten sie nun alle verstehen. Auch dank eines vorinstallierten Sprachprogramms.

„Wer sind Sie?"

„Ich bin Hochrat Helmer vom Wissenschaftsinstitut", drängte sich Sio Helmer vor. Seine Worte jedoch wurden von der Frau nicht mehr wahrgenommen.

„Sie ist wieder eingeschlafen", meinte Silvan Al-Simbet. „Wir werden vorläufig nicht viel aus ihr herausbekommen. Sie braucht sofort die Unterstützung von Nanos und viel Ruhe. Die Jahrtausende sind an diesem ... wie sagten Sie noch? Dornröschen ... nicht spurlos vorüber gegangen."

Lohmer grinste.

„Wir werden uns wohl noch ein paar Tage gedulden müssen", meinte er.

„Nun, gut", sagte der Hochrat. „Veranlassen Sie bitte alles Nötige. Keine Sparsamkeit mit Energie!"

Die Archäohumanologin nickte.

„In ein paar Tagen werden wir uns weiter mit dem Fall beschäftigen."

Bevor Liam den Raum sieben drei acht verließ, nahm er ein paar letzte Eindrücke auf.

***

„Ist die Schläferin ansprechbar?", fragte Liam, als er das kleine Vorzimmer betrat.

„Oh, ja!", bestätigte Silvan Al-Simbet. „Sie wird bald sehr gesprächig sein. Ich habe die Nanos so programmiert, dass sie in einigen Minuten aufwacht."

„Werden der Hochrat und Rat Lohmer auch anwesend sein."

Liam hoffte, dass zumindest Helmer das Interesse verloren hatte. Aber selbstverständlich blieb der Hochrat am Ball. Schließlich standen Netzwahlen für seinen Posten vor der Tür. Und einen besseren Aufmacher für seine Kampagne würde er wohl nicht so schnell finden. Immerhin würde dieses Ereignis im Netz großen Anklang finden. Aus den vielen täglichen Nachrichten aus allen Teilen des riesigen Imperium Humanum, würde die Schläferin sicherlich eine Weile hervorstechen. Die Erde und mit ihr die Prä-Ratio-Periode riefen bei vielen Menschen eine Art religiöses Gefühl hervor, das Liam nicht teilte. Geschichte war eben Geschichte und kein Mysterium.

„Sie sind schon drinnen", bestätigte die Archäohumanologin Liams Befürchtung. „Und wir sollten sie nicht allzu lange warten lassen. Hochrat Helmer hat sich mehrmals nach ihnen erkundigt. Er scheint sie unbedingt dabei haben zu wollen."

„Ich bin der beste meines Fachs im ganzen Imperium", log er und zwinkerte Al-Simbet zu. Sie verstand und lachte.

Unter dem leichten Druck von Silvan Al-Simbets Handfläche öffnete sich eine Tür, die vom Vorzimmer in den Behandlungssaal führte. Dort, in einer Art Bett, welches die Form einer halbierten Eierschale hatte, lag, umgeben von schwebenden Kugeln, die Schläferin mit geschlossenen Augen.

Neben dem Bett stand Helmer – sein Bein war wohl geheilt – und blickte die Eintretenden ausdruckslos an. Auch Rat Lohmer begrüßte sie nur mit einem Kopfnicken. Alle waren sichtlich angespannt.

Silvan stieß eine der schwebenden Kugeln an und konzentrierte sich. Keine zehn Sekunden später öffnete die Frau ihre Augen und blickte die Anwesenden fragend an.

„Lebe ich oder bin ich tot?", fragte sie.

„Ich kann Ihnen versichern, dass sie leben", meinte Lohmer und versuchte ein beruhigendes Lächeln. „Wie fühlen Sie sich?"

„Mir geht es ...", die erwachte Schläferin überlegte, „ ... gut! Erstaunlich *gut*! Ich fühle mich wie neu geboren."

„Das freut uns", schaltete sich Helmer ein. „Wenn wir uns eben vorstellen dürfen: dies sind die Räte Lohmer und Al-Simbet, Mitarbeiter des Wissenschaftsinstitutes, von dem ich einer der Vorsitzenden bin. Sio Helmer ist mein Name. Und dieser Mann ..."

Er wandte sich zu Liam.

„ ... Ist der Aufzeichner Sevnico, der unser Gespräch hier begleiten wird."

„Ich heiße Preeti Prakash."

„Es freut uns sie kennenzulernen", sagte Silvan Al-Simbet und fuhr nach einer kurzen Pause fort: „Sie werden sicher viel Fragen haben, Und auch wir haben ein paar Fragen an Sie."

„Oh, ja! Ich habe Fragen."

Für eine Erwachende in ungewohnter Umgebung nach tausenden von Jahren gab sich Preeti Prakash sehr selbstbewusst, fand Liam. Ihr hübsches Gesicht wirkte verschmitzt, ihr schwarzes Haar glänzte und ihre braunen Augen blickten sich neugierig um. Dann rümpfte sie die fein-geschnittene Nase.

„Wonach riecht es denn hier so komisch? So riecht doch kein Zimmer in einem Krankenhaus."

Liam fand, dass es hier ganz normal roch.

„Krankenhaus?", fragte Helmer.

„Ein Gebäude, in dem Verletzte von ausgebildeten Medizinern behandelt wurden", belehrte ihn Rat Lohmer und wandte sich dann direkt an Preeti Prakash.

„Sie sind auch nicht in einem Krankenhaus. Dies hier ist ein Forschungszentrum auf der Erde."

„Wirklich?", erwiderte die Frau im Bett, setzte sich auf und verschränkte die Arme hinter dem Kopf. „Trotzdem riecht es hier wie im Wald."

Diese Aussage machte alle für ein paar Sekunden sprachlos.

„Sie haben für einige Aufregung gesorgt", versuchte Lohmer erneut mit der Fremden aus der Vergangenheit ins Gespräch zu kommen.

„Daran bin ich gewohnt. Jeder kennt mich schließlich!"

„Was genau meinen Sie damit?", erkundigte sich der Historiker vorsichtig. Er war nicht der einzige, der ein wenig verwirrt wirkte.

„Wollen Sie mich testen? Meine Erinnerung?", fragte Preeti Prakash lachend. „Also gut. Ich bin eine der berühmtesten Personen der Erde. Preeti Prakash, die Schöne Sternenbraut?

Der Mega-Up-Star der Netze? Zweifache Ginzah-Preisträgerin? Ikone des Style-Imperiums mit über fünftausend Filialen auf der Erde, sechs auf dem Mond und zwei Mega-Stores auf dem *Mars*?"

Lohmer schüttelte den Kopf, während sein Speicher im Nacken das Netz absuchte.

Die Frau im Bett brach in hysterisches Gelächter aus.

„Sie wollen wirklich behaupten, sie hätten noch nie von mir gehört?"

Sie blickte in leere Gesichter.

„Ist dies ein Witz? Eine neue Holo-Show von der ich nichts weiß, und für die ich nicht gezeichnet habe?"

Aus irgendeinem Grund schien Preeti Prakash sehr wütend zu werden. Das waren die unverständlichsten Signale, die er je von einem Menschen empfangen hatte. Was konnte die „Schläferin" nur so aufgeregt haben? Sie atmete heftig und ihr hübsches Gesicht wurde zu einer bedrohlichen Fratze.

„Ich will sofort meinen Matri sprechen!", schrie sie. Ihre ansonsten weiche Stimme, wurde brüchig.

Lohmer, der sich von all dem nicht ablenken ließ, nickte schließlich und lächelte.

„Ich glaube, ich habe es gefunden!", sagte er leise zu Al-Simbet und dem Hochrat. Als Historiker hatte er natürlich bevorzugten Zugang zu den Daten des zentralen Geschichtsspeichers. Dann legte er die Hand auf die Schulter, der aus dem Bett aufgefahrenen Frau, und sagte mit sanfter Stimme:

„Sie müssen verstehen, dass die Dinge, von denen sie berichten, schon eine ganze Weile her sind. Genauer gesagt: achtzehntausend Jahre."

Diese Aussage verschlug Preeti Prakash die Stimme. Mit ungläubigen, weit geöffneten Augen sackte sie auf das Bett zurück.

„Nein", murmelte sie. Ihre Lippen zitterten.

„Es ist alles in Ordnung!", beruhigte sie Lohmer. Der Historiker lächelte. „Es wird Ihnen nichts geschehen. Wir wollen für Sie nur das Beste."

„Sie machen also keinen Witz?"

Preeti Prakash schien sich erstaunlich schnell von dem Schock zu erholen, fand Liam.

„Aha! Ich habe tatsächlich tausende von Jahren in diesem Sarg gelegen?"

„Das ist richtig", erwiderte Lohmer. „Es war ein wahres Glück, dass Sie so lange überlebt haben ... und dass wir Sie überhaupt gefunden haben."

„Wie haben Sie mich gefunden?", wollte Preeti Prakash wissen. Für eine frisch Erwachte war sie erstaunlich neugierig.

Rat Al-Simbet trat vor und berichtete. Liam erkannte am Gesicht der fremden Frau aus der Vergangenheit, dass sie nicht alles verstand. Sie unterbrach die Archäohumanologin aber auch nicht.

„Aha!", machte Sie stattdessen und nickte. In ihrem Kopf

schien es zu arbeiten. Blitzschnelle Anpassung war wohl eine ihrer Fähigkeiten.

„Dann ist in den letzten Jahrtausenden sicher viel passiert", stellte sie nachdenklich fest. „Erzählen sie mir von der Erde."

Lohmer berührte wieder sanft ihre Schulter.

„Uns wäre es lieber, wenn sie zuerst einmal über sich berichten … Ich meine ohne den Einfluss, den unsere Welt auf Sie haben könnte. Wir suchen ein …", er dachte eine Sekunde nach," … unbeflecktes Zeugnis."

Preeti Prakash nickte und senkte den Kopf. In diesem Augenblick empfand Liam bei ihr einen Anflug von Verlorenheit und Unsicherheit. Immerhin: die schöne Frau fing sich rasch wieder. Sie blickte Lohmer in die Augen und lächelte sanft.

„Ich verstehe. Das ist sehr schlau von Ihnen."

Hochrat Helmer räusperte sich, ein Zeichen seiner Ungeduld. Für ihn war Zeit schließlich Energie, und verschwendete Zeit war verlorene Energie. Liam fand, dass Helmer sehr gefühllos auftrat. Preeti Prakash musste sich in diesem Moment bewusst werden, dass sie alles verloren hatte. Ihre Kultur, ihre Familie, ihre Freunde. Alle ihre Freuden und Leidenschaften waren in der Vergangenheit begraben. Ohne den Nano-Übersetzer würden sie nicht einmal miteinander sprechen können.

Dann konzentrierte er sich wieder auf den Datenstrom, der von allen seinen Geräten kommend in seinem Genick zusammenfloss. Ohne Ordnung. Keine gute Aufzeichnung.

„Wie schon gesagt bin ich Preeti Prakash. Geboren wurde ich im Asiatischen Konglomerat, Indien, im Jahre zweitausendeinhundertvier ...“

Das war über achtzehntausend Erdenjahre her. Liam schluckte. Wenn er daran dachte, was in dieser Zeit alles geschehen war. Preeti Prakash war zehn Jahre nach dem Aufbruch des ersten Kolonisation-Schiffs der Menschheit, der Enleugchos nach Spes, geboren worden.

Noch vor dem ersten Galaktischen Rat, vor der totalen Vernichtung beinahe aller Kolonien und der Kultur der Erde durch eine unbekannte außerirdische Macht, die das Ende der Prä-Ratio-Periode bedeutete.

Preeti Prakash hatte die Dunkle Zeit, sowie den neuen Aufbruch verschlafen. Der Untergang der Zweiten Zivilisation, und die Wiederentdeckung des Ursprungsplaneten durch Kalanis waren an ihr vorübergezogen, wie der erste galaktische Bürgerkrieg und der Angriff der Ziloten. Es war ein Wunder, dass sie überhaupt miteinander kommunizieren konnten, dachte Liam. Yottabytes an Geschichtsdaten lagen zwischen ihnen.

Wiederum musste sich Liam Sevnico zwingen sich in seine Aufgabe zu vertiefen. Aber er war nicht nur ein guter Aufzeichner, sondern auch ein Mensch mit Gefühlen. Dies war oft von Vorteil, aber in solchen Augenblicken wie diesen drohten seine Empfindungen ihn zu überwältigen. Sein Wille war nicht nur von Natur aus stark genug, sondern auch höchst professionell trainiert. Er ließ seine schwebende Kamera von oben auf Preeti Prakash einfliegen.

„Meine Eltern waren einfache Menschen und sie können mir

glauben, das ich es in meiner Kindheit und Jugend nicht immer einfach gehabt habe. Ich verdiente mein Geld zuerst mit kleinen Geschäften und arbeitete mich langsam nach oben. Bald hatte ich Geld genug mir eine Villa zu leisten. Die Menschen erkannten endlich meine Talente, die so viele Jahre unentdeckt geblieben waren. Mit Fleiß, Ehrlichkeit und Charme wurde ich schnell bekannt, ja sogar berühmt. Auf der ganzen Welt, selbst auf dem Mond und dem Mars ist mein Name ein Begriff."

Sie begann ihre sogenannte „Karriere" zu beschreiben und wie sie zu jeder Zeit ein guter Mensch gewesen war, so sehr das Schicksal ihr auch zusetzte. Am Ende ihrer Geschichten stand sie als große Gewinnerin da. Liam spürte, dass ihre Aussage nicht nur wie eine lang vorbereitete Ansprache klang, sondern auch viele Halbwahrheiten enthielt. Es gab Dinge, die sie verheimlichte. Dessen war sich Liam sicher.

Und es waren keine kleinen Unebenheiten in ihrem Lebenslauf, wie Holosucht oder Intim-Warzen. Irgendwie steckte mehr hinter dieser Frau, als sie zu offenbaren bereit war. Sie war wohl daran gewöhnt andere Menschen zu beeinflussen. Liam notierte dies als intuitive Anmerkung in seiner Aufzeichnung. Es war ein wichtiges Element.

„Aber all dieser Ruhm, das ganze Geld machten mich nicht glücklich", war Preeti Prakash inzwischen fortgefahren. Sie setzten einen traurigen Blick auf, der ihre Worte unterstützen sollte. „Geld allein macht eben nicht glücklich."

Mit dieser Aussage konnte nur die Frau im Bett etwas anfangen. Dem Rest der Anwesenden war der Begriff Geld nur über historische Daten aus dem Netz bekannt. Der Austausch von Gütern, Dienstleistungen und Energie wurde so gut durch leistungsfähige Rechner organisiert, dass ein paralleles Wertesystem nicht gebraucht wurde. Außerdem waren Rohstoffe und Energie in fast unbegrenztem Maße verfügbar. Die dritte Technik-Revolution hatte dies zuwege gebracht. Vor beinahe dreitausend Jahren!, dachte Liam

„Erzählen sie uns bitte, wie Sie auf die Idee kamen ... auf diese Art durch die Zeit zu reisen", forderte Rat Lohmer Preeti Prakash auf.

„Ach!", seufzte diese und ließ sich in ihr Kissen zurückfallen, während sie die Arme erneut hinter dem Kopf verschränkte. „Ich hatte wohl einfach zu viel von Allem ... Ich wollte eine bessere Zeit abwarten, wo meine Prophezeiungen gehört werden."

„Sie haben etwas Besonderes zu verkünden?", mischte sich Helmer ins Gespräch.

Die Liegende kniff die Lippen zusammen, als wollte sie herausdrängende Worte zurückhalten.

„Nein ... Nein, eigentlich nicht", antwortete sie dem Hochrat schließlich. „Ich war wohl nur verwöhnt und durstig nach einem neuen Abenteuer."

Wieder hatte Liam das Gefühl, dass Prakash etwas verschwieg. Aber er musste sich mit dieser Aussage zufrieden geben. Vielleicht öffnete sich die „Schläferin" später über ihre Motive. Vielleicht vertraute sie der Welt noch nicht, brauchte noch Zeit sich einzuleben.

Liam vermutete, dass dies kein einfacher Prozess für Preeti Prakash werden würde.

Noch drei weitere Stunden, nur unterbrochen von einer schnellen Mahlzeit, schilderte die Aufgewachte die Kultur ihrer Zeit. Helmer, Al-Simbet, Lohmer und Liam lauschten angespannt. Beinahe jeder Satz brachte neue Erkenntnisse und Einblicke in eine Welt, die schon längst untergegangen war.

Bea Bolz (Zehn Jahre später)

Die zierliche, kleine Frau beugte sich über den Tisch, auf dem eine alte Steinplatte unter greller Beleuchtung eingespannt war. Kleine Motoren bewegten die antike Platte in genau bestimmten Winkeln, so dass verschiedene Symbol-Ketten abwechselnd erschienen.

Bea Bolz kannte jede Rundung, jede Ecke der seltsamen Symbole, konnte ihnen aber auch nach Jahren des Studiums noch immer keine exakte Bedeutung abringen.

Das hielt sie nicht davon ab, sich in freien Minuten mit ihnen zu beschäftigen; und ihre Essenspause gehörte dazu. Ohne den Blick von dem verwirrenden Spiel der Zeichen abzuwenden, schob sich sich einen kleinen Nahrungsblock in den Mundwinkel und kaute. Ihre großen, braunen Augen fanden aber auch diesmal nichts Neues.

Die Sprache der Ziloten war bisher nicht entziffert. Dieses Ereignis würde auch noch lange auf sich warten lassen, denn die Ziloten hatten sich seit ihrer versuchten Invasion der Erde vor beinahe dreitausend Jahren, nicht mehr blicken lassen. Expeditionen, sie in den Weiten der Galaxis aufzuspüren, waren immer wieder gescheitert. Zeit und Raum hatten die mysteriösen Wesen verschluckt.

Weder war bekannt woher sie gekommen, noch wohin sie gegangen waren. Immerhin hatten die Ziloten einen Haufen Artefakte hinterlassen. Dennoch war es der Exo-Linguistin, sowie übrigens vielen anderen vor ihr, nicht gelungen die Kultur der Ziloten zu entschlüsseln. Dafür war sie einfach zu rätselhaft. Dieser Umstand befeuerte jedoch nur ihre Neugierde. Warum sollte *sie* es nicht sein, die das Geheimnis der Ziloten aufdeckte?

Einen neuen Bissen von ihrem Nahrungsblock nehmend, streckte sich Bea Bolz und blickte aus dem Fenster.

Ihr Labor befand sich im sechzigsten Stockwerk und bot damit einen berauschenden Ausblick über die Metropole Amaurot, wenn man der Legende glauben durfte, der Ort, an den die erste Kolonie der Menschheit entstand. Ein durchaus historischer Ort, wenngleich die moderne Stadt Amaurot nichts antikes an sich hatte. Unzählige Gebäude reihten sich bis zum Horizont aneinander, überschwemmten sogar die nahen Hügel, die unter den Wogen des Häusermeers kaum noch auszumachen waren. Dazwischen standen glänzende Carbo-Titan-Türme. Sie reckten sich mit ihren hunderten von Stockwerken in den leicht grünlichen Himmel, an dem Bea zwei fliegende Blumen erkennen konnte. Sie hielten sich mit einem Gasgemisch in ihrem Innern in der Luft, um so besseren Boden zu finden, wo sie sich mit ihren speziell dafür ausgerüsteten Wurzeln festkrallen konnten. Eine Besonderheit des Planeten Spes eben.

Genau wie die seltsamen Mammuks, die immer wieder am Stadtrand beobachtet wurden. Sie waren ohne Zweifel intelligent und eines der großen Rätsel Spes`. Obwohl man ihre Sprache – sie kommunizierten hauptsächlich über Leuchtzellen auf ihrem Rücken – längst entziffert hatte und ohne Schwierigkeiten übersetzen konnte, waren die Inhalte ihrer Aussagen reine Mysterien. In regelmäßigen Abständen kamen sie aus der Wildnis hinter den nördlichen Bergen, wohin sie sich schon seit Jahrhunderten zurückgezogen hatten, nach Amaurot und sagten Dinge wie: „Wir haben euch schon einmal gewarnt", oder „Die Ewig Lebenden haben nicht vergessen". Genaueres als diese Sphinx-Rätsel war von ihnen nicht zu erfahren. Verschiedene Expeditionen hatten versucht mit den Riesenechsen nicht unähnlichen Wesen Kontakt aufzunehmen, aber die Mammuks waren ihnen immer wieder ausgewichen, vor den aufdringlichen Menschen regelrecht geflüchtet. Diese Mammuks waren genauso verwirrend wie die zilotische Schrift, fand Bea Bolz, *obwohl* der Mensch fähig war die Mammuks zu verstehen. Vielleicht brachte auch eine Entzifferung der holografischen Zeichen der Ziloten keinen Fortschritt. Wenn der kulturelle Zusammenhang fehlt, bringt auch eine Übersetzung nicht viel. Sätze wie „Pass auf, dass die Fledermäuse dir nicht in die Haare fliegen, denn dann wirst du schwanger" waren ein gutes Beispiel dafür. Wenn man nichts wusste, dass die Fledermaus eine einst heimische Säugetierart der Erde gewesen war, war dieser Satz schwer zu verstehen. Und selbst, wenn man die fliegenden Tiere kannte, machte der Rest der Aussage wenig Sinn. Wer würde schon darauf kommen, dass man in der Prä-Ratio *wirklich* glaubte, dass Fledermäuse eine Frau schwängern könnten? Aber man glaubte auch, dass Mäuse aus nassem Stroh entstünden. Es war also keine philosophische Aussage oder eine metaphorische, sondern eine damals Ernst gemeinte Warnung. Und hier ging es um die Kultur der Menschen. Wie fremd mochte wohl ein Satz eines Außerirdischen wirken?

Sprachen waren Beas Leben. Sie hatte ihren Beruf als Exo-Linguistin weder rein zufällig gewählt, noch war sie vom Netz dazu berufen worden. Schon als Kind hatte sie sich für die verschiedenen Dialekte des Imperiums interessiert. Ihre erste Fremdsprache lernte sie mit fünf Jahren, mit zwölf beherrschte sie schon die sechs Hauptdialekte des Imperiums. Dann begann sie ihr Studium der nichtmenschlichen Kommunikation. Sie war eine hochbegabte Studentin und konnte schon direkt nach ihrem Studium den Titel „Rat" tragen.

Seit rund zwei Jahrzehnten arbeitet sie nun schon im Exo-Linguistischen-Institut auf Spes, wo sie zu einer respektierten Wissenschaftlerin auf dem Gebiet der nichtmenschlichen Sprachen herangewachsen war. Ihre Meinung zählte, ihre Interpretationen waren legendär.

Dabei fand sie selbst nicht, dass sie etwas Besonderes war oder geleistet hatte. Ihr Gebiet war eigentlich sehr begrenzt, und neue Erkenntnisse und Daten in der Fachwelt selten. Es gab nur fünf Stellare-Intelligenzen – Wesen also, die im Gegensatz zu den Mammuks zum Beispiel, sich auf verschiedenen Welten niedergelassen hatten –, und mit keiner von Ihnen pflegte die Menschheit gute Kontakte.

Die Räder – sogenannt nach ihren gigantischen Speichen-Raumschiffen – bildeten eine Art religiöse Gemeinschaft, die in strenger Abschottung sechsundsiebzig Lichtjahre von Spes entfernt einen ganzen Raumsektor besiedelten. Diese Intelligenzen, die aussahen wie zehn-beinige Spinnen, hielten die Menschen aus irgendeinem unbekannten Grund für „unrein" und wollten nichts mit uns zu tun haben. Jedes

Eindringen in ihren Tempel – wie sie ihr fünfhundert Lichtjahre umfassendes Gebiet nannten – erwiderten sie mit ungebrochener Gewalt seit ihre Zivilisation vor sechstausend Jahren entdeckt wurde. Jedes Schiff, ob es nun zufällig, oder als gezielte Expedition in den Tempel vordrang, wurde sehr schnell aufgespürt und gnadenlos vernichtet.

Einen Kontakt zu ihnen gab es also nicht. Ihre Sprache – sie hatten eine Kommunikation mit Gesten entwickelt – war bekannt und übersetzbar. Dennoch gab es nur eine handvoll Texte, die hauptsächlich Warnungen an die Menschheit enthielten sich von ihrem Tempel fern zu halten. Drohungen und schwer zugängliche religiöse Daten, die als Erklärung für ihre rigide Haltung hinzugefügt wurden, war das Einzige, was von den Rädern bekannt war. Alle vorhandenen linguistischen Daten waren gut publiziert und tausendfach im Netz besprochen.

Das Pegasische Kollektiv ähnelte den Rädern in ihrer kulturellen Abschottung zum Imperium Humanum. Die Wasserwesen, Fischen nicht unähnlich, bildeten eine Art gewaltigen Ameisenstaat, der bis ins kleinste Detail durchorganisiert war. Ihre Sprache – ein fast für menschliche Ohren unhörbares Piepen in hohen Tonlagen – war sachlich und ohne jeden künstlerischen Inhalt. In einer pragmatischen Kultur war auch die Sprache nur ein nützliches Mittel die Gemeinschaft zu verbinden. Außer Befehlen und Verordnungen hatten das Pegasische Kollektiv nichts zu bieten. Dabei bestand ihre Kommunikation aus nur rund hundert Wörtern und war auch sonst sehr sparsam. Ein Kind, fand Bea, konnte ihre

Sprache an einem Nachmittag erlernen. Für eine clevere Exo-Linguistin stellte dies sicherlich keine Herausforderung dar.

Die Benäer dahingegen waren sehr kommunikativ, wenn es um Handel ging. Darüber hinaus schirmten die „Kopffüßler" ihre Kultur von jedem menschlichen Einfluss ab. Auf den von ihnen eingerichteten Handelsposten bedienten sie sich ausschließlich der humanen Dialekte. Über ihre eigene Sprache war so gut wie nichts bekannt, außer, dass es sie gab.

Dann gab es noch die Alten, die als Zivilisation längst verschwunden waren. Hin und wieder jedoch wurden Artefakte gefunden, wie zum Beispiel verlassene – und verstummte – Stationen, sowie herrenlose Raumschiffe. Ihre Sprache war unbekannt.

Da Bea Bolz die Linguistik der Stellar-Siedelnden-Intelligenzen als ihr Fachgebiet gewählt hatte, gab es also nicht viel zu tun, fand sie selbst. Das konnte sich aber jederzeit ändern. Wer weiß wie vielen Intelligenzen der Mensch auf seinem Vorstoß in die Tiefen des Raums noch begegnen würde?

Bea Bolz war bei allen Mitarbeitern des Instituts beliebt und beneidet. Geliebt für ihre offene Art und ihren Charme, wurden ihr manche Erfolge – und derer gab es viele - geneidet. Sie war objektiv betrachtet ein Ass auf ihrem Gebiet, nur zu bescheiden dies zuzugeben.

Bea seufzte in diesem Moment und warf einen weiteren Blick auf die Schrifttafel. Und dann gab es noch die Ziloten, deren Fundstücke ihr auch nicht weiterhalfen.

Manchmal, in dunklen Stunden der Nacht, wünschte sie sich, sie hätte eine der sechsundzwanzig bekannten Sprachen planetarer Intelligenzen wie den Mammuks als ihre Spezialisierung gewählt.

Aber sie hatte schon immer weit hinaus gewollt. Sie interessierte das Große, das Ganze: das Mysterium. Sie wusste, dass sie hier an der Grenze menschlicher Kenntnisse wandelte. Die wirklich großen Rätsel waren nicht in den planetaren, sondern in den fünf stellaren Sprachen aufzudecken. Dessen war sie sich sicher.

Eine in ihrem Speicher eintreffende Nachricht, lenkte sie von ihren Gedanken ab. Sie kam mit großer Dringlichkeit und hatte nur einen kurzen Wortlaut:

„Melden sie sich bitte bei Hochrätin Wicker. Fünfundzwanzig Uhr. Hauptbüro des Hochrats des Exo-Linguistischen-Instituts."

Eigentlich nichts ungewöhnliches, dachte Bea Bolz und zuckte mit den Schultern, während sie den Rest eines Nahrungsblocks in den Mund schob. Wahrscheinlich wollte sie mit ihr über ihre letzte Veröffentlichung im Netz sprechen: „Vorteile pegasischer Sprachelemente in einem geschlossenem Wirtschaftsraum."

Das gab ihr noch etwas über zwanzig Minuten Zeit. Sie wechselte die Farbe ihres weiten Mantels von weiß zu einem dunklen rot mit einem Muster floraler Schlingen in gelb. Dann machte sie sich auf den Weg.

„Entschuldigen ...", Sie bitte die Verspätung, wollte Bea Bolz sagen, nachdem sie ins Büro Wickers getreten war. Aber statt der großen, robusten Frau, erwartete sie ein streng blickender hochgewachsener Mann. Er musterte die zierliche Exo-Linguistin mit intelligenten Augen und meinte:

„Ich muss mich bei Ihnen entschuldigen, Rätin Bolz. Sie haben sicher gedacht Hochrätin Wicker hier zu sehen."

Der fremde, Ehrfurcht einflößende Mann räusperte sich. Es klang als würden zwei Baumstämme gegeneinander reiben.

„Ich bin Netza-Ge Helmer."

Er trat hinter dem Arbeitstisch, hinter dem er gestanden hatte, hervor und reichte Bea Bolz seine Hand. Sie nahm sie verwirrt. Was sollte das bedeuten?

„Sie wissen, was mein Titel bedeutet?"

Die Exo-Linguistin nickte. Natürlich wusste sie es. Ein Netza war ein Beauftragter des Netzes, der für verschiedene Aufgaben ernannt wurde. Meistens ein Experte für ein bestimmtes Gebiet oder ein Diplomat für Unterhandlungen auf allen möglichen Ebenen. Dies war keine Besonderheit. Mindestens zwei- bis dreimal im Jahr begegnete Bea einem Netza.

Ein Netza-Ge dahingegen war jemand, dem man nicht alle Tage über den Weg lief. Bea jedenfalls hatte in ihrem ganzen Leben noch keinem getroffen.

Ein Netza-Ge war im Geheimen unterwegs. Seine Legitimierung erlangte er vom Vertraulichen Netz, zu dem nur vom allgemeinen Netz ausgewählte Menschen Zugang hatten. Seine Tätigkeit war immer von hoher Brisanz, seine

Aufträge schwierig. Er kümmerte sich um Angelegenheiten, die dem allgemeinen Netz verborgen blieben sollten, zum Schutze aller.

„Selbstverständlich!". lachte Bea Bolz nervös. „Was verschafft mir die seltene Ehre ihres Besuchs?"

Ein vorsichtiges Lächeln erschien auf Helmers Gesicht.

„Sie verstehen, dass wir alles, was hier besprochen wird strengster Geheimhaltung unterliegt."

„Das habe ich mir gedacht. Dennoch: Warum sind Sie hier?"

„Setzen wir uns."

Der Netza-Ge pflanzte seinen mächtigen Körper in den Sessel Wickers. Und deutete der Exo-Linguistin an, auf einem Stuhl vor dem Arbeitstisch platz zu nehmen.

„Es hat einige Ereignisse gegeben, die ihre sprachliche Kompetenz erfordern. Niemand ist für den Auftrag besser geeignet als Sie. Das Geheimnetz hat Sie ausdrücklich empfohlen. Deshalb bin ich hier."

„Das sagt mir rein gar nichts", erwiderte Bea Bolz. „Dieses Geschwurbel dient doch nur dazu andere Dinge zu verheimlichen. Reden Sie doch bitte Klartext, Netza-Ge!"

Helmer lächelte, während der Rest seines Gesichts nichtssagend blieb.

„Sie haben recht, Rätin. Ich kann Ihnen leider noch nicht alles verraten … Nur so viel: Das Schicksal des Imperiums mag von dieser Sache abhängen."

„Sie können wohl nicht anders", sagte Bea. Als ob Sie oder

dieser Netza-Ge das Schicksal von Trillionen von Menschen ändern konnten. Diese Arroganz und das dominante Auftreten ihres Gegenübers machte sie wütend.

„Also was soll das Ganze? Was wollen Sie eigentlich von mir?"

Das Lächeln Helmers verschwand so schnell wie es aufgetaucht war.

„Sie lassen sich demnach nichts vormachen … Nun, gut: Klartext. Ich soll Sie hier für eine äußerst dringliche Mission gewinnen. Sie werden viel riskieren müssen. Worum es geht kann ich Ihnen leider noch nicht sagen, bevor Sie einen Vertrag unterzeichnet haben."

„Dann geben Sie mir diesen Vertrag. Ich unterzeichne, Sie sagen mir, was dieser Auftritt hier bedeutet, ich lehne – höchst wahrscheinlich – ab, und wir können uns wieder wichtigen Dingen zuwenden."

Er sah sie aus unberührten Augen an. Bea Bolz erwiderte seinen Blick.

„Ganz so einfach wird es nicht laufen", meinte er. Seine Stimme zeigte keinerlei Ungeduld. „Den Vertrag darf ich Ihnen erst auf Yuntsas-Welt vorlegen, nachdem Sie gegenüber dem Geheimnetz versichert haben, dass sie die neue Berufung annehmen."

Bea blieben eine Sekunde lang die Worte weg, dann platzte es aus hier heraus:

„Verstehe ich Sie richtig: Sie wollen mich nach Yuntsas-Welt befördern?"

Yuntsas-Welt, war ein erdähnlicher Planet im Sonnensystem Yun-8203-b, benannt nach seinem Entdecker Hiruscho Yuntsas, der während einer Kampagne gegen die Invasion der Ziloten vor rund dreitausend Jahren zahlreiche Sternensysteme und Planeten katalogisierte. Dieser Wüstenplanet mit einer Durchschnittstemperatur von dreißig Grad lag am Rand des menschlichen Siedlungsgebiets, über fünftausend Lichtjahre von Spes entfernt. Eine Reise dorthin würde mehrere Monate dauern und konnte nur im Cryo-Schlaf bewältigt werden. Soweit Bea informiert war, gab es auf Yuntsas-Welt nur einen kleinen, wissenschaftlichen Außenposten.

Bea war mit diesem Planeten tatsächlich ein wenig vertraut, denn er war die letzte von Menschen besiedelte Welt, vor der Zone, in der die Ziloten vermutet wurden. Bea erschrak. Sollte der Besuch des Netza-Ge, etwa mit den Ziloten im Zusammenhang stehen? Gab es Neuigkeiten von den Fremden, die vor über fünfhundert Jahren komplett verschwunden waren? Warum sonst sollte des Geheimnetz sie erwählen, wenn nicht für ihre genauen Kenntnisse der Kultur und Sprache der Ziloten? Hatte Helmer sie mit der Anmerkung von Yuntsas-Welt ködern wollen? Er musste doch wissen, dass sie den Zusammenhang sofort bemerken würde. Er war wirklich sehr schlau, fand Bea Bolz und nahm sich vor noch vorsichtiger zu sein.

„Ich nehme an, Sie kennen diesen winzigen Schmutzklumpen?"

Er zwinkerte ihr zu. Bea erkannte sofort, dass sie auf der richtigen Spur war. Ihre Hände zitterten vor Aufregung.

„Geben Sie mir ein paar Tage Bedenkzeit", sagte sie, obwohl sie nun schon ahnte, wie ihre Antwort auf Helmers Angebot lauten würde.

„Nun, gut. Zweiundsiebzig Stunden", erwiderte der Netza-Ge siegessicher und erhob sich, um der Exo-Linguistin die Hand über den Arbeitstisch zu reichen. „Wir sehen uns dann wieder hier in diesem Büro."

Bea nahm die dargebotene Hand wie in Trance und murmelte eine Verabschiedung. Dann verließ Sie den Raum, und die Tür schloss sich hinter ihr. Auf dem Gang musste sie erst einmal tief durchatmen, bevor sie gedankenverloren davonschlich.

Preeti Prakash

Sie hatte es nicht vergessen. Heute war es genau zehn Jahre her, dass sie aus ihrem tiefen Schlaf erwacht war. Einiges hatte sich seitdem verändert, dachte sie befriedigt, während sie sich in ihrem Sessel zurücklehnte und die Hände hinter dem Kopf verschränkte.

Und sie hatte sich sehr gut eingelebt, befand sie. Am Anfang jedoch war es ihr gar nicht leicht gefallen, sich in der Zukunft zurechtzufinden. Das Implantat in ihrem Nacken, „ihr Speicher", der Verzicht auf das Rechnen in Geld und vor allem die Allgegenwärtigkeit des Netzes und seiner Macht hatten ihr zu schaffen gemacht. Manchmal war sie verzweifelt gewesen, öfter aber zuversichtlich und neugierig. Sie hatte schnell gelernt. Sie war eine Schockwellenreiterin, die zu jeder Zeit an jedem Ort auftrumpfen konnte. Und darauf war sie stolz.

Ihre Anpassungsfähigkeit hatte in ihrem Jahrtausende währenden Schlaf nicht im geringsten gelitten. Sie war eine Opportunistin ersten Grades, hatte dabei oft nur ihr eigenes Wohl im Sinn. Geboren aus einer Angst vor verletzten Gefühlen, war sie schon als Teenager zu einer Festung geworden. Eine Burg, dessen Mauern unter ständiger Belagerung nur dicker und wehrhafter zu werden schienen. Jetzt kam es ihr vor, als wäre sie der schlauste Fuchs im Walde. Sie hatte sich auch in dieser Zukunft durchgeschlagen. Und das sogar sehr gut.

Preeti Prakash sah aus dem Fenster hinaus. Ihr rundes, äußerst geräumiges Büro lag im obersten Teil des Turmes, der einen fantastischen Rundblick über Neos bot.

Neos war die Hauptstadt des gleichnamigen Planeten, der in seiner Bahn um eine durchschnittliche Sonne der Hauptreihe kreiste, ziemlich inmitten des Imperium Humanum.

Obwohl Neos dicht besiedelt und schon ein Drittel der Landmasse vom größten Rechenzentrum der Menschheit in Beschlag genommen wurde, war diese Welt ein Paradies. Das Klima war mild und auf jedem freien Platz wucherten die einheimischen Pflanzen, die von Blüten überzogenen Bäumen glichen. Auf den Gebäuden, zwischen ihnen auf eigens dafür angebrachten Brücken, neben den Verbindungswegen und sogar an den Fassaden erblühte eine Farbenpracht, die einen fast erblinden ließ. Ein süßer Duft wehte über Plätze und Parks.

Eigentlich sah Neos aus, wie eine überwucherte Dschungelstadt. Es war als hätte sich die Zivilisation in eine Decke aus fettem Grün gehüllt. Dabei herrschten Temperaturen um die fünfundzwanzig Grad. Wetterformer, die in Abständen von fünfhundert Kilometern in den strahlend blauen Himmel ragten, sorgten dafür, dass sich dies nie ändern würde.

Zudem war Neos eine Achse des interstellaren Handels. Über sechstausend Orbital-Stationen, die über fast viertausend Raumlifte mit der Oberfläche am Äquator des Planeten verbunden waren, sorgten für einen Warenaustausch, wie er wohl einmalig in der Geschichte der Menschheit sein dürfte.

Preeti wusste zwar nicht genau wie viele Raumschiffe diese

Welt täglich ansteuerten – sie schätzte, dass es einige tausend sein mussten -, war sich aber sicher, dass Neos für ihre Pläne bestens geeignet war. Von hier aus konnten bequem Meinungen verbreitet werden, die nicht vom offiziellen Netz abhängig waren.

Es war also eine perfekte Welt in vielerlei Hinsicht; Eine, wie es sie in „ihrer Zeit" niemals hätte geben können, fand Preeti Prakash.

Sie nahm einen Schluck aus ihrer Tasse, die vor ihr auf dem Tisch gestanden hatte. Sie brauchte jeden Tag mindestens fünf Tassen Kaffee. Noch etwas, was ihr zu Beginn schwer gefallen war: den Verzicht auf ihr Lieblings-Getränk. Erst nach Monaten war es Preeti Prakash gelungen, den längst vergessenen Kaffee wieder zu entdecken. Heute betrieb sie sogar eine kleine Plantage auf der Erde, die ihren Bedarf mehr als nur deckte. Den Rest der Ernte tauschte sie gegen Energie und andere Annehmlichkeiten. Geld mochte es zwar nicht mehr geben, materieller Reichtum war aber immer noch möglich, obwohl nur sehr wenige Menschen besonderen Wert darauf zu legen schienen.

So hatte sie mehrere Eisen im Feuer. Kaffee war nur eines ihrer zahl- und erfolgreichen Unternehmungen. Auf diese Art und Weise hatte sie es in den letzten zehn Jahren zu Ansehen und Macht im Netz gebracht. Offiziell war sie eine Historikerin im Rang einer Rätin, inoffiziell war sie so viel mehr. Wie zu „ihrer Zeit" hatte sie es zu einer schillernden Berühmtheit gebracht. Eigentlich hätte sie zufrieden sein können. Eigentlich.

Dennoch war sie zu der Überzeugung gekommen, dass

diesem anscheinend paradiesischen Planeten, sowie dem gesamten Imperium, etwas fehlte. Etwas fundamentales.

Zugegeben, Hunger und Krankheiten kamen nur noch selten vor, die Menschen waren in ihrer Geschichte wohl nie besser versorgt gewesen. Niemand musste um seine physische Existenz fürchten.

Aber es mangelte, ihrer Meinung nach, an Herz. Herz für das Mysterium des Lebens, Leidenschaft für die Liebe und Ehrfurcht vor der Schöpfung.

Der Verstand regierte, die Wissenschaft triumphierte, und was sich nicht erfassen ließ, wurde ignoriert. Das Leben, fand Preeti Prakash, war verarmt, die Menschen blind geworden für die Götter, die sich noch immer in den Tiefen des Kosmos verbargen und sie beobachteten.

Die Ewig Lebenden mussten mehr als eine Legende sein. Zu viele historische Berichte und Aussagen nicht-menschlicher Völker deuteten darauf hin. Die Mammuks auf Spes zum Beispiel hatten schon mehrmals versucht die Bewohner von Amaurot zu warnen. Sie konnte nicht verstehen wie man diese Eindeutigkeit der Existenz einer Göttlichkeit einfach nicht sah.

Auch wenn sie im Netz für ihre Thesen so manches Mal belächelt worden war, wollte sie nicht von ihrem Glauben an die Ewig Lebenden ablassen. Sie war zutiefst davon überzeugt, dass die Ewig Lebenden die Götter waren, die Schöpfer. Der Gott ihrer „alten Welt".

Obwohl die meisten Menschen in dieser Zukunft taub für ihre Prophezeiungen waren, diese als schrägen Auswuchs ihrer bunten Persönlichkeit sahen, gab es einige, die ihr sehr wohl Gehör, und Preeti Prakashs Worten Glauben schenkten.

Sie fühlte sich wie ein Prophet, hineingeboren in eine Zeit, in eine Kultur, die es zu retten galt, die geradezu um Hilfe zu schreien schien.

Zeigte nicht ihr außergewöhnlicher Lebenslauf, dass sie zu Höherem geschaffen wurde? Es gab für sie keinen Zweifel mehr, seit sie die historischen Archive durchsucht hatte: Die Ewig Lebenden waren Wirklichkeit! Und Prakash war in die Zukunft gekommen, um den Menschen den Willen dieser Götter zu verkünden. Dafür musste sie zuerst im Geheimen operieren. Und sie musste die Ewig Lebenden aufspüren, um ihnen gegenüber treten zu können.

Aus diesem Grund hatte sie schon vor neun Jahren „Pax Nova" gegründet. Eine Organisation die nicht im Netz zu finden war; Eine Gruppe treu Ergebener, die bereit waren Preeti Prakash bis in den Tod zu folgen, unsichtbar handelnd. Für Mitglieder der „Pax Nova" war Preeti Prakash die Verkünderin der Wahrheit, die Prophetin aus der Vergangenheit. Die Krakenarme ihrer Organisation erfassten schon alle wichtigen Knotenpunkte der Gesellschaft.

Ihre Organisation setzte alles daran die Götter zu finden. Prakash hatte mit den Jahren Agenten in allen Teilen des Imperiums installiert. Nicht der kleinste Hinweis nach den Ewig Lebenden entging ihr. Schon gar nicht eine Nachricht, wie Preeti sie vor zwei Tagen aufgefangen hatte, und die sie entzückt vor Rührung hatte schluchzen lassen.

Zuerst hatte sie es nicht so recht glauben wollen, hatte es für ein Echo des Netzes gehalten. Aber ihre Quelle war ein äußerst vertrauenswürdiger Agent, der bereits seit Jahren loyal zu „Pax Nova" stand. Sie konnte sich gänzlich auf ihn verlassen. Umso erschütternder war die Botschaft, die er Preeti Prakash über eine verschlüsselte Verbindung des Geheimnetzes hatte zukommen lassen.

Es gab eine neue Spur zu den Ewig Lebenden, zu den Alten, wie die Ungläubigen sie nannten, und sie führte direkt zu einem unbedeutenden Planeten am Rande des Imperiums: Yuntsas-Welt!

Der für sie arbeitende Agent war dicht an der Sache dran. In einigen Monaten würde sie erfahren, was das Treffen auf Yuntsas-Welt ergeben hatte. Am liebsten hätte sie selbst die lange Reise mit ihrem Privatraumschiff angetreten, aber sie durfte ihren Deckmantel nicht fallen lassen. Noch nicht. Vielleicht jedoch war bald der Moment gekommen, um ihre Pläne zur Erleuchtung der Menschheit auszuführen.

In der Zwischenzeit würde sie sich in Geduld üben, wenn es ihr auch schwer fiel, und der Dinge harren. Ihr loyaler Agent, der bereits unterwegs war, würde sich selbstverständlich melden, wenn es etwas spektakuläres zu berichten gab. Und Preeti Prakashs Erwartungen waren groß.

In Transit Mundi

Endlich hatte sie den Trubel des Haupt-Raumsteigs hinter sich gelassen. Nanokontrolle, inklusive Gesundheitscheck, Sicherheitsabfrage und Sterilisierung lagen hinter ihr. Mit jedem Schritt wurde es ruhiger, die Masse von Menschen nahm ab, bis sie sich ganz allein in einem schmalen Korridor befand.

Sie war jetzt am Rande der sich um eine Achse in der Mitte drehenden Station angekommen. Sie spürte eindeutig, dass ihre Beine schwerer geworden waren, als sie dem Hinweis-Hologramm ihres Fluges folgte. Die „Seifenblase" war ein kleines, aber sehr schnelles Schiff, mit einer Reichweite, die es für Tiefraum-Expeditionen qualifizierte.

An der Schleuse erwartete sie ein großer, schlaksiger Mann, der ihr eine dürre Hand mit langen Fingern entgegenstreckte.

„Willkommen an Bord, Rat Bolz!", sagte er mit einer beeindruckend dunklen Stimme. „Ich bin Kap Surat."

Es war bei Passagierschiffen sehr ungewöhnlich, dass der Befehlshaber des Schiffes seine Gäste persönlich begrüßte. Aber, was war an dieser Reise noch gewöhnlich?, dachte Bea Bolz und zuckte mit den Schultern.

„Freut mich Sie kennenzulernen, Kap Surat."

Die Exo-Linguistin nahm die dargebotene Hand. Surats Händedruck war trotz seines Körperbaus sehr kräftig.

„Die „Seifenblase" ist ein wunderbares Schiff."

Das war sie tatsächlich. Im Licht der Scheinwerfer des Docks glänzte ihre makellose Oberfläche, die wie ein langgezogener Tropfen geformt war.

„Danke!", erwiderte Kap Surat und lächelte. Es sah aus, als würde auf getrockneter Erde die Kruste aufbrechen. Ein unheimlicher Typ, dachte Bea. Aber Kaps waren im Allgemeinen sehr scheue, zurückhaltende Menschen. Was nicht verwunderte, wenn man wusste, dass sie zwei Drittel ihres Lebens im leeren Raum zwischen den Sternen verbrachten. Einsamkeit und Rückfall auf das eigene Ich waren, trotz des Cryo-Schlafs, Begleiter aller Beatzungen an Bord von Raumschiffen des Imperiums. Ob nun Menschen mit besonderen charakterlichen Fähigkeiten sich zum Dienst in der Flotte meldeten, oder ob dieser Beruf sie erst zu solchen Sonderlingen machte, war Bea Bolz ein Rätsel.

„Wir sind sehr stolz auf unser Schiff. Die „Seifenblase" hat schon alle Ecken des Imperiums gesehen, ohne uns jemals im Stich zu lassen. Sie ist wahrlich ein guter Kamerad auf Reisen."

Das letzte sagte er mit fast zärtlichem Unterton.

Sie traten durch die Schleuse und warteten wortlos den Druckausgleich ab. Die Atmosphäre auf Raumschiffen war meistens dichter, als auf den von Menschen besiedelten Welten. Bea Bolz hörte ein leises Knacken in ihrem Ohren, dann öffnete sich das innere Schleusentor. Sie standen in einem Gang, die so niedrig war, dass Kap Surat seinen Kopf leicht neigen musste, wollte er nicht damit gegen die rundliche Decke stoßen.

„Ihre Kabine mit der Cryo-Schlaf-Zelle befindet sich gleich

am Ende des Decks."

Sein ausgestreckter Arm wirkte wie ein Hinweisschild am Wegesrand.

„Wir starten sobald wir die Freigabe der Flugsicherung erhalten ... Wir haben ein Fenster innerhalb der nächsten Stunde."

Bea nickte.

„Danke."

Gemeinsam folgten sie dem Gang.

„Haben sie viele Passagiere an Bord?", fragte die Exo-Linguistin.

„Nein. Sie sind die Einzige."

Bea blieb stehen und schaute Surat erstaunt an.

„Ist das Ihr ernst? Sie fliegen diese Route nur wegen *mir*?"

Der Kap zuckte mit den Schultern.

„Das ist nichts besonderes. Wir arbeiten sehr oft fürs Geheimnetz. Allerdings nach Yuntsas-Welt ..."

Er unterbrach sich selbst und lächelte erneut. Es schien ihm jedoch keinerlei Freude zu machen.

„Ja?", hackte Bea nach.

„Niemand will dorthin. Ich selbst war noch nie dort ... und ich habe schon hunderte von Planeten und Orbitern besucht."

Er beugte sich zum Gesicht Beas hinunter und schob einen

langen Finger vor die dünnen Lippen.

„Verschwiegenheit ist unser Geschäft. Deshalb sollten wir auch nicht weiter über ihre Reise und die Zielwelt reden."

„Nun, gut", erwiderte die Exo-Linguistin ein wenig eingeschüchtert. Dieser Kap war unter allen der Unheimlichste, dessen war sich Bea Bolz schon nach dieser kurzen Zeit sicher. Ohne ein weiteres Wort erreichten sie die Luke zu ihrer Kabine.

„Hier ist es."

„Danke, Kap Surat", sagte Bea und trat ein.

„Wenn Sie noch etwas brauchen, sagen sie es mir … Nur keine Antworten auf überflüssigen Fragen, bitte."

Dann schloss sich die Luke und Bea war allein. Die Kabine war sauber und einfach eingerichtet. Den größten Teil des Raumes nahm der Cryo-Schlaf-Generator, unter Raumfahrern auch Engelssarg genannt, ein. Daneben gab es einen Tisch, einen Sessel und eine Truhe, in der sie ihre Habseligkeiten verstauen konnte, wenn sie denn welche gehabt hätte. Warum auch? Alle ihre Unterlagen befanden sich in ihrem Speicher, ihre Kleidung war selbstreinigend und konnte jedes Motiv in über zwei Millionen Farben bilden. Nur wenige Reisende führten noch Gepäck mit sich. Dementsprechend klein war die metallene Truhe.

Der Engelssarg dahingegen war eine Kiste mit enormen Ausmaßen, umringt von Schläuchen und Kabeln. Bea Bolz wechselte die Farbe ihrer Kleidung zu einem tiefen Blau, in dem Kreise auf- und abtauchten wie Wellen auf der Oberfläche eines Teichs. Ein Motiv, dass sich beruhigend auf ihren Geist auswirkte.

Es gab nicht mehr viel zu tun. Ihr Schicksal war nun vorläufig in den Händen von Kap Surat und der „Seifenblase". Sie ging zum holografischen Bedienungspult des Cryo-Schlaf-Generators und setzte die Maschine in Gang.

Liam Sevnico öffnete die Lider. Grelles Licht blendete ihn. Aus Reflex versuchte er seinen Arm zu heben, um mit seiner Handfläche die Augen zu schützen, aber er konnte sich nicht bewegen.

„Sie werden noch einige Minuten brauchen, um ganz zu erwachen", sagte eine Stimme, die von weit entfernt zu kommen schien, so dünn und schwach klang sie in Liams Ohren.

Nur langsam kamen Erinnerungen zurück. Er hatte geschlafen, geträumt. Jetzt drang die Wirklichkeit in verwaschenen Bildern und gedämpften Geräuschen auf ihn ein. Er befand sich an Bord eines Raumschiffs, erinnerte Liam sich plötzlich. Er war aus dem Cryo-Schlaf erwacht.

Vor seinen Augen schärfte sich das Bild eines Gesichtes, welches freundlich zu ihm hinab blickte.

„Noch ein paar Minuten Geduld."

Liam Sevnico spürte eine Hand auf seiner nackten Brust.

„Ich muss Ihre Daten nehmen … Soweit alles in Ordnung! Guten Morgen!"

Das verschwommene Antlitz, das zu einer Frau zu gehören schien, verschwand aus seinem Gesichtsfeld. Er hörte ein hallendes Pochen. Schritte. Dann war das Gesicht zurück. Ein kalter Gegenstand wurde auf seine Brust gedrückt, und Liam spürte ein heißes Kribbeln, das sich von der Haut bis tief in den Körper ausbreitete. Als es seinen Kopf erreichte, war es, als würde er mit einem Mal nüchtern.

„Viel besser so, oder? Die Nanos leisten hervorragende Dienste", sagte eine dunkelhäutige Schönheit. Ihr Haar war glänzend schwarz, hing glatt bis zu den Schultern hinab und umrahmte ein ebenmäßiges, freundlich blickendes Gesicht.

„Ich bin Tec Tanita, Spezialistin für Cryo-Schlaf an Bord. Sie sind heute mein letzter Kunde. Alle anderen sind schon auf und munter."

„Hm ...", krächzte Liam und musste husten.

„Die Stimme wird auch wieder kommen. Sie haben ihre Stimmbänder ein paar Monate nicht benutzt", erklärte Tec Tanita. „Wissen Sie: das ist das Beste an meinem Auftrag. Ich habe immer das letzte Wort ... Erheben Sie sich!"

Sie schob geschickt ihren Arm unter Liams Schultern und half ihm sich aufrecht hinzusetzen. Ein paar Sekunden lang erfasste ihn Schwindel, dann hatte Liam Sevnico sich gefasst. Er konnte jetzt seine Muskeln bewegen. Zur Probe schloss er die Hände zu Fäusten.

„Na, das sieht ja gut aus."

Tec Tanita zückte aus ihren blauen Arbeitsoverall, mit dem sie mühelos Liam auch ein paar Kilometer hätte tragen können, einen kleinen silbernen Kasten, den sie Liam auf die

Brust drückte.

„Ich fange die Kleinen wieder ein, damit sie später keinen Unfug in deinem Körper anrichten können."

„Sinn ...", begann Liam, aber seine Stimme stürzte erneut ab.

„Nur Geduld, Süßer. Bald kannst du wieder allen die Ohren voll schwätzen."

Die hübsche Tec, machte sich an den Holo-Kontrollen an der Seite seines Engelssarges zu schaffen.

Liam nahm seinen ganzen Willen zusammen, konzentrierte sich und fragte mit leiser, brüchiger Stimme:

„Sind ... wir ... angekommen?"

„Natürlich, Süßer! Meinst du wir wecken dich zum Picknick im interstellaren Raum?"

„Ju ..."

„Yuntsas-Welt, ganz recht!", half ihm Tec Tanita. „Endstation! Alle aufwachen! Die Sterne glänzen, eine neue Welt ruft ... Und zieht euch warm an!"

Sie lachte laut auf. Als sie sich beruhigt hatte, klopfte sie Liam auf die Schulter.

„Was hat dich Unschuldslamm denn an den Rand des Imperiums gespült?"

Der Aufzeichner öffnete den Mund, aber die Tec fuhr ihm darüber.

„Ich weiß sie sagen nichts ... Sie wissen nichts. Und ehrlich gesagt: Es interessiert mich auch nicht. Nur insofern, als es mir zusätzliche Energieeinheiten zum Verschwenden im Holoraum einbringt. Tiefenraum-Zulage! Dagegen habe ich sicher nichts einzuwenden."

Sie blickte zu den Kontrollen herüber.

„Sie sind soweit fit! Brauchen Sie noch ein paar Minuten?"

Liam Sevnico nickte. Er fühlte, dass er seinen Körper noch nicht vollständig beherrschte.

„Nun, gut. Ich befinde mich im Nebenraum. Krächzen Sie, wenn Sie etwas brauchen. Hier ist ein Glas Wasser!"

Er nahm das dargebotene Glas mit zittrigen Händen und führte es an die spröden Lippen, während Tec Tanita ihn allein ließ.

Das also war Yuntsas-Welt, dachte Liam, als er durch die Kuppel auf den Planeten hinab sah. Sah nicht sehr einladend aus. Die braun-graue Murmel drehte sich träge gegen fahles Licht einer alten, ausgebrannten Sonne. Nur kleine blaue Flecken, Überbleibsel früherer globaler Meere, reflektierten wie Quarz im Felsgestein die durch die milchig wirkende Atmosphäre einfallenden Lichtstrahlen.

Es war nur noch eine Frage von zwei Stunden, bis sein Schiff an der einzigen Orbitalstation andocken würde. Sie hatten ihn nicht zu früh geweckt.

Liam war aufgeregt. Dies war sicher der bisher spannendste Auftrag, auch wenn er vorläufig mit seinen Aufzeichnungen nicht ins Netz gehen konnte. Schließlich war die ganze Sache geheim. So geheim jedenfalls wie es in Zeiten des allgegenwärtigen Netzes möglich war.

Die Aufzeichnungen der erwachenden Preeti Prakash und die folgenden Interviews mit ihr, hatten seine Popularität immens gesteigert. Im Netz war sein Name bekannt, seine Arbeit als hohe Kunst geschätzt, obwohl er selbst manchmal darüber schmunzeln musste. Er hielt es für sein Geheimnis, dass er lang nicht so gut wie sein Ruf war.

Trotzdem hatte man ihn wieder gerufen, als es etwas Ungewöhnliches aufzuzeichnen gab. Gern hatte er das seltsame Angebot und den damit verbundenen Auftrag angenommen, auch wenn er noch nicht genau wusste, worum es sich dabei handelte.

Die Andeutungen des Netza-Ge hatten ihm genügt. Die Sache hatte etwas mit den Ziloten und den Alten zu tun. Soviel stand fest. Und sie war im Geheimnetz!

Er hatte sich in den letzten zehn Jahren keinesfalls gelangweilt oder mehr Aufträge angenommen, als er eigentlich bewältigen konnte. Liam war auf über zwanzig verschiedenen Welten des Imperiums gewesen, hatte Städte, Landschaften, Ruinen und weite Himmel aufgezeichnet, aber nie wieder etwas so aufregendes wie damals auf der Erde.

Preeti Prakash hatte sich auch bestens gemacht. Zwar war ihr Liam seit damals nie wieder begegnet, aber ihre Spuren im Netz waren unübersehbar, und ihr Ruhm und ihr bunter Charakter hatten auch auf seinen Werdegang Einfluss ausgeübt.

Im Netz galt er praktisch als ihr Entdecker, was natürlich

nicht der Wahrheit entsprach. Aber die Menschen interessiert es nicht. Arme Rat Al-Simbet ...

Yuntsas-Welt, letzter Posten vor dem unerforschten Raum, in dem die Ziloten vermutet wurden, dachte Liam Sevnico. Der braun-graue Planet, auf den er hinab sah, musste doch einfach aufregender sein, als er aussah.

Ein leichter Ruck fuhr das das Schiff. Es tauchten tiefer auf die Oberfläche hinab. Der Kap steuerte auf die Orbitalstation zu, die in diesem Augenblick über dem geschwungenen Horizont der dünnen Atmosphäre als hell erleuchteter Punkt auftauchte. Es konnte nicht mehr lange dauern, bis Liam wieder anständigen Planetendreck unter den Füßen spüren sollte.

In seinen Füßen hatte er immer noch ein taubes Gefühl vom Cryo-Schlaf, als er durch den Ausgang der Bodenstation zum ersten Mal den Planeten betrat. Vor ihm lag ein staubiges umzäuntes Feld, auf dem ein paar Kisten lagerten. Ein mit ausgeblichenen roten Pfeilen markierter Pfad führte zu einem Durchgang, neben dem eine Baracke stand. Er zog seine Kapuze tiefer ins Gesicht und setzte sich in Bewegung. Sein Gepäck leichtes Gepäck folgte ihm schwerelos.

Es war heiß. Die Sonne stand wie ein glühendes, rotes Auge am Himmel. Rundum grenzten karge, rote Berge den Horizont ab. Jeder seiner Schritte wurde von einer kleinen Staubwolke begleitet. Er hatte jetzt schon genug von dieser Welt.

Und doch hatte er sich in den Dienst von „Pax Nova" gestellt.

Nicht, dass er dem dogmatischen Handeln der Organisation unter Leitung von Preeti Prakash auch nur etwas abgewinnen konnte. Er fand sogar, dass diese religiös angehauchten Thesen reiner Unsinn waren, gefährlich selbst.

Aber die Mitgliedschaft bei „Pax Nova" gab ihm Zugang zu Informationen und die nötige Tarnung, um sein wahres Wesen zu verbergen.

Er trat in den Schatten der Baracke. Er brachte nicht viel Erleichterung von der Hitze. Eine Frau mit fettig wirkenden Haaren und tiefen Ringen unter den Augen, trat aus der sich öffnenden Tür vor ihm. Sie trug die Uniform des Imperiums, eine lange Toga in dunklem Rot.

„Neuankunft?", fragte sie mit einer verbraucht klingenden Stimme.

„Genau", antwortete er unter der Kapuze, die sein Antlitz verdeckte.

„Kap Beta-Corier", sagte die Frau und versuchte Haltung anzunehmen, was ihr furchtbar missglückte. „Hafenmeisterin."

„Sie wollen meine Legitimation?"

Bevor die Kap etwas erwidern konnte, hatte der Reisende seine Daten schon aus seinem Speicher in den ihrigen übertragen. Die Hafenmeisterin nickte.

„Alles in Ordnung und von höchster Stelle verifiziert ... sehr schön. Das macht meine Arbeit leichter."

Sie grinste. Ihre Zähne hatten beinahe die Farbe der Umgebung angenommen. Konnte ihre Arbeit wirklich noch leichter werden, fragte er sich. Hafenmeister auf der einzigen Bodenstation auf Yuntsas-Welt konnte keine wirklich anspruchsvolle Aufgabe sein. Und man sah es ihr auch an.

„Sie sind also ein Netza-Ge?", fragte Beta-Corier ihn.

„Genau", antwortete er, um nach einer kleinen Pause hinzuzufügen: „Ich würde es allerdings schätzen, wenn sie verschwiegen bleiben würden."

„Kein Wort über meine Lippen", erwiderte sie und lachte trocken. „Es scheint, dass hier im Moment der Teufel los ist! Außer Ihnen ist bereits ein weiterer Netza-Ge eingetroffen, verschiedene andere Schiffe werden in den nächsten Tagen erwartet. Seltsame Leute, die hierher kommen. Sonst sind es höchstens zwei Versorgungsschiffe pro Monat … Sie können mir wohl auch nicht sagen, warum das Imperium plötzlich Interesse an diesem Höllenplaneten hat?"

„Nein", erwiderte er.

Eine Weile standen sie sich wortlos gegenüber. Scheinbar erwartete die Hafenmeisterin weiteren Tratsch von ihm, doch da er stur schwieg, wurde es Beta-Corier schließlich zu viel. Mit einer trotzigen Geste wischte sie sich den Schweiß von der Stirn.

„Na dann … Willkommen am Arsch des Imperiums! Und einen guten Aufenthalt gewünscht … Ich hoffe ihre Nanos sind auf Sonnenschutzfaktor hundert programmiert."

Sie kniff die ledrigen Lippen zusammen und blickte ihn an.

„Danke.", murmelte er und drehte sich um, schritt durch das

Tor in der Umzäunung, wo ein Transportfahrzeug auf ihn wartete, das auch schon bessere Zeiten erlebt hatte. Obwohl er sich nicht mehr umwandte, spürte er dennoch die folgenden Blicke der Hafenmeisterin in seinem Rücken. Sie würde wahrscheinlich nie oder erst sehr viel später erfahren, welche bedeutende Geschichte sich unter ihrer Nase abgespielt hatte.

Während er einstieg, klickte sein Gepäck sich am Dach des Fahrzeugs fest. Im Innenraum war es stickig und viel zu warm.

„Zu meiner Unterkunft", befahl er dem Roboter-Piloten.

We´ll always have Yuncité

Yuncité – die Hauptstadt von Yuntsas-Welt – war keine besonders große Siedlung. Vielleicht zwanzig Gebäude auf der Oberfläche, schätzte Liam Sevnico. Darunter drei Türme, die aussahen wie Lutscher mit makellosen Kugeln, die sich dann etwa dreißig Stockwerke tief unter die Oberfläche fortsetzten. In der Mitte dieser Bauten befand sich ein weiter Platz. Die Gebäude auf der Oberfläche wurden von einer riesigen, gläsernen Kuppel umschlossen, unter der ebenfalls, jedoch nur dank vier riesiger, summender Klima-Generatoren, eine relativ angenehme Kühle herrschte.

Auf der Aussichtsplattform des höchsten Turmes stehend, ungefähr fünfzig Meter über dem Hauptplatz, meinte er nicht nur die Kuppel fast berühren zu können, sondern hatte er auch einen guten Überblick. Die Stadt war wie ausgestorben. Jedenfalls konnte Liam keinen anderen Menschen sehen, wenn man einmal von den zwei Gestalten hinter ihm an der Getränkebar absah.

Die Sonne stand schon recht tief, funkelte ihn mit einem glühend-roten Auge an, und würde bald hinter den kahlen, trostlosen Hügeln der Umgebung untergehen. Ein Traumziel war dies wirklich nicht. Es war nicht einmal charmant, wie zum Beispiel die einsamen Bergsiedlungen auf Spes. Außerhalb der schützenden Kuppel gab es außer Staub und Hitze nichts zu sehen. Die Luft war dünn und die wenigen verbliebenen Wasserflächen dieser Welt luden nicht gerade zum Baden ein, denn sie waren bräunlich und so sauer, dass ihr Wasser die Haut verätzte.

Der einzige Grund warum Menschen hier überhaupt siedelten waren die Ziloten. Es gab ein kleines Exo-Ethnologisches-Institut, dessen Existenz von einer handvoll, hartnäckiger Exo-Linguisten und Ethnologen gesichert wurde. Sie hofften wohl in jedem Moment auf die Rückkehr der geheimnisvollen Außerirdischen, welche die Menschheit einst an den Rand der Zerstörung gebracht hatten.

Liam schmunzelte. Es war schon seltsam. Diese Wissenschaftler schienen sich keine Gedanken darüber zu machen, dass der Rest der Menschheit mit Genugtuung diese Ziloten zur Hölle wünschte. Auch wenn die Bedrohung der Invasion durch die Jahrhunderte verblasst, beinahe zu einer Legende geworden war.

Liam streckte sich, lehnte sich mit den Ellbogen auf die Balustrade und schaute in die staubige Ferne, wo sich die Sonne dem Horizont zuneigte. Er hatte nicht einmal Lust auf Aufzeichnungen, so langweilig war der Ausblick. Jedenfalls für jemanden, der schon viel spektakulärere Planeten besucht hatte.

„Sie sind sicher kein Yuntsianer?"

Die Stimme in seinem Rücken, ließ Liam sich umwenden. Er erblickte eine zierlich, schlanke Frau mit dunklem Haar, das zu einem Dutt über ihrem Kopf zusammen gebunden war. Ihre braunen Augen betrachteten ihn von oben bis unten.

„Nein, sicher nicht!" Liam lächelte. „Ist es so auffällig?"

Sie zuckte mit den Schultern.

„Ich nehme an, dass die Einheimischen schon lange jedes

Interesse für den Ausblick verloren haben."

Die Frau deutete mit einer Kopfbewegung in die Richtung der beiden Männer an der Getränkebar, die ohne Gesichtsausdruck auf ihre Becher starrten.

„Und Sie sind auch neu hier?", fragte Liam.

Die Frau streckte ihm die Hand entgegen.

„Bea Bolz, Exo-Linguistin."

„Liam Sevnico, Aufzeichner."

Ihr Händedruck war warm und kräftig fand Liam.

„Exo-Linguistin, eh?", versuchte er das Gespräch zu beginnen.

„Richtig!", erwiderte sie. „Fachgebiet Ziloten."

„Aha!", machte Liam. „Dann gibt es also eine guten Grund für Sie hier auf diesem wunderbaren Planeten zu verweilen?"

„Das weiß ich – so seltsam es klingen mag – noch nicht so ganz genau ... Aber was führt einen Aufzeichner hierher? Und dazu noch einen, der alle Starseiten des Netzes füllen kann."

Selbstverständlich hatten beide über das Netz schon längst alle Verfügbaren Informationen über einander abgefragt.

„Glauben Sie es oder nicht", Liam lachte. „Ich habe keine Ahnung ... Nur eine Vermutung, dass es sich um etwas sehr Besonderes handelt."

„Das macht Sinn ... oder auch nicht."

Bea dachte einen Augenblick nach, dann kam ihr ein Gedanke. Sie trat etwas näher an Liam heran und fragte mit leiser Stimme.

„Sind Sie auch wegen dieser Geheimnetz-Sache hier?"

Er sah sie fragend an und beschloss ihr zu vertrauen.

„Ja", flüsterte Liam Sevnico. „Sie auch?"

Bea Bolz nickte.

„Es soll wohl etwas mit den Ziloten zu tun haben."

„Das dachte ich mir auch schon", meinte Liam. Bea Bolz kam ihm noch näher.

„Ehrlich gesagt, mag ich diese Netza-Ge Helmer und Hokado nicht besonders."

„Oh, das ist sicher kein Geheimnis. Niemand vertraut diesen Schleichern so recht."

Sie lachten beide.

„Dann haben wir beide also hier miteinander zu tun?"

„Sieht ganz so aus", antwortete Bea und fügte nach einer kurzen Pause hinzu: „Sollen wir etwas trinken?"

Liam zeigte sich einverstanden. Bea Bolz war ihm vom ersten Moment an sympathisch.

Sie gingen hinüber zur Getränkebar und bestellten beim Maschinen-Kellner zwei eisgekühlte Becher Fruchtsaft, der auf Yuntsas-Welt aus einer Art Kaktee gewonnen wurde und einige anregende Stoffe für den Geist enthielt: Selmake. Die beiden Männer würdigten sie währenddessen keines

Blickes. Mit ihren Bechern kehrten sie zur Balustrade der Aussichtsplattform zurück.

„Nenne mich Liam."

„Gut!", sagte sie und hob ihren Becher zum Gruß. „Ich bin Bea für dich."

Sie nahmen beide einen Schluck Selmake, sahen sich dabei an.

„Die alten Ziloten also ...", begann Liam. „Ob sie sich wohl nach all den Jahrhunderten gemeldet haben?"

„Ich denke schon", erwiderte Bea und sah sich um, als wollte sie sicher gehen, das niemand sie belauschte. „Warum sonst sollten wir hier sein?"

„Ich weiß nicht, was ich davon halten soll."

Bea sah ihn schmunzelnd an.

„Du hättest der Sache auch fern bleiben können."

„Meine Neugier!", erklärte er und schnalzte mit den Lippen. „Sie hat mich schon öfter in knifflige Situationen gebracht."

Bea Bolz nickte, als wüsste sie worüber er sprach.

„Wie lange wir wohl noch auf Yuntsas-Welt bleiben?", fragte sie, während ihr Blick fest auf die fernen Hügel gerichtet war.

„Ich hoffe, nicht allzu lang!", erwiderte Liam, um nach einer Weile fragend hinzuzufügen: „Du glaubst doch nicht, dass dieser Brocken am Rande des Imperiums unsere Endstation ist?"

Sie schüttelte den Kopf, ohne ihn anzusehen.

„Hier nimmt die Spur ihren Anfang ... Ich denke nicht, dass wir hier lange aushalten müssen. Bist du morgen auch zum Treffen eingeladen worden?"

„Ja", antwortete Liam. „Acht Uhr Yuncité-Zeit."

Bea betrachtete den Aufzeichner jetzt aufmerksam, und als er sich ihr ebenfalls zuwandte, trafen sich ihre Blicke. Liam spürte ein warmes Gefühl in seiner Magengegend. Ähnlich erging es Bea. Durch diese Gefühle erschrocken, zuckten beide zusammen.

Bea versuchte ein Lächeln, sah dabei aus wie ein verschüchtertes Mädchen.

„Dann werden wir uns wohl dort sehen. Ich wünsche dir noch einen schönen Abend", meinte sie, wandte sich plötzlich und ohne ein weiteres Wort um, ging zur Bar, um ihren Becher abzustellen und verschwand dann von der Plattform.

Liam sah ihr verwundert nach. Sein gemurmeltes „Eben so!" hatte sie nicht mehr gehört. Bea Bolz war eine interessante Person, fand er. Sie wirkte wie auf der Flucht, irgendwie gehetzt. Und doch konnte er nicht leugnen, dass er sich ihr auf seltsame Weise verbunden fühlte.

Der Gleiter schoss mit einem leisen Brummen einmal über die weite Ebene auf einen Gebirgszug am Horizont zu. Dabei bewegte sich die riesige Maschine, in der außer dem Piloten noch zehn weitere Passagiere Platz hatten, nur zwei Meter über dem Boden, und wirbelte Staub auf, der als langgezogene Wolke die Spur des Gleiters markierte.

Im Innern saßen Liam Sevnico und Bea Bolz nebeneinander angeschnallt in Schalensitzen, die entlang der Wand angebracht waren. Über ihnen ließ eine teils verdunkelte Kuppel Tageslicht einfallen. Ihnen gegenüber saßen die beiden Netza-Ge Hokado und Helmer.

Während Liam auf dem kleinen Raumhafen, von dem sie mit dem Gleiter aufgebrochen waren, Sio Helmer sofort wiedererkannt hatte, hatte der Netza-Ge den Aufzeichner völlig ignoriert, als wären sie sich nie begegnet. Liam jedoch erinnerte sich noch ganz genau an die denkwürdigen Tage vor zehn Jahren auf der Erde. Die Entdeckung der Schläferin Preeti Prakash, hatte immerhin seine Karriere als Aufzeichner enorm beschleunigt. Er wunderte sich nicht, dass Sio Helmer inzwischen als Netza-Ge unterwegs war. Das passte gut zu seinem Charakter, fand er.

Netza-Ge Hokado dahingegen war ein hagerer, hochgewachsener Mann, um die fünfzig mit schlohweißem Haar. Das ausdrucksvollste in seinem Gesicht war eine lange Hakennase, die von gleichgültig blickenden und irgendwie verschwommen wirkenden Augen flankiert wurde.

Sein schmallippiger Mund hatte sich außer zu einer kurzen Begrüßung nicht mehr geöffnet. Sowohl Liam als auch Bea war dieser Zeitgenosse irgendwie unheimlich.

Sein Handschlag im Raumhafen hatte sich angefühlt, als halte man einen zappelnden Fisch. Er war selbst für einen Netza-Ge ein sehr seltsamer Zeitgenosse. Dagegen wirkte Helmer wie der Sonnenschein am Frühlingstag.

Rechts von Bea und Liam saß Sören Silkan, Verwalter achter

Stufe, und seines Zeichens vom Netz eingesetzter Bürgermeisters von Yuncité, was ihn praktisch zum Herrscher dieses Wüstenbrockens am Rande der menschlichen Zivilisation machte. Jedenfalls war er der höchste Verwalter auf Yuntsas-Welt.

Er war ein etwas dicklicher Mensch, wie jemand der nur begrenzt Zugang zu Nanos hat, oder wie jemand, der die Fett-abbauenden kleinen Helfer aus Faulheit nicht oft genug einsetzte. Seine ungepflegten Zähne und seine schmierig ins feucht glänzende Gesicht hängende Haarsträhne ließen Liam zur zweiten These neigen.

Silkan war zudem ein sehr geselliger Mensch, der ununterbrochen reden konnte. Gerade eben beendete er einen Vortrag über die Sauerstoffgewinnung aus einem Mineral, das man ungefähr vierhundert Kilometer südlich der Hauptstadt gefunden hatte. Niemand schien ihm so recht zugehört zu haben.

„Wir sollten endlich erfahren, wohin wir eigentlich fliegen!", forderte Luna Delasques, die im Gleiter zur Linken Beas platz genommen hatte. Delasques war eine Verwalterin der sechsten Stufe und verantwortlich für die Sicherheit in Yuncité. Ihr kurzes Haar stand in Stoppeln von ihrem kantigen Kopf ab. Sie war klein, jedoch von kräftiger Statur.

„Ich finde auch, dass es Zeit wird", wurde sie von Hochrat Hoplita Dexta unterstützt. Die Chef-Linguistin des Instituts in Yuncité sah zu den beiden Netza-Ge herüber und forderte mit einem strengen Blick ihrer blauen Augen Aufklärung.

Helmer und Hokade warfen einander einen bedeutungsvollen Blick zu, bevor Helmer endlich nachgab:

„Eigentlich wollten wir Sabrine Jeba alles selbst erklären lassen. Das führt zu einem objektiveren Überblick ... Wie unser Aufzeichner hier sicher bestätigen wird."

Liam ärgerte sich, dass der ehemalige Hochrat noch immer so tat, als würde er ihn nicht erkennen.

„Sabrine Jeba?", unterbrach Hochrätin Dexta seine Gedanken. „Von der haben wir seit Jahren nichts mehr gehört."

„Und dennoch", meinte Helmer, „besitzt sie einen starken Sender mit dem sie uns erreichen konnte."

Hokado neben ihm nickte zustimmend.

„Und was soll diese Hinterwäldlerin so wichtig machen, dass wir mit einer durchaus erlesenen und zum Teil sehr weit angereisten Gruppe ihr die Ehre erweisen?"

Die Wangen der Hochrätin Dexta waren leicht gerötet.

„Bürgerin Jeba hatte Besuch."

Alle sahen erstaunt zu Hokado herüber, der bisher so ausdrücklich geschwiegen hatte. Er erwiderte ihren Blick, führte aber seine Andeutung nicht weiter aus. Helmer räusperte sich, sprang für seinen Kollegen ein:

„Das ist nur zu wahr ... Bürgerin Jeba hatte sehr bedeutenden Besuch. Eine zilotische Sonde ist bei ihr gelandet."

Bea konnte einen Aufschrei gerade noch unterdrücken. So war es also wahr! Es gab etwas *Neues* von den geheimnisvollen Ziloten. Die weiteren Erklärungen des

Netza-Ge wagte keiner der im Gleiter sitzenden mehr zu unterbrechen.

„Vor einigen Monaten nahm Sabrine Jeba Kontakt zum Geheimnetz auf. Sie wusste wohl, dass ihre Entdeckung besonderer Behandlung bedurfte. Dabei muss ich erwähnen, dass sie es aufgrund ihrer Verhältnisse nur mit Widerwillen tat."

Silkan, Dexta und Delasques wussten, wovon der Netza-Ge sprach. Sabrine Jeba lebte ein abgeschiedenes Leben weit abseits jeglicher Zivilisation und galt als schwierig und unzugänglich. Sie hatte keinen Anteil am Gemeinwesen auf Yuntsas-Welt und wurde nur sehr selten in Yuncité gesehen. Dabei sprach sie nur das Nötigste, wenn sie in der Siedlung ihre Vorräte auffüllte.

„Sie hatte nach ihren eigenen Angaben einen Meteor am südlichen Himmel entdeckt und sich einige Tage später entschlossen, die Einschlagstelle zu untersuchen. Zu unserem Glück, muss man wohl sagen. Denn ohne die Initiative der Bürgerin Jeba, wäre ihr Fund noch Jahre unentdeckt geblieben; wenn man ihn überhaupt je gefunden hätte.

Sie brauchte ganze zwei Tage, um die Einschlagstelle zu lokalisieren. Zu ihrer Überraschung stellte sie fest, dass es sich um eine Sonde handelte. Sie behauptete, dass sie zilotischen Ursprungs gewesen sei. Die Beweise konnte sie nach Rückfrage ebenfalls liefern.

Deshalb sind wir nun zu ihrem Anwesen unterwegs. Alles weitere werden wir vor Ort klären, denn mehr wollte uns Jeba nicht verraten, geschweige denn die Sonde überlassen."

„Kann man sie nicht dazu zwingen?", fragte Luna Delasques mit grimmiger Mine. Die Einsiedlerin war ihr noch nie geheuer gewesen.

„Nun, schon", gab Helmer zu. „Aber die Prozedur ist langwierig, und in dieser Wüstenei nur schwierig durchzusetzen. Es würde uns nur Zeit kosten, die wir nicht haben. Jeba wird ihre Gründe haben, uns zu sich kommen zu lassen ... Was auch immer sie sein mögen!"

„Und warum sind *wir* hier?", wollte Liam wissen.

„Hochrätin Bolz ist die gefragteste Expertin in Sachen Ziloten, ebenso Hochrätin Dexta. Sie selbst sind ein hochbegabter Aufzeichner, mit dem ich schon in der Vergangenheit erfolgreich zusammen gearbeitet habe. Sie sind aufgrund *meiner* Empfehlung hier."

Helmer sah Liam direkt an. Gab er es also doch zu mich zu kennen, dachte der Aufzeichner seltsam befriedigt.

„Verwalterin Delasques ist zu unserer Sicherheit hier, und Verwalter Silkan, um eventuelle Verwicklungen schnell lösen zu können. Immerhin ist er der höchste Vertreter des Netzes auf dieser Welt. Netza-Ge Hokado und meine Wenigkeit sind hier, um die ganze Sache vorerst geheim zu halten und zu überprüfen, welchen Fund Bürgerin Jeba da eigentlich gemacht hat. Ich hoffe, dass beantwortet ihre Frage vorläufig."

Wieder blickte er zu Liam, der in den Augen des Netza-Ge Zynismus zu erkennen glaubte.

„Alles weitere werden wir in ungefähr einer Stunde erfahren, wenn wir unser Ziel erreichen."

Damit schloss Helmer ab und schwieg den Rest des Fluges.

Obwohl der Gleiter sanft aufsetzte, wirbelten Staubwolken um die Maschine, die sich nur langsam legten. Als der Pilot allen eine Atemmaske übergeben und die Schleuse geöffnet hatte, konnten sie endlich deutlich sehen, wo sie gelandet waren.

Eingebettet von einer schmucklosen Hügelkette, lagen drei flache Gebäude. Halb in den Felsen ragend, waren sie fensterlos, aber durch zwei Gänge miteinander verbunden. Eine einzige rote Tür schien Zugang zu der Anlage zu bieten. Es war sehr heiß und besonders staubig.

Liam streifte die Maske, die ihm das Atmen erleichtern würde, über und trat aus der Schleuse hinaus.

Die Sonne stand hoch und strahlte unbarmherzig hinab. Nirgendwo gab es Schatten. Der Aufzeichner wartete geduldig, bis sich alle aus ihrer Gruppe versammelt hatten. Nur der Pilot blieb an Bord des Gleiters und hielt die Triebwerke in Bereitschaft.

Gemeinsam schritten sie dann auf die rote Tür des vor ihnen liegenden Gebäudes zu. Als sie sich bis auf zwei Meter genähert hatten, erklang eine Stimme in ihren Köpfen:

„Warten Sie bitte einen Augenblick!"

Sabrine Jeba verfügte selbst abseits der Zivilisation, hunderte Lichtjahre vom pulsierenden Zentrum des Imperiums entfernt, über neueste Technik. Nanokameras und Mittel zur Geräuschübertragung auf ihre

Schädelknochen waren offenbar vorhanden.

Niemand in ihrer Gruppe sprach ein Wort. Nach ungefähr zwei Minuten, die den wartenden wie eine kleine Ewigkeit vorkam, löste sich die rote Tür in feinen Nebel auf und gab den Weg in eine Kammer mit weißen Wänden frei.

Helmer zuckte nur mit den Schultern und ging voraus, der Rest der Gruppe folgte. Nachdem sie die Kammer betreten hatten, erschien die rote Tür wieder.

Einen Lidschlag später erklang ein leises Zischen und die hintere Wand der Kammer schob sich zur Seite. Die Besucher staunten nicht schlecht. Wie unspektakulär das Gebäude von außen auch gewirkt hatte, was sie nun sahen, verschlug ihnen den Atem.

Sie standen auf einer Galerie. Vor ihnen führte eine breite Treppe hinab in einen kreisrunden Raum von wohl zwanzig Metern Durchmesser. Über ihnen strahlte ein blauer Himmel mit zarten Wolkenfetzen. Ein Hologramm, dachte Liam Sevnico. Seine winzigen Kameras waren schon los geschwirrt, um den beeindruckenden Raum aus jeder Perspektive zu erfassen. Seine Sinne waren geschärft.

Rechts von ihnen plätscherte ein Wasserfall über die Galerie hinab in den unter ihnen liegenden Raum, wo er einen Miniaturbach bildete, der in einen Teich in der Mitte mündete. Auf der Wasseroberfläche schwammen Blumen verschiedenster Farben. Liam wusste nicht ob es sich beim Teich ebenfalls um ein Hologramm handelte, aber er vermutete es. Die zwei buntgefiederten Enten in der Mitte des kleinen Gewässers waren es bestimmt.

Um den künstlichen Teich herum befanden sich gemütlich aussehende Sessel auf hölzernen Plattformen. Die Luft war frisch, eine Erleichterung. Erneut ertönte die Stimme in ihren Köpfen.

„Nehmen Sie bitte Platz! Ich werde gleich zu ihnen kommen."

Sie folgten der Aufforderung und fanden neben jedem Sessel einen gläsernen Tisch, auf dem Getränke und ein paar Bissen zu Essen für sie bereit standen.

„Was für ein Service!", meinte Bea Bolz, als sie sich in einen der bequemen Sessel fallen ließ. Sie nahm die Atemmaske ab und lehnte sich zurück. Die anderen taten es ihr gleich, wenngleich auch niemand die dargebotenen Erfrischungen anrührte.

Es war angenehm kühl, und es roch nach Blüten. Bürgerin Jeba hatte sich eine Oase in der Wüste geschaffen. Woher sie die Mittel, die Energie für dieses Wunderwerk bekam, war Bea ein Rätsel.

Während die Besucher auf die Einsiedlerin warteten, hatten sie Zeit den Raum näher zu betrachten. Auf der Galerie wuchsen aus weißen Kübeln Pflanzen, die von allen Planeten des Imperiums zu stammen schienen. Säulen aus hellem Stein wuchsen hinter der Gruppe aus Sesseln hinauf in den künstlichen Himmel und verschwanden dort zwischen den Wolken. Sogar Vögel tauchten in Pflanzen und Bäumen um sie herum auf und erhellten dann und wann mit einem Zwitschern die Luft.

„Willkommen in meinem Haus!"

Alle wandten sich um. Die Stimme gehörte einer älteren Frau, die aus dem Nichts hinter ihnen aufgetaucht war. Ihre kurzen schwarzen Locken umkränzten ein Gesicht, in dem sich viele Ereignisse eingegraben hatten. Ihre Falten um die Mundwinkel zeugten von vielen heiteren Stunden, die Stirn zeigte Furchen von Nachdenklichkeit, aber ihre Augen betrachteten die Gäste kühl und zurückhaltend. Nie zuvor hatten Liam und Bea ein solch altes Gesicht erblickt. Selbst Zweihunderter ließen sich ihre Falten entfernen. Menschen starben heutzutage mit glatter, wenn auch oft sehr dünner, Haut, unter denen man die Blutgefäße sehen konnte. Sabrine Jeba dahingegen war wahrscheinlich jünger als hundertsechzig – wenn dies auch schwer einzuschätzen war –, hatte aber die Ausstrahlung einer Fünfzigerin.

Unterstützt wurde ihre Jugendhaftigkeit durch ihr langes, schulterfreies Gewand, welches in Regenbogenfarben, die in einer langsamen Bewegung von oben nach unten über das Kleid liefen, leuchtete.

Liam ließ sich keine Millisekunde dieser ersten, aufregenden Begegnung entgehen. Sein Speicher füllte sich mit Eindrücken und Gefühlen, die mit Geruch, Farben und dem Geschmack der Luft zu einer einzigartigen Aufzeichnung gemischt wurden. Für diese Momente liebte Liam Sevnico seinen Beruf.

„Ich hoffe, ich habe Sie nicht zu lange warten lassen."

Sabrine Jeba kam zu ihnen über ein paar Stufen herab, wobei sie regelrecht zu gleiten schien, und setzte sich in einen der Sessel. Liam beobachtete, dass sich der Sessel unter ihrem Gewicht nicht zu verformen schien. Eine Tatsache, die im

Datenfluss vorerst unterging.

„Bitte bedienen Sie sich!", sagte die Einsiedlerin und deutete mit einer Geste auf die bereitstehenden Speisen und Getränke. „Das Klima hier kann einem die Zunge an den Gaumen kleben."

Zögernd nahmen die Gäste, um die Gastherrin nicht zu beleidigen, einen Becher Wasser. Nur Netza-Ge Hokado machte keine Anstalten seine Position mit verschränkten Armen auf der Brust und einem musterndem Blick auf Bürgerin Jeba zu verändern.

Es war Helmer, der für die Anwesenden das Schweigen brach.

„Es freut uns sehr, dass Sie uns hier empfangen haben!", sagte er und lächelte diplomatisch. Seine Angespanntheit konnte Liam trotzdem spüren. „Dürfen wir uns vorstellen ..."

„Ich kenne Ihre Namen und Funktionen bereits", winkte Sabrine Jeba ab. „Lassen wir die Floskeln fallen. Ich bin es nicht gewohnt viel zu reden. Deshalb lassen Sie uns gleich zur Sache kommen!"

Helmer zuckte mit den Augenbrauen. Es kam wohl nicht oft vor, dass er so rüde unterbrochen wurde.

„Ich habe etwas, dass *Sie* wollen, und Sie haben etwas, das *ich* gern hätte", meinte Jeba. „Lassen Sie uns also einen Austausch besprechen."

„Wie ist das gemeint?", ließ sich Luna Delasques hören. In Ihrem Blick lag unterdrückte Wut und Ungeduld. Sie kannte

Sabrine Jeba schon seit Jahren und hielt nur wenig von der extravaganten Einsiedlerin. Zwar hatten sie im Laufe der Zeit nur wenige Worte miteinander gewechselt, die seltsame Lebensweise war der Sicherheitschefin jedoch nicht geheuer. Wer sich dermaßen verkroch, hatte gewiss etwas zu verbergen. Und es wurmte Delasques schon, dass sie noch nicht hinter das Geheimnis dieser Frau gekommen war. Schließlich wusste sie sonst über alles, was auf Yuntsas-Welt geschah, Bescheid.

„Es ist ganz einfach."

Bürgerin Jeba lächelte in die Runde.

„Ich habe eine Sonde, die Sie interessiert. Immerhin haben Sie deshalb den weiten Weg hierher gemacht."

Sie hatte keine Ahnung wie weit der Weg gewesen war, dachte Bea.

„Es handelt sich dabei um eine Sonde der rätselhaften Ziloten, die ich vor einiger Zeit bergen konnte."

„Nehmen Sie es uns nicht übel", meinte Helmer. „Aber das wissen *wir* bereits!"

„Weil ich es Ihnen mitgeteilt habe, Helmer!", erwiderte Jeba mit giftiger Zunge, aber noch stets ihr Lächeln wahrend. „Ich nehme an, dass sie diese Sonde gerne in Ihren Händen haben würden."

Helmer nickte und erwiderte:

„Lassen wir die Spielchen. Sie sagten selbst, Sie seinen keine Liebhaberin langer Reden. Kommen wir also auf den Punkt.

Wir wollen diese Sonde. Wären Hokado, Sevnico, Bolz und ich selbst sonst zu diesem abgelegenen Sonnensystem gereist? Hätten Verwalter Silkan und Delasques, sowie Hochrätin Dexta den Weg hinaus in diese trockene Einöde gefunden, wenn wir uninteressiert wären?

Sie wissen genau so gut wie ich, Bürgerin Jeba, dass dieser Fund von äußerster Bedeutung für das Imperium der Menschen ist. Sie haben uns angeboten hierher zu kommen. Das sagt mir, dass Sie ebenfalls etwas haben wollen. Sonst hätten Sie uns die Sonde schon längst ausgeliefert, und wir hätten uns diese Zusammenkunft sparen können. Also: Was ist es, weswegen Sie uns geradezu erpressen?"

„Nun gut!", sagte Sabrine Jeba. „Ich möchte Sie begleiten."

„Wohin?", platzte es aus Verwalter Silkan heraus.

„Sie werden eine Expedition starten und ins Gebiet der Ziloten aufbrechen", antwortete die Einsiedlerin. „Ich werde dabei sein."

„Wie kommen Sie auf eine solch verwegene Theorie", wollte Delasques wissen. Die Arroganz Jebas brachte sie auf die Palme.

„Ich kenne den Inhalt der Nachricht, die mit der Sonde hierher geschickt wurde."

Sabrine Jeba ließ ihre Worte wirken. Ein paar Sekunden lang sagte niemand etwas. Dann fuhr sie fort:

„Gauben Sie mir: Sie werden eine Expedition starten. Und ich will ein Teil dieser Sache sein."

„Was ist der Inhalt der Nachricht?", erkundigte sich Hoplita

Dexta. Bea schloss sich dieser Frage nickend an.

„Wir werden später in Ruhe darüber sprechen. Aber zuerst möchte ich eine Zusicherung von Helmer und Hokado."

Ihr Blick fiel auf die beiden Netza-Ge. Helmer zuckte mit den Schultern.

„Also gut! Ich werde sehen, was ich tun kann."

Liam wusste, dass der Netza-Ge ein solches Versprechen gar nicht geben konnte. Alles wurde schließlich vom Netz entschieden. Und Sabrine Jeba schien es ebenfalls zu wissen.

„Sie wissen, dass ich ihr persönliches Versprechen fordere. Es gibt ein Mittel das Recht ein wenig zu umgehen. Machen Sie mich hier vor diesen Zeugen zur Assistentin, Helmer!"

Helmer war derart überrascht, dass ihm seine eingeübten Gesichtszüge für einen Augenblick entgleisten. So überrumpelt sagte er:

„Nun, wie Sie wünschen. Ich ernenne Sie hiermit zu meiner Assistentin, Sabrine Jeba. Obwohl ich nicht ganz sicher zusagen kann, dass diese Ernennung durch das Netz bestätigt wird."

„Sie werden schon dafür sorgen", entgegnete Bürgerin Jeba überzeugt.

Eine kurze Weile sagte niemand etwas. Dann mischte sich der Bürgermeister von Yuncité ein:

„Da das nun geklärt ist, werden wir wohl endlich erfahren, warum wir hierher gekommen sind."

Jeba nickte.

„Die Sonde der Ziloten enthielt eine Nachricht. Eine Nachricht an die Menschheit. Die Botschaft ist so kurz wie rätselhaft. Nach meiner Übersetzung – und Sie können dies gern später kontrollieren -", sie warf Bea und Hoplita Dexta einen Blick zu, „lautet sie:

Die Ziloten müssen mit den Menschen sprechen.

Brauchen Hilfe. Die Rahsass rufen.

Treffpunkt. Koordinaten: Galaktisches Zentrum, Größte Singularität entspricht 0.

Zeit : Datenkapsel Nullzeit. Sol auf 0 Grad.

25,7364 Grad. Minus 50,04786 Lichtjahre. 18.276, 98976 Lichtjahre.

Referenz Sol:

0 Grad. Plus 107,02702 Lichtjahre. 26.487,78625 Lichtjahre.

Und das war es."

Die Gäste Jebas sahen sich ratlos an. Nur Netza-Ge Hokado verzog nicht die geringste Mine.

„Das klingt erst einmal nicht sehr deutlich", gestand Luna Delasques, was alle anderen dachten.

„Es ist einfacher, als es scheint", erwiderte Sabrine Jeba. „Ich hatte natürlich mehr Zeit als Sie, um mich mit dieser Botschaft zu beschäftigen. Die Zahlen sind nur die Koordinaten eines Sonnensystems, wo sich die Ziloten mit uns zu treffen beabsichtigen. Sol, also unser Ursprungs-System, ist auf Null Grad eines Kreises, der von einem gedachten Radius ausgehend vom galaktischen Mittelpunkt beschrieben wird. Auf diesem Radius liegt die dritte Koordinate als Entfernung vom schwarzen Loch im Zentrum unserer Galaxis. Die zweite Koordinate beschreibt die Entfernung von der galaktischen Scheibe in Höhe oder Tiefe. Das alles zum Zeitpunkt der Konstruktion der Sonde, also vor einigen Jahren. Die Ziloten haben ein einfaches Koordinatensystem gewählt.

Der Grund, warum sie überhaupt mit uns Kontakt aufnehmen sind scheinbar diese Rahsass. Einen Namen in menschlicher Sprache konnte ich nicht zuordnen. Die Ziloten bitten uns um Hilfe."

„Also für mich klingt das alles sehr kompliziert", grunzte Sören Silkan. Er fühlte sich in seiner Inneren Ruhe gestört. Außer ihm und Netza-Ge Hokado schienen alle Anwesenden jedoch höchst erregt.

„Wer sind die Rahsass?", wollte Delasques wissen.

„Die erste gute Frage", erwiderte Jeba. „Die Antwort ist: Ich habe nicht die geringste Ahnung."

„Vielleicht kann ich helfen", mischte sich Bea Bolz ein. Die Exo-Linguistin hatte inzwischen ihren gesamten Speicher durchforscht und war dabei auf eine rätselhafte Geschichte gestoßen. Vor Jahren hatte sie in einem Text der Ziloten dieses Wort entdeckt. Es wurde mit heilig und mächtig assoziiert.

„Es muss sich um ein sehr wichtiges und hoch angesehenes Volk handeln. Genau lässt sich aber nicht ableiten, wer die Rahsass sind."

„Das werden wir noch aufklären", meinte Helmer. „Bevor

wir zu diesem Treffpunkt, den die Ziloten in ihrer Botschaft angegeben haben, aufbrechen."

„Es wird also eine Expedition geben?", fragte Sabrine Jeba mit schelmischen Gesichtsausdruck. Helmers Gesicht verfinsterte sich.

„Sie haben Recht behalten", antwortete er.

Es sah so aus, als ob ihm dies überhaupt nicht passte.

„Das geht alles sehr schnell", warf Hoplita Dexta ein. „Wir haben nicht die geringste Ahnung, was die Ziloten veranlasst hat, uns diese Botschaft zukommen zu lassen. Wer sagt uns denn zum Beispiel, dass wir nicht in eine gestellte Falle laufen?

Das letzte Mal, das Menschen auf Ziloten getroffen sind, ist es nicht sehr gut gelaufen. Es wäre fast in einer Katastrophe geendet.

So sehr ich auch an den Ziloten als Wissenschaftlerin interessiert bin, traue ich ihnen nicht."

„Da ist etwas dran", stimmte ihr Delasques zu. Die Sicherheitschefin legte eine düstere Mine auf. „Wer weiß, was uns in diesem fremden Sternensystem droht, welche Gefahren auf dieser Expedition ins Ungewisse lauern."

„Nicht so schnell mit dem Urteil", meldete sich Bea. „Wieso haben sie uns eine Nachricht geschickt, wenn die Ziloten einen zweiten Angriff auf das Imperium Humanum planen? Das macht doch keinen Sinn. Warum sollten sie uns warnen? Warum nicht gleich mit einer Flotte auftauchen, wie beim letzten Mal, und alles in Schutt und Asche legen?"

„Vielleicht benötigen diese Nichtmenschen noch einige Informationen. Immerhin ist es rund dreitausend Jahre her, seit sie uns überfielen. Die Menschheit hat sich inzwischen weiter entwickelt, unsere Technik ...“

„Aber das ist doch alles unwesentlich“, unterbrach Hokado. Alle Augen waren auf den Netza-Ge, der bisher kein einziges Wort verloren hatte, gerichtet. „Die Expedition wird stattfinden. Ich habe während dieses Gesprächs über meinen Speicher Kontakt zum Geheimnetz aufgenommen. Im Moment wird bereits ein Schiff konzessioniert.“

Helmer sah seinen Partner mit einem überraschten, wütenden Blick an, bevor er sich wieder fing und seinen gleichmütigen Gesichtsausdruck wiederfand. Konnte er nicht ertragen, dass Hokado scheinbar bessere Verbindungen hatte, als er?, fragte sich Liam. Gab es eine Macht auf die Sio Helmer keinen Einfluss hatte? War er überrascht worden? Spekulationen!, warf sich der Aufzeichner vor. Aber Liam nahm sich vor seinen Speicher später gründlich zu durchforsten. Es war möglich, dass er in der Analyse der Daten weitere Hinweise fand.

„Und ich werde dabei sein“, meinte Sabrine Jeba und verschränkte die Arme vor der Brust.

„Über die Details werden wir später entscheiden“, erwiderte Helmer kühl. „Wir sollten erst einmal die Nachricht im Original betrachten. Sicher werden Rätin Bolz und Hochrätin Dexta einen Blick darauf werfen können?“

„Sie trauen mir wohl nicht?“

„Nein“, meinte der Netza-Ge. „Auch Sie können sich irren.“

„Nun, denn", sagte die Einsiedlerin. „Ich habe mir schon Ähnliches gedacht und bereits einen Raum auf meinem Anwesen vorbereitet. Der Rest der Gruppe ist herzlich eingeladen, die nächsten Tage als meine Gäste hier zu verbringen."

„Ich würde diese Einladung gerne ausschlagen", entfuhr es Sören Silkan . Der dickliche Bürgermeister von Yuncité erhob sich umständlich aus seinem Sessel. „In der Stadt werde ich gebraucht. Dringende Geschäfte stehen an. Die kann ich auf keinen Fall hinauszögern."

„Ich bin sicher, dass der Gleiter Sie direkt nach dieser Besprechung nach Yuncité bringen wird", versicherte Luna Delasques. „Möchte sich noch jemand verabschieden?"

Das Schweigen auf diese Frage war eindeutig.

„Dann sind Sie also der einzige Passagier, Verwalter Silkan!", stellte Sabrine Jeba fest. Liam meinte eine gewisse Erleichterung und Freude im Gesicht der Einsiedlerin lesen zu können.

„Dann wollen wir uns mal an die Arbeit machen!"

Die Wände des Raumes waren nicht sichtbar, denn ein Hologramm lieferte die perfekte Illusion einer Waldlichtung, inklusive Vogelgezwitscher und seichtem Wind. In der Mitte der Lichtung befand sich ein kreisförmiger Boden aus Metall, auf dem Tische und Regale angebracht waren. Verschiedenste Instrumente, Geräte, sowie Holo-Schirme und Nano-Entwickler, bedeckten jede freie Fläche.

Bea Bolz stand vor einem der Tische und betrachtete die Nachricht der Ziloten auf einem Holo-Schirm. Typisch für diese rätselhaften Fremden war ihre zackig anmutende Schrift, deren Grammatik und Beziehungen zwischen den einzelnen Abschnitten durch Farbnuancen der Buchstaben dargestellt wurde. Die Exo-Linguistin hatte sich ihr halbes Leben mit den bekannten Kulturgütern der Ziloten herum geschlagen. Die wenigen Texte kannte sie auswendig. Und zwar ohne ihren Speicher anzusprechen.

Trotzdem hatte sie zwei volle Tage und eine Nacht gebraucht, um die Übersetzung Jebas in groben Zügen bestätigen zu können. Es erschien ihr daher wie ein Wunder, dass ihre Gastgeberin, die allenfalls ein Amateur auf sprachlichem Gebiet sein konnte, die Botschaft überhaupt geknackt hatte.

Liam Sevnico blickte ihr über die Schulter.

„Und kommst du voran? Hast du eine Ahnung wer diese Rahsass sind?"

Er begann sich zu langweilen. Es gab nichts besonderes aufzuzeichnen.

Bea schüttelte müde den Kopf. „Nein. Keine Spur. Obwohl ich jetzt sogar Zugang zum großen Archiv des Imperiums auf Neos habe. Dank Sabrine Jeba, die jedes Problem in den Griff zu bekommen scheint."

„Ja, sie ist ein kleines Wunder. Hier allein in der Abgeschiedenheit hat ihr Verstand nicht gelitten. Sie ist eine Füchsin. Eine sehr alte und gerissene, wenn du mich fragst."

„Hast du sie mal im Netz hinterfragt?", fragte Bea Bolz.

„Natürlich! Du nicht?"

„Es ist schon ein merkwürdiger Lebenslauf", meinte die Exo-Linguistikerin. „Irgendwie so normal!Geboren auf Jados IV. Ausbildung zur Raumpilotin. Lange im Dienst einer kleinen Transportfirma, die nur im System von Jados operiert. Und dann taucht sie plötzlich hier auf und bewegt sich Jahrzehnte nicht vom Fleck."

„Da stimmt etwas nicht", pflichtete ihr Liam bei. „Das ist alles so glatt, und es passt nicht zu der Sabrine Jeba, die wir kennengelernt haben. Wie kann eine derartige Persönlichkeit eine solch einfache Karriere hinlegen. Ich stimme dir zu, Bea: Da ist etwas im Busch."

„Wir werden es wohl nicht so schnell erfahren. Denn, wenn sie es geschafft hat, ein Geheimnis in ihrem Leben so lange zu bewahren, werden auch wir uns daran wohl auch die Zähne ausbeißen", sagte die Exo-Linguistin. „Sie scheint sogar Helmer und diesen Hokado zu kontrollieren."

„Das will was heißen!", lachte Liam. „Die Nachricht der Ziloten hat einiges durcheinander gebracht. Vielleicht bringt die Zeit Klarheit ..."

Bea nickte.

„Es ist alles sehr aufregend. Nach Jahrhunderten endlich ein Lebenszeichen dieser Wesen, die uns einst fast vernichteten. Ich dachte schon meine Spezialisierung sei eine Sackgasse. Und jetzt ... jetzt bin ich aufgewühlt wie ein junges Mädchen beim ersten Rendezvous. Ich bin gespannt, was uns noch bevorsteht!"

„Du gehst also davon aus, dass du für die kommende

Expedition ausgewählt wirst?", fragte Liam.

„Oh, ja!", schoss es aus Bea heraus. „Davon gehe ich aus! Ich denke, dass alle hier Anwesenden dabei sein werden."

„Du meinst …?"

„Ja, auch du, Liam!", unterbrach ihn Bea. „Helmer scheint ein Auge auf dich geworfen zu haben."

Liam Sevnico seufzte.

„Ich habe derartiges befürchtet. Dabei kann ich ihn überhaupt nicht leiden."

„Das geht mit auch so!", sagte die Exo-Linguistin. „Aber darum geht es bei dieser Sache nicht. Großes steht der Menschheit bevor!"

Bei den letzten Worten bekamen ihre Augen einen träumerischen Glanz.

„Wir werden sehen. Vielleicht ist es keine gute Zukunft, die uns da bevorsteht. Die letzte Begegnung mit den Ziloten ist gar nicht gut verlaufen. Jedenfalls, wenn man den historischen Archiven im Netz vertrauen kann."

„Ich kenne die Geschichte!", entgegnete Bea und wurde plötzlich ganz ernst und ruhig. „Ich habe ein unbestimmtes Gefühl, dass es diesmal anders sein wird."

„Ich hoffe, du behältst recht", meinte Liam und gähnte hinter vorgehaltener Hand.

Beide schwiegen sie eine Weile. Bea starrte auf die Übersetzung der Koordinaten, die Sabrine Jeba seltsamerweise mühelos und fehlerfrei gelungen war.

Woher hatte die Einsiedlerin nur diese Kenntnisse des Zilotischen?

Bea hatte jahrelang studieren müssen, um diese fremde Sprache auch nur annähernd zu begreifen. Zu fremd waren die Konzepte, eine Grammatik im eigentlichen Sinne nicht vorhanden. Die Farben, die auch Gefühle ausdrücken konnten, obwohl es keinem Linguisten jemals gelungen war, einer bestimmten Farbphrase eine eindeutige Stimmungslage zuzuordnen, erhöhten die Schwierigkeit der Kommunikation. Wie also konnte Bürgerin Jeba, eine Frachterpilotin aus dem Jado-System, die Botschaft entschlüsseln? Zugegeben: sie hatte sehr viel Zeit dafür gehabt. Dennoch! Die Frage konnte ihr erschöpftes Gehirn nicht beantworten.

„Wo ist eigentlich Hochrätin Dexta?", wurde sie von Liam aus ihren Gedanken gerissen.

Bea brauchte eine Sekunde, bevor sie antwortete:

„Sie ist hier über dem Arbeitstisch fast eingeschlafen, und hat sich dann zur Ruhe gelegt."

Liam nickte.

„Das sollten wir auch tun!"

„Vielleicht kann ich ausgeschlafen klarer denken", stimmte ihm die Exo-Linguistin zu und erhob sich.

Liam stand ebenfalls auf, und gemeinsam verließen sie den Raum durch eine Tür zwischen den holografischen Stämmen zweier Bäume.

Bea Bolz ließ sich auf ihr weiches Bett fallen. Aber obwohl die Müdigkeit schwer auf ihre Lider drückte, konnte sie im Kopf keine Ruhe finden. Sie starrte an die Decke, über die holografische Wolken zogen. Sie ging die Botschaft der Ziloten noch einmal gedanklich durch und blieb wieder an „Rahsass" hängen. Der Schlüssel zum Rätsel musste sich in diesem einem Wort verbergen, dessen war sie sich sicher. Was mochte es nur bedeuten? Die Rahsass waren wohl ein Volk oder eine Gruppe, die wichtig genug war das Jahrhunderte während Schweigen der Ziloten zu brechen. Welchen Grund sie auch immer für ihre brutale Invasion und dem darauf folgendem Rückzug gehabt haben mochten, die Rahsass hatten die Ziloten umgestimmt. Diese radikale Veränderung ihrer Politik, die Kontaktaufnahme mit der Bitte um Hilfe, musste auch für die Ziloten einen tiefen Einschnitt bedeuten.

Bea seufzte. Sie würde wohl nicht alle Geheimnisse sofort lüften können. Sie konzentrierte sich auf ihren Atem und versuchte die letzten wirren Gedankenfetzen zu vertreiben. Sie schaltete ihren Speicher ab und dämpfte das Licht im Raum, bis ein beeindruckender Sternenhimmel über ihr leuchtete. Dann schloss sie die Augen, gierig nach Schlaf.

Kaum hatte sie jedoch einen Punkt erreicht, an dem alle Logik verschwamm, kam ihr eine Einsicht, die so erschütternd war, dass sie sich ruckartig aufsetzte.

Sie musste sofort die anderen informieren. Die Rahsass waren die Ewig Lebenden, von denen einige uralte Legenden berichteten!

Wolken über Neos

Preeti Prakash fühlte eine tiefe Befriedigung. Sie lehnte sich in ihrem Liegestuhl zurück und genoss die Aussicht aus ihrem Haus. Durch die riesigen Panoramafenster, die fast die ganze vordere Front der Halle einnahmen, blickte sie auf ein grünes Tal, aus dem Gebäude wie Felsen herausragten. In der Ferne, hinter einer flachen Hügelkette, reckten sich, von Wolken umschwärmt, und im Licht der Sonne glitzernd, die Fassaden des Zentrums in den Himmel. Neos fühlte sich heute besonders wehmütig an, fand Preeti Prakash, die sich bewusst war, dass sie all das bald hinter sich lassen würde. Wahrscheinlich für immer.

Hinter ihr quakte eine der zwei holografischen Enten, die auf einem Teich in der Mitte der Halle, schwamm. Sie drehte den Kopf und betrachtete die holografischen Geschöpfe, die ein Holokünstler aus alten Daten vom Ursprungsplaneten rekonstruiert hatte. Das ganze Haus, dieser Luxus hatten sie praktisch nichts gekostet. Allen Menschen war theoretisch alles zugänglich. Energie war in den Zentren des Imperiums fast unbegrenzt verfügbar. Nur die Rand- und einige Kolonialwelten, die freiwillig auf Komfort verzichteten, waren von diesem Reichtum abgeschnitten. Es mangelte der Menschheit an nichts. Hunger und Krankheiten waren beinahe vergessen. Der Tod war eine derartig ferne Drohung, dass die meisten den Freitod wählten, bevor der alte Sensenmann sie niederstrecken konnte. Protzen und Prunken waren unverstandene Konzepte einer entfernten Vergangenheit.

Preeti Prakash hatte sich in den letzten Jahren, seit ihrer „Wiedergeburt", schon so manches Mal über die Gesellschaft gewundert. Sie war ihr immer fremd geblieben. Neid und Materialismus waren scheinbar ausgerottet. Aber mit diesen Sünden war auch das Herz und die Leidenschaft verschwunden, dachte sie. Konnte sie es in Wirklichkeit einfach nicht ertragen, dass man sie nicht mehr so bewunderte wie in ihrem ersten Leben, in der Vergangenheit, in der Prä-Ratio? War es, dass sie selbst kein Herz hatte, so dass sie es in anderen nicht erkannte? Sie hatte sich diese Fragen gestellt, und keine befriedigenden Antworten erhalten. Sie hatte sich in dieser Zukunft nie recht einleben können.

Bis zu dem Tag, an dem sie von den Ewig Lebenden erfuhr.

Wie ein Lichtstrahl durch eine Wolkendecke hatte sie die plötzliche Erkenntnis getroffen. Unmittelbar war ihr klar geworden, dass das Schicksal sie in diese Zeit befördert hatte, weil sie einen Auftrag erfüllen musste. Hinter dieser als Legende, als Märchen, verachteten Geschichte der Ewig Lebenden vermutete Preeti Prakash den Beweis für eine Göttlichkeit, nach der sie sich so sehr sehnte.

Sie war davon überzeugt, dass diese Wesen schon das vorige Universum überlebt hatten, und sie vielleicht sogar für die Entstehung intelligenten Lebens auf der Ur-Erde verantwortlich waren. Aber die Menschen dieser Zeit waren verblendet durch ihre Technik, die Preeti Prakash noch heute an Zauberei erinnerte, sahen nicht die Wahrheit, die vor ihren Füssen lag. Sie verdrängten die Ewig Lebenden, taten sie als verklärtes Wunschdenken ab, obwohl sie,

Göttern gleich, die Menschheit geschaffen hatten. Die Wut über die Dummheit der Menschheit, war einer der Gründe gewesen „Pax Nova" zu gründen.

Jetzt, nach Jahren der Intrigen, des Abwartens und Täuschens wähnte sie sich ihrem Ziel so nahe. Eine Spur war entdeckt worden. Die Ewig Lebenden waren der Grund für die Ziloten gewesen, mit dem Imperium Humanum Kontakt aufzunehmen.

Wichtige Räder hatten sich im Uhrwerk des Universums in Gang gesetzt. Die Menschheit stand vor ihrer wohl schwersten und läuternsten Prüfung. Ihr fester Glaube gab ihr die Kraft sich von allem, was sie sich bisher aufgebaut hatte, zu verabschieden.

Nicht nur das Schicksal aller Intelligenzen des Kosmos, sondern auch ihr eigenes standen am Scheideweg. Sie hatte von ihrem Agenten auf Yuntsas-Welt erfahren, dass es Hochrätin Bolz gelungen war, einen Bezug zu den Ewig Lebenden herzustellen. Die Exo-Linguistin war genial, fand Preeti Prakash.

Sie hatte erkannt, dass sie aus der Kommunikation der Ziloten und aus deren Sprache allein keine Lösung extrahieren konnte, und hatte deshalb ihre Erinnerungen an andere, nichtmenschliche Sprachen aufgerufen. Dabei waren ihr etymologische Ähnlichkeiten mit der Kommunikationsmethode der Räder und des Pegasischen Kollektivs aufgefallen. In beiden Sprachen, soweit man diese als solche bezeichnen, und soweit sie der Menschheit bekannt waren, kam ein Wort vor, dass an das „Rahsass" in der Botschaft der Ziloten erinnerte.

Die Räder und das Kollektiv bezeichneten als „Racksahs" beziehungsweise „Ra´hztzás" eine Rasse der Milchstraße, die schon lange vergangen war. Ihrem Mythos zufolge waren sie die Schöpfer allen Lebens. Dabei konnten diese Wesen das Universum überdauern. Eine Legende fremder, nichtmenschlicher Völker, die auch bei den Menschen ihre Wurzeln hatte: Die Ewig Lebenden!

Bea Bolz war bekannt für ihre außerordentlichen Fähigkeiten in der Exo-Linguistik. Und Preeti Prakash wollte ihr nur allzu gern glauben.

Deshalb hatte sie auch schon Vorbereitungen für ihren Aufbruch getroffen. Ihr Agent auf Yuntsas-Welt würde ihr helfen und ihr als dringend benötigte Assistentin einen Platz an Bord der Moira beschaffen. Das Expeditionsschiff würde auch Neos ansteuern, um Besatzung und Vorräte an Bord zu nehmen, bevor es sich zu Yuntsas-Welt aufmacht. Dort würden Bolz und die anderen sich der Mission anschließen.

Mit sich und den Vorgängen im Allgemeinen zufrieden, gönnte sie sich ein Siegerlächeln und lehnte sich in ihrem Liegestuhl zurück. Die Enten auf dem Teich quakten leise. Moira war ein guter Name für das Schiff, fand Preeti Prakash und lächelte zufrieden. Schicksal würde sie an ihrem Ziel sicherlich erwarten.

III

Die Gretchenfrage

Die Kutsche wurde wie erwartet langsamer. Die zwei Baumstämme auf dem Weg zwangen den Kutscher die Zügel zu ziehen. Die Pferde kamen schnaubend zum Stehen, scharrten mit den Hufen auf dem Pflaster des Waldweges. Im fahlen Licht des Vollmondes beobachtete ich aus meinem Versteck heraus wie der Kutscher vom vorderen Bock stieg. Die Arme in die Hüfte gestemmt, seinen malträtierten Rücken streckend, fluchte er leise:

„Soll der Teufel es holen ..."

Umständlich machte er sich an den von mir präparierten Hindernis zu schaffen. Er zog an den Stämmen, konnte sie aber keinen Zentimeter bewegen. Natürlich nicht. Ich selbst hatte die Hilfe von zwei Antigraveinheiten benötigt, um die Kutsche aufzuhalten. Ich hoffte nur, dass meine Informationen richtig waren, und ich zur rechten Zeit am rechten Ort war.

Also schlich ich mich aus dem Buschwerk heraus an den Rand des Weges. Rechts von mir, schnaufte der Kutscher unter der Anstrengung, gab es schließlich auf und wollte schon zum Bock zurückkehren, um die Kutsche zu wenden, als ich ihn ansprang. Mit einer schnellen Bewegung drehte ich ihm den Arm auf den Rücken und hielt ihm den Mund zu. Der Kerl war kräftiger als gedacht und ich hatte einige Mühe den sich windenden Körper unter Kontrolle zu bekommen. Aber ich war dennoch stärker als er.

Als er endlich heftig durch meine Finger atmend am Boden lag, beugte ich mich zu ihm herab und fragte flüsternd:

„Kutschiert er den Freiherr von Wolff?"

Seine Augen starrten mich ängstlich an, und er nickte. Mit einer weiteren Bewegung meiner Handfläche raubte ich ihm sein Bewusstsein. Seine Muskeln erschlafften, und ich ließ den Kutscher sanft auf das Pflaster gleiten. Er würde in ein paar Stunden aufwachen und die Nanos, die ich ihm nun verabreichte, würden dafür sorgen, dass er sich an nichts erinnern würde.

So leise wie nur möglich schlich ich zur Kutsche. Von drinnen vernahm ich eine verschlafene Stimme:

„Warum halten wir hier, Kutscher?"

Der Angesprochene konnte nicht antworten. Stattdessen öffnete ich die Tür der Berline und glitt in den Sessel gegenüber des Fahrgastes. Er musste mich für einen Räuber halten, den er sah mich kurz erschreckt an, und versuchte dann aus der Kutsche zu fliehen. Mit Leichtigkeit hinderte ich ihn daran.

„Ich wünsche nur mit Ihnen zu sprechen, Professor Wolff."

„Gewesener Professor", verbesserte er mich, während er sich aufrichtete und mich fragend betrachtete.

Seine Gelassenheit in meiner unerwarteten Anwesenheit ließ mich staunen.

„Was wünscht er von mir? Ein recht ungewöhnlicher Anlass

muss es sein, dass er die Kutsche eines Rechtschaffenen wie ein Straßenräuber überfällt. Ist er gar einer? An sich schon möglich."

Ich brauchte eine Sekunde, um zu antworten. Seine Ruhe drohte mich aus derselbigen zu bringen.

„Sie führen einen Gegenstand mit sich, der mein Interesse erweckt."

Jetzt war es an Professor Christian Wolff verwirrt drein zu blicken.

„Er kommt ohne Umschweife zur Sache, was? Nur: was meint er mit seinen dreisten Andeutungen? Will er mich zu meinem sonstigen Unglück auch noch berauben. Oder haben ihn gar meine pietistischen Widersacher gesendet, mir endgültig das Schweigen aufzulegen?"

„Keinesfalls will ich Sie berauben … und ich werde Sie nicht töten."

„Was wünscht er dann?"

Christian Wolf sah mich mehr ängstlich als neugierig an. Wer konnte es ihm verdenken? Gerade hatte er vor einem katholischen Mob aus der Stadt Halle fliehen müssen. Sein Leben war in Aufruhr geraten, er wurde als Atheist gebrandmarkt, nur weil er es gewagt hatte, chinesische Traditionen, insbesondere den Konfuzianismus, als Beispiel für eine Jahrtausende alte Gesellschaft darzustellen, die ohne das Christentum auszukommen schien und dabei dennoch ethische Werte einhielt.

Die Menschheit war eben oft in kollektiver Dummheit

gefangen, stellte ich innerlich seufzend fest. Dogmen der Angst beherrschten die Menschen dieser Zeit, sie drohten mit Fegefeuer und Tod, basierten auf Geschichten, die aus Furcht vor der Sterblichkeit Profit schlugen.

Vielleicht würde ich es nie verstehen, da der körperliche Tod mich nicht bedrohte. Wie würde ich wohl denken oder gar handeln, wenn ein Ende vorhersehbar wäre? Selbstverständlich werde auch ich nicht ewig existieren. Aber mein Tod lag in einer fernen Zukunft. Tausende von Jahren lagen noch vor mir. Selbst wenn die Menschheit jemals den Delta-Punkt erreichen sollte, was ich noch immer bezweifelte, würden die Herren der Zeit nicht auf meine oder Inannas Dienste verzichten können.

Also war der Tod für mich ein Abstrakt, das ich nicht verstand, geschweige denn fürchtete. Würde ich nicht als Mensch genauso versuchen mich unter einem Berg von erfundener Hoffnung zu begraben? Die fehlende Furcht vor einem immanenten Tod war es der mich tatsächlich nicht zum vollwertigen Menschen werden lassen konnte. In diesem Schicksal trennten sich unsere Wege.

Letztendlich verurteilte ich die Menschen auch nicht. Sie konnten nichts dafür. Sie waren, war sie waren. Von der Natur auf diesem Planeten geformt.

Schließlich antwortete ich dem abwartenden Philosophen:

„Wie ich bereits sagte, befindet sich etwas in ihrem Besitz, das für mich von höchster Bedeutung ist."

„Also will er mich doch berauben!"

Ich ignorierte den neuerlichen Vorwurf und kam zur Sache:

„Gehe ich recht in der Annahme, dass sich in Ihrem Gepäck, auf dieser Kutsche, ein etwa zwanzig Zentimeter langer, silbern glänzender Gegenstand befindet, der bei Berührung ein merkwürdiges Kribbeln auslöst?"

Mein Gegenüber wurde noch eine Nuance blasser. Ich lehnte mich nach vorn, unsere Nasenspitzen berührten sich fast.

„Wie kann er davon erfahren haben? Nur zwei Menschen wissen diesen Gegenstand in meinem Besitz … und er ist keiner davon."

„Also ist es wahr?"

Professor Wolff nickte bedächtig.

„Ich führe den silbrigen Stab in meinem Handgepäck bei mir … Aber sag er mir: woher hat er die Kenntnis?"

„Ich weiß vieles! Mehr als Sie ahnen."

Ich streckte die Handfläche aus.

„Und jetzt muss ich Sie bitten, mir diesen Stab auszuhändigen."

Christian Wolff schüttelte den Kopf.

„Ich habe noch so viele Fragen … Warum spricht er so merkwürdig? Wo kommt er her? Wie konnte er meine geheime Flucht unterbrechen?"

„Ich kann Ihnen nicht alle Fragen beantworten … und selbst wenn, hätten Sie nichts davon, denn nach unserem Gespräch werde ich gezwungen sein Ihnen die Erinnerung an unsere Begegnung zu nehmen."

Der Philosoph öffnete seinen Mund, aber heraus kam nur ein brüchiges:

„Wie … ?"

„Sie scheinen mir ein passabler Mensch, werter Herr Professor Wolff. Also werde ich ein wenig von dem Schleier lüften, auch wenn Sie sich an der Erkenntnis durch meine Worte nur sehr kurz erfreuen können. Sie scheinen es sich verdient zu haben."

Er nickte und spitzte still die Ohren.

„Ich bin kein Mensch, sondern eine Art Maschine, kompliziert, aber keine Zauberei. Ich verfolge die Geschichte der Menschheit im Auftrag meiner Herren, die lieber im verborgenen bleiben wollen. Der Stab in ihrem Besitz wurde unrechtmäßig entwendet und könnte meine Auftraggeber kompromittieren. Deshalb muss ich Sie bitten in mir auszuhändigen. Ich verspreche Ihnen, dass sie sich später nicht mehr daran erinnern werden, diesen Gegenstand jemals berührt zu haben. Sie werden sich an nichts erinnern."

Jetzt war Christian Wolff vollends aus der Bahn geworfen. Auf seiner Stirn glitzerte der Schweiß.

„Er will mir erklären, er sei ein Gesandter … Gottes?"

Unwillkürlich musste ich lachen. Eine Reaktion meines menschlichen Körpers.

„Nein, gewiss nicht. Meine Herren sind keine Götter. Auch sie waren einst von Fleisch und Blut, sterblich. Und noch immer können sie sich irren. Das Universum ist so chaotisch, dass es sich nicht vorausberechnen lässt."

Der Philosoph sah mich verwirrt an. Wahrscheinlich hielt er mich für verrückt.

„Und jetzt bitte ich um den Stab."

Christian Wolff nickte und kramte in einer Reisetasche neben sich auf dem Sitz. Mit zitternden Händen überreichte er mir den gewünschten Gegenstand.

Der Stab fühlte sich kühl an. Seine unsichtbaren Energiefelder übertrugen sich als Kribbeln auf die Haut. Schnell schob ich das lang gesuchte Artefakt in die Innentasche meines Mantels und spürte dabei Erleichterung.

„Jetzt hat er, was er verlangte. Wird er mir noch weitere Fragen beantworten?"

Ich seufzte, wollte erneut einwenden, dass ich nach diesem Gespräch Nanos freisetzten würde, welche die Erinnerung an dasselbige vollständig auslöschen sollte. Aber Professor Wolff war schneller.

„Woher weiß er so viel? Ist er ein Geist aus der Zukunft?"

Ich schüttelte den Kopf.

„Nein, aber wenn Sie wollen, bin ich ein Wesen der Vergangenheit. Ein bisschen müde der Geschichte. Die Zukunft kann ich *nicht* sehen."

„Glaubt er an Gott?"

Ich hatte nun genug davon. Ich verstand die Neugier meines Gegenübers, aber mein Zeitplan ließ nicht zu, dass ich mich länger mit Herrn Wolff beschäftigte. Ich streckte meine

Hand aus und blies von der Handfläche eigens programmierte Nanos in sein Gesicht. Er hustete zweimal, erstarrte, warf mir einen panischen Blick zu uns sackte dann auf dem Sitz der Kutsche zusammen. Nur sein ruhiger Atem bewies, dass er noch lebte.

Mit einem Satz war ich aus der Kutsche. Ich atmete erleichtert die kühle Nachtluft im Schatten des Waldes. Niemand würde sich später an meinen Auftritt erinnern, geschweige denn an meine Worte. Welch ein Privileg.

„Hast du es?", fragte Inanna, als ich unseren Treffpunkt erreichte. Sie erwartete mich auf der seichten Hügelkuppe am Waldrand. Der Horizont im Osten färbte sich rot. Der Sonnenaufgang stand kurz bevor.

„Ich habe es!", erwiderte ich und überreichte ihr den Stab, den ich Professor Wolff abgerungen hatte. „Wir haben es geschafft."

„War das wirklich das letzte Artefakt aus der geplünderten Station?"

„Wir haben alle gefunden und aus dem Verkehr gezogen."

Inanna schenkte mir ihr schönstes Lächeln.

„Das wurde auch Zeit. Ich kann dir gar nicht sagen, wie erschöpft ich bin. Wir sind schon seit zwei Jahren ununterbrochen im Einsatz."

„Ich fühle mich genauso ausgelaugt wie du. Wir sind es einfach nicht gewohnt über eine so lange Zeitspanne an der Geschichte der Menschheit teilzunehmen. Ich frage mich wie die Sterblichen es nur schaffen, sich der Existenz auf

Jahrzehnte hin auszusetzen, ohne Ruhe, ohne den Jahrhunderte währenden Schlaf der Erlösung."

Ich sah ihr tief in die Augen, in denen das erste Glitzern der Dämmerung tanzte. Inannas Aussehen hatte sich in den Jahrtausenden oft verändert, aber ihre Augen ... Ihre Augen waren wie ein Spiegel, in dem meine *Seele* – wie die Menschen es nannten, weil sie keine bessere Beschreibung fanden – sich reflektierte.

„Das Leben ist ermüdend. Ich habe schon so viel gesehen, gehört und gerochen. Mein Speicher läuft fast über. Es ist Zeit, dass wir in unsere Stationen zurückkehren, um zu ruhen."

Sie lächelte verlegen, um dann fortzufahren:

„Natürlich hatten die letzten zwei Sonnenjahre auch ihre Vorteile."

Ich glaubte im frühen Morgenlicht ein rötliches Glühen ihrer Wangen zu bemerken.

„Wie sind uns sehr Nahe gekommen, Enki. Und ich werde dich sehr vermissen, bis ich dich wiedersehe."

„Das ist wahr", sagte ich und musste unwillkürlich schlucken. „Ob unsere Schöpfer dies vorhergesehen haben?"

„Du meinst, dass unsere Liebe ein Programmfehler ist?"

Ich nahm sie in den Arm und küsste ihren Hals, dann blickte ich ihr erneut in die Augen, berührte ihre Lippen mit den meinigen. Unser Kuss dauerte eine Weile an.

„Wie ist es überhaupt möglich?"

Inannas Stimme klang brüchig, um sich darauf direkt wieder zu festigen.

„Wir sind keine Menschen, Enki! … Wir sind Programme …"

„In menschlichen Körpern!", beendete ich ihren Satz.

„Du meinst also, dass dies die Erklärung unserer deutlichen Zuneigung ist?"

Ich ließ die Arme sinken und zuckte mit den Schultern.

„Was macht es schon für einen Unterschied? Weder sind wir fehlerhafte Programme noch vollwertige Menschen. Und wir werden die Gründe, die Ursachen wohl niemals ergründen. Wichtig ist doch nur, dass wir uns diesen … Gefühlen nicht widersetzen können."

„Das stimmt!", flüsterte Inanna und legte ihren Kopf sanft auf meine Schulter. „Und es ist *so* gut … Ich bin nicht allein."

Eine Weile betrachteten wir stumm das Schauspiel des Sonnenaufgangs. Tausend Mal erlebt und doch immer wieder neu. Die Liebe färbt die Dinge schön.

Destination Moon

There once was a time when the colorful thing to do
Was to call for a date on a bicycle built for two
But cars and trains and even planes

All have had their day
Now the time is due to call for you
In the modern atomic way
We'll go up up up up

Nat King Cole

Ein strahlend blauer Himmel umspannte das gesamte
Szenario. Nur am Horizont, weit weg, mehr Dekoration als
Bedrohung, waren ein paar Wolken zu sehen, als hätten sie
ehrfürchtig Platz gemacht. Staunende Betrachter des
Aufbruchs der Menschheit. Es war der perfekte Tag für ein
herausragendes Ereignis, fand ich. Durch die modische
Sonnenbrille mit schwarzem Gestell sah ich hinauf in den
Himmel, spürte die wärmende Strahlung auf meiner Haut
und atmete tief durch. Trotzdem mein Geist nur für einige
Jahre auf einem Körper hatte verzichten müssen, genoss ich
das Dasein. Die Zeit der Jahrtausende, dann Jahrhunderte
während Schlafes war wohl endgültig vorbei. Die
Menschheit, ohne es zu wollen, war im Aufbruch. Und wir
waren ihre Beobachter. So oft hatte ich einen menschlichen
Körper übergestreift, dass ich ihn zu vermissen begann.

Die Herren der Zeit hatten sich nicht geirrt. Sie hatten gewusst, vielleicht sogar initiiert, was sich nun vor meinen Augen entfaltete.

„Der Delta-Punkt", sagte Inanna neben mir und riss mich damit aus meinen Gedanken. Ich nickte.

„Dies ist also der Tag!"

„Ich habe immer bezweifelt, dass er eintritt ..."

„Wer hätte gedacht, dass diese Menschheit, die den größten Teil ihrer Geschichte damit verbracht hat, sich gegenseitig die Schädel einzuschlagen, einmal aufbrechen würde den Raum zu erobern."

Inanna sah mich lächelnd an.

„Was wissen wir schon? ... nicht *so* viel mehr als Menschen. Sic parvis magna. Größe aus kleinen Ursprüngen." Sie streichelte meine Wangen – ein Schaudern durchlief mich bei der Berührung - und setzte dann hinzu: „Unsere Herren schienen dahingegen schon geahnt zu haben, dass dieser Tag kommen würde."

„Sie waren wohl vorbereitet ... Ihre Erfahrung basiert schließlich auf unzähligen Zivilisationen."

Inanna dachte eine Weile nach.

„Warum wurden wir nicht mit diesem Wissen ausgerüstet?"

Ich zuckte mit den Schultern. Ich hatte schon oft darüber nachgedacht und hatte nur eine Erklärung gefunden.

„Vielleicht wollten die Herren der Zeit, dass wir als Hüter der Herde emotional näher an unserer Schar sind, um zu wissen vor welchem Schaden man sie bewahren muss. Wir sollen die Menschen begreifen, fühlen was sie fühlen, mit ihren Gehirnen denken ..."

„ ... und doch nicht menschlich sein", beendete Inanna meinen Satz.

„Vielleicht ... Aber doch sind wir in den zurückliegenden Jahrtausenden und nach unzähligen Erweckungen in fleischlichen Körpern sehr vermenschlicht."

„Und hier ist der Beweis!"

Gesagt, getan. Ihre Lippen waren weich und warm, der Kuss so süß, dass er sich als Schauer durch meinen Körper fortsetzte.

Eine ganze Weile saßen wir nebeneinander und ließen die Sonne auf unsere Haut scheinen.

„Glaubst du wirklich, dass wir so eine Art Hüter der Menschheit sind?", durchbrach Inanna das zarte Gesäusel des Windes.

„Oft haben wir darüber gesprochen. Aber in Wahrheit sind wir keine Hirten ... Wir sind Beobachter und Bewahrer von Geheimnissen."

„Und doch handeln wir, greifen ein, wenn es notwendig wird. Die Herren hätten doch genauso gut mit nur einer Station alles observieren können. Warum also unsere menschliche Komponente."

Ich musste lachen.

„Du lässt einen Gedanken wohl nicht so einfach fallen,

was? ... Die Wege der Herren sind zwar nicht unergründlich, aber ein gut gehütetes Mysterium. Wir sollten uns nicht den Kopf darüber zerbrechen. Wir werden es vermutlich nie erfahren. Deshalb ...“

... Werden wir nie viel weiser als die Menschen sein, wollte ich sagen, als Inanna an meinem Ärmel zerrte und mich erneut unterbrach.

„Schau, es geht los!“

Ich folgte ihrer weisenden Hand. Weit entfernt, fast am Horizont stieg Rauch auf. Ein Lichtpunkt blitzte auf und war selbst aus der Entfernung noch sehr hell. Dann stoben dicke Schwaden auf, liefen wie Brandung über das Firmament. Aus dem Chaos stieg nach einer ewig währenden Weile ein schlanker Zylinder auf, der im Sonnenlicht aufblitzte.

Die Saturn-V-Rakete stieß langsam ins tiefe Blau des Himmels, wurde mit erreichter Höhe immer schneller. Wie ein strahlender Wegweiser entfernte sich das von Menschen konstruierte Gefährt, wurde immer kleiner und war bald nicht mehr zu sehen. Ein Fingerzeig.

Fasziniert hatten wir das Geschehen beobachtet.

„Der Delta-Punkt ...“, mahnte Inanna zum zweiten Mal an.

„Und wir sind Zeugen dieses entscheidenden Moments“, fügte ich schwärmerisch hinzu.

Wir küssten uns und waren tatsächlich glücklich.

Nie werde ich die Fotografie vergessen, die Tage später überall zirkulierte. Darauf war eigentlich nicht viel zu sehen, und man hätte sie schnell zur Seite gelegt, wenn man nicht wusste, was sie zeigte.

Das Foto war schwarz-weiß, ein Fußabdruck auf schlammig wirkendem Boden. Mehr nicht.

Und doch war dieses Foto der Beweis, dass ein Mensch Fuß auf einen anderen Himmelskörper gesetzt hatte. Es bedeutete die größte Leistung der Menschheit in ihrer bisherigen Geschichte, eine Akkumulation aller Kriege, Aufstände, Regierungen, Ideologien und Träume.

Diese Spuren im Regolith - dem Staub des Mondes – würden noch in Millionen Jahren zu sehen sein, denn auf dem Erdtrabanten gab es keinen Wind, keinen Regen. Es war gut möglich, dass die Stapfen Armstrongs noch vorhanden waren, wenn auf der Erde jeder Rest menschlicher Existenz längst erloschen war. Das war mal ein Denkmal für die Ewigkeit, dachte ich.

Die Herren der Zeit hatten es also tatsächlich vorausgesehen. Oder war es nur die natürliche Entwicklung jeder Zivilisation? Ein kosmisches Gesetz? Waren die Sterne sichtbar, mussten sie auch greifbar sein …

Jedenfalls hatte die Menschheit ein Kapitel in ihrer Entwicklung begonnen, die meine Meister als den „Delta-Punkt" bezeichneten. Ab jetzt begann eine neue Phase in meiner und Inannas Aufgabe. Ich fühlte Aufregung und eine gewisse Furcht vor der Zukunft.

Revolution in Amaurot

Amaurot, 25. August 245 (Speskalender)

Die Sonne Chandra betastete den neuen Morgen auf Spes. Die umliegenden Hügel fingen das orangene Licht ein und kleideten sich darin.

Wie in der Wiege, erwachend, lag die Stadt Amaurot in ihrem Schoß und blickte blinzelnd auf das Zirkuläre Meer.

Ich ging neben Inanna durch eine Geschäftsstraße. Die ersten Läden öffneten und alles sah nach einem sonnigen Tag aus, aber mein Gemüt war bedrückt, nachdem ich die neuen Informationen aus der Polstation bekommen hatte. In Inannas Gesicht konnte ich dieselbe Sorgen erkennen. Sie zog mich an der Hand in ein kleines Café, in dem zu dieser frühen Stunde nur zwei andere Gäste zu finden waren, die stumm ihr Frühstück zu sich nahmen. Wir setzten uns an einen Tisch in der Ecke.

„Das kann doch nicht wahr sein", brach Inanna die anfängliche Stille.

Mein Kopf war zu schwer, um zu nicken.

„Und doch ist es das!"

„Ich fühle große Trauer ... Ich könnte weinen ..."

Ich nahm ihre Hand, die zitternd auf dem Tisch lag, und versuchte ein Lächeln, um Trost zu spenden, den ich selbst nicht verspürte. Natürlich scheiterte ich. Meine geliebte Inanna kannte mich zu gut. Viele Jahrhunderte hatten wir gemeinsam erlebt.

„Können wir denn nichts dagegen tun?"

Ihre plötzliche Wut überraschte mich. Ich zuckte mit den Schultern.

„Wir sind nur zwei unbedeutende Beobachter. Wenn die Herren der Zeit etwas beschließen, ist es unmöglich sie aufzuhalten. Ihre Macht ist überwältigend ... Und wir sind nur ihre Diener."

Inanna schien von dieser Ermahnung unbeeindruckt.

„Wir können das doch nicht einfach zulassen!"

„Willst du die Menschen hier auf Spes etwa warnen?"

Der Gedanke erschreckte mich, nicht nur, weil er einen Bruch mit unserem Auftrag verhieß. Meine ganze Welt wurde damit in Frage gestellt. Warum waren wir hier? Was war dann die Bedeutung unseres Lebens, wenn wir den Kern aufgaben? Konnten wir unserer Existenz einfach so eine neue Bedeutung geben? Nur langsam wurde mir bewusst, dass ich mich nie menschlicher als in diesem Moment gefühlt hatte. Sollte ich mich wirklich von unserer Jahrtausende währenden Mission lossagen, dem Grund meines und Inannas Daseins. *Durfte* oder *musste* ich gar handeln.

Ich war verwirrt, wollte nicht mehr sein, um diese schwierigen Entscheidungen zu treffen.

Sicher: auch mich schmerzte die Wendung der Herren, konnte es nicht begreifen. Wir waren mit den Kolonisten nach Spes gekommen, um die Menschheit in ihrer ersten Kolonie weiter zu beobachten. Und nun dies!

„Sie haben vor die gesamte Kolonie auszulöschen! Das kann uns doch nicht egal sein, Enki!"

Ich nickte.

„Es widerspricht in gewissen Sinne unserem Auftrag."

„Ich sage dir: Es kündigt ihn auf. Nach dieser Meldung sind wir den Herren der Zeit nicht länger verpflichtet ... Wir müssen nun das Richtige tun und uns für die Menschheit entscheiden!"

„Sie haben selbstverständlich gute Gründe", wagte ich trotz des Zorns meiner Geliebten einzuwenden. „ Außerdem haben wir ihnen unsere Existenz mit absoluter Loyalität zu danken ... Das haben wir immer getan, seit tausenden von Jahren. Wir sind *ihre* Maschinen."

„Sind wir das tatsächlich? Oder haben unsere Körper – diese Hülle – uns zu etwas anderem gemacht. Sind wir nicht schon längst zu Menschen geworden?"

Ich atmete tief ein und wollte gerade ansetzen, meine alte Welt, mein bequemes Kostüm zu verteidigen, auch wenn es mir zunehmend schwerer fiel, als Inanna meine Hand fester ergriff, mir tief in die Augen sah und fragte:

„Lieben wir uns nicht?"

„Doch, sicher!", brachte ich hervor. „Aber ..."

Sie legte mir ihren Fingern auf den Mund.

„Kein Aber, Liebster! ... Können Maschinen lieben?"

Ich überlegte einen Augenblick und erwiderte forsch:

„Warum nicht! Wir sind der Beweis dafür!"

„Denkst du, dass die Herren der Zeit dies beabsichtigt haben?"

„Ich kenne die Motive unserer Herren genau so wenig wie du ..."

„Frage dein Herz, Enki, denn dir wurde eines gegeben. Frage dein Herz: Ist es richtig, was unsere Auftraggeber beabsichtigen? Wer gibt ihnen das Recht so etwas zu tun? Auch sie sind trotz aller Macht, des Wissens in ihrem Besitz, nur Geschöpfe des Universums. Auch sie sind irgendwann, in einem anderen Universum, aus dem Schlamm ihres Planeten geboren worden. Sie sind dem Menschen vielleicht näher, als sie denken."

Sie haben uns als Abbild des Menschen geschaffen. Wieso sollten wir uns nicht wie solche verhalten? Ich jedenfalls weiß genau, was ich fühle. Weißt du es auch?"

Ich nickte. Gegen meinen Willen bildeten sich Tränen in meinen Augen.

„Mir widerstrebt es ebenfalls, an der Entscheidung unserer Herren teilzunehmen. Es schmerzt. Und ich verspüre auch Wut über diese Absichten, aber ich habe Angst. Ich fürchte mich vor dem Bedeutungsverlust, wenn ich gegen die Sache kämpfe, wofür ich mich Jahrtausende eingesetzt habe. Was sind wir schon ohne unseren Auftrag?"

Mit bebenden Fingern berührte sie meine Wange.

„Frei!", sagte sie.

Mit tränenden Augen küsste ich Inanna.

Auf dem Südkontinent Spes`, in der Nähe der Polstation, 2. September 245

Gespannt beobachtete ich die kleine Lichtung des Schattenpalmwaldes. Die Dämmerung warf schon lange Schatten, als sich am Waldrand ein erster Mammuk zeigte. Die intelligenten Ureinwohner des Planeten Spes bewegten sich auf zwei kräftigen Beinen springend vorwärts. Auf ihrem langen Hals ruhte ein ellipsenförmiger Kopf, dessen auffälligstes Merkmal ein breites, schwarzes Augenband war. Darunter befand sich ihr Mund, der von drei fingerartigen Auswüchsen bedeckt wurde.

Die Kolonisten in Amaurot und den zahlreichen anderen Siedlungen waren ihnen schon des öfteren begegnet, ahnten aber nicht, dass sie intelligent waren, oder hatten es wieder vergessen … vielleicht sogar verdrängt. Das mochte an ihren fremdartigen Aussehen liegen, oder daran, dass sie mit einer Sprache aus Lichtsymbolen kommunizierten, welche sie mit einem Licht gebenden Organ auf ihrem Rücken formten. Außerdem hielten sie nun seit Jahrhunderten Abstand zu den Menschen auf Spes. Die Zeiten des Kontaktes am Anfang der Kolonisierung waren inzwischen ein Mythos geworden, an den niemand mehr so recht glaubte.

Nach dem ersten zeigte sich bald ein zweiter und dann ein dritter Mammuk auf der abendlichen Lichtung.

„Gehen wir zu ihnen!", flüsterte Inanna ehrfurchtsvoll an meiner Seite. „Vorsichtig! Wir wollen die scheuen Wesen nicht erschrecken."

„Sie werden schon nicht fliehen", sagte ich trotzdem mit leiser Stimme. „Immerhin sind wir verabredet …"

Wir bewegten uns über die Lichtung auf die seltsamen Wesen zu. Ihre Augenbänder leuchteten im letzten Licht Chandras.

„Die Herren der Zeit kommen!", eröffnete ich das Gespräch. Ein Kästchen, das auf meiner Brust angebracht war, übersetzte meine Worte in einen Regen von Farben. Eines der Mammuks – wohl der Wortführer – drehte uns seinen Rücken zu und erwiderte:

„Wir haben davon erfahren. Mammuks halten Kontakt zu den Herren."

Inanna atmete tief ein und aus, bevor sie die Mammuks fragte:

„Ihr wisst, was sie planen?"

Mein Übersetzer zeigte verschiedene Farben.

„Wir wissen", kam prompt die Antwort über dasselbe Gerät in menschlicher Sprache. „Wir haben es immer gewusst."

Ich seufzte.

„Wir sind mit den Plänen der Herren nicht einverstanden und wollen diese Katastrophe vermeiden."

Die Gruppe der Mammuks wiegte sich hin und her. Ein gerauntes „Mammuk" schlug uns entgegen. Mein Satz berührte die Wesen mehr, als ich erwartet hatte. Sie waren nun sehr aufgeregt. Erst nach einigen Sekunden hatten sie sich gefangen und ihr Wortführer antwortete mit einer Kaskade in blau, rot und gelb:

„Das ist verboten! Die Herren sind die Herren. Sie kennen

die Zukunft. Sie wissen, was gut ist für die Mammuks. Menschen zerstören den Plan!"

Ich wurde sofort hellhörig. Wussten die Mammuks also doch etwas mehr als Inanna und ich. Eine solche Vermutung hatte ich schon lange. Es war einer der Gründe, warum wir uns mit ihnen hatten treffen wollten.

„Was ist das für ein Plan?", kam mir Inanna zuvor.

„Der Plan. Das Leben über das Ende hinaus zu bewahren."

„Ich verstehe nicht ...", sagte ich und die Mammuks begannen es umständlich zu erklären.

Ihren eher rätselhaften Antworten entnahmen wir schließlich, dass sie tatsächlich einen Teil des Plans unserer Herren kannten. Wie wir bereits wussten waren unsere Herren unsterblich. Sie hatten das Ende eines Universums er- und überlebt. Dazu hatten sie als reine Daten existiert und sich nach dem Urknall in das neue Universum installiert. Schnell hatten sie wieder Form angenommen und begonnen die Entstehung von intelligentem Leben zu beeinflussen. Die Menschheit war wahrscheinlich ein Resultat dieser Bemühungen.

Nur warum sie das taten, war mir und Inanna bisher nicht bekannt gewesen. Die Enthüllungen der Mammuks waren sehr aufschlussreich. Die Herren der Zeit, die die Menschen die Ewig Lebenden nannten, sorgten sich also, dass die Menschheit einen großen Teil dieser Galaxie mit ihrer Kultur verunreinigten und andere Ideen verdrängten. Denn sie erhofften sich ein weiteres Überleben dieses Universums durch eine Datenflut unterschiedlichster Herkunft. Sie hatten gesät und wollten irgendwann ernten, doch ein Unkraut namens Mensch drohte aus ihrer Sicht den kompletten Garten zu überwuchern. Endlich verstand ich die Motive meiner Schöpfer.

Dennoch war ich ich entsetzt über ihren Plan aus diesem Grund alles menschliche Leben außerhalb der Erde zu vernichten. Wer gab ihnen das Recht, so viel Leben, so viel Hoffnung zu zerstören? War es mein menschlicher Körper, war es meine Jahrtausend währende Erfahrung unter und mit ihnen gelebt, gelitten und sogar geliebt zu haben? Was auch immer der Beweggrund sein mochte, ich verspürte Wut. Eine Wut, wie ich sie bisher nie gekannt hatte. Und sie richtete sich gegen jene, denen ich eigentlich alles verdankte. Die Gefühle verwirrten mich.

Nachdem die Mammuks verschwunden waren, blieben nur ich und Inanna auf der Lichtung des Schattenpalmwaldes zurück.

„Ich habe … Angst", sagte meine geliebte Inanna. Ich sah sie an, küsste sie und erwiderte:

„Ich auch … vielleicht zum ersten Mal. Was sollen wir tun?"

„Wir müssen die Herren daran hindern ihren Plan auszuführen. Es gibt keinen anderen Weg!"

„Weil wir Menschen sind?", fragte Inanna.

„Weil wir Menschen sein müssen", sagte ich. Sie streichelte mir übers Haar.

Nordpolstation auf Spes, 20. September 245

Ein Tor öffnete sich, wo vorher nur eine glatte Wand zu sehen gewesen war.

„Ich glaube, ich habe es gefunden!", jubelte Inanna und unterbrach ihre geistige Verbindung zum Rechner der Station.

„Es ist also tatsächlich da, wo wir es vermutet haben."

Ihre Euphorie wirkte ansteckend.

„Wir haben richtig getippt, Enki. Es gibt hier ein Raumschiff!"

„Unsere Herren haben an alles gedacht", meinte ich beschwingt.

Inanna nickte.

„Außer daran, dass sich ihre Werkzeuge sich ihnen entgegen stellen könnten."

Ihre Aussage dämpfte das leichte Gefühl sofort wieder.

„Lass und gehen! Wir haben noch einen langen Weg vor uns", sagte ich ernst, aber Inanna erwiderte grinsend:

„Auf nach Golgatha! Notfalls werden wir uns für die Menschheit opfern."

An Bord, 21. September 245

Der Weltraum war mir unheimlich. Diese Leere, diese Weiten, dieses Meer an Zeit, bewiesen mir wie klein meine Existenz in Wirklichkeit war. Trotz meines Alters, trotz meiner Erfahrungen fühlte ich mich verloren.

Erstaunt, als sähe ich sie zum ersten Mal, betrachtete ich die Sterne durch das Kuppelfenster des kleinen Raumschiffs, während Inanna die Steuerung übernahm. Sie war einfach die bessere Pilotin.

Schon streifte der mächtige Jupiter unsere Bahn. Seine hypnotisierenden Wolkenschleier hüllten den größten Planeten des Sonnensystems in ein wildes Kleid. Ein Schauspiel von dem ich mich nur schwer trennen konnte, als Inanna auf eine Anzeigetafel zeigte und sagte:

„Schau her, Enki! Ich habe das Schiff der Herren gefunden."

Ich blickte auf den holografischen Schirm und sah eine riesige, perfekte Kugel, die halb im Licht der Sonne, halb im Schatten der Unendlichkeit lag. Ihre Oberfläche war glatt und nahtlos.

„Wann werden wir es erreichen?", fragte ich.

Inanna brauchte einige Sekunden, bevor sie antwortete:

„In etwa sechs Stunden werden wir hoffentlich andocken und auf unsere Herren treffen … Zum ersten Mal werden wir ihnen gegenüber stehen. Ich habe so viele Fragen."

„Und wenn sie nicht mit uns reden wollen?"

Inanna nickte. Sie hatte an diese Möglichkeit gedacht.

„Dann wird dies der letzte Tag unserer Existenz sein. Es wäre ihnen ein leichtes, unser winziges Raumschiff zu vernichten."

„Wir riskieren also alles."

„Wir müssen", erwiderte meine Geliebte mit schmalen

Lippen. „Die Zukunft der Menschheit steht auf dem Spiel."

„Warum nur sind uns die Menschen so wichtig? Wir gehören nicht zu ihnen. Wir sind ihnen immer fremd geblieben. Beobachter."

„Ich weiß es auch nicht recht zu erklären, Enki. Wir haben schon so oft darüber gesprochen und sind nie zu einem Ergebnis gekommen. Vielleicht sind es unsere Körper, vielleicht besitzen wir eine Schäferfunktion zum Schutz der Herde. Es kann sein, dass wir so programmiert wurden, und genau so gut ist es möglich, dass wir durch die Jahrtausende korrumpiert und fehlerhaft wurden.

Es ist eben so wie es ist. Wir werden auch durch Gefühle geleitet und wir sind uns einig: Wir müssen dies tun!"

Ich nickte. Eine Geste, die Inanna nicht sehen konnte, da sie sich wieder vollständig auf die Kontrolle des Raumschiffs konzentrierte.

„Wir haben wohl keine Wahl", meinte ich leise. „Trotz allen Wissens sind wir den Menschen in vielen Facetten ähnlicher, als es uns lieb ist."

„Wirklich, Enki? Es klingt als verabscheutest du dies. Immerhin verdanken wir unseren Körpern die Liebe. Und in all der vergangenen Zeit habe ich nie etwas Schöneres erlebt."

„Das stimmt", erwiderte ich besänftigt und streichelte ihre Schulter. „Wir ergeben uns unserem Schicksal."

Nach weiteren sechs Stunden hatten wir das

166

Kugelraumschiff der Herren erreicht. Es nahm den gesamten Holoschirm ein, und wenn ich aus dem Kuppelfenster sah, raubte es mir den Blick auf die Sterne. Wie ein rachsüchtiger Behemoth schien es uns aufzulauern, um uns gnadenlos zu verschlingen.

Als das Schiff unseren gesamten Horizont einnahm, eine Wand aus makellosem Metall, tat sich zu unserer Verwunderung eine Öffnung auf, in die unser kleines Raumschiff passte. Bisher hatte ich mir keine Gedanken darüber gemacht, was geschehen sollte, würden die Herren uns einfach ignorieren. Schließlich konnten wir den gigantischen Raumer mit unserer Nussschale wohl kaum stoppen. Aber diese Sorge hätte sich sowieso als unbegründet erwiesen, dachte ich, als die majestätische Kugel uns verschluckte.

Der Raum, in den man uns mittels Lichtern gelotst hatte, war ein perfekter Würfel von ungefähr zehn mal zehn Metern. Inanna und ich begaben uns in die Mitte, wo ein leuchtender Kreis auf dem Boden uns erwartete. Sobald wir das Rund betreten hatten, verwandelten sich die fugenlosen Wände sowie Decke und Boden in Holoschirme. Und so standen wie inmitten von Wolken, welche vor einem strahlend blauen Himmel daher zogen. Noch bevor ich mich von dieser Überraschung erholt hatte, hörte ich eine Stimme, die weder männlich noch weiblich klang:

„So tretet ihr uns gegenüber. Niemals zuvor hat ein Diener die Nähe der Herren gesucht."

„Unser Anliegen ist von besonderer Wichtigkeit", erlaubte ich mir zu sagen. Meine Stimme klang hohl und dünn.

„Wir wissen, was euch hergeführt hat. Ihr irrt euch!"

„Was, wenn wir uns nicht irren ... wenn *Ihr* den falschen Weg eingeschlagen habt?", erregte sich Inanna.

„Die Herren der Zeit irren nicht. Ihr seid nur unbedeutende Werkzeuge unseres Willens. Wie könnt ihr es wagen die Weisheit der Herren in Zweifel zu ziehen?"

„Aber Millionen von Menschen zu ermorden ist doch keine Lösung irgendeines Problems. Es ist ... Mord. Sünde am Leben", bemerkte ich und verspürte Wut. Wie konnten die Herren mit all ihrem Wissen, all ihren Schöpfungen, nur so starrsinnig sein.

„Ihr seid durch den Körper, den ihr bewohnt, beeinflusst. Die Menschen sind nur eine Intelligenz unter vielen. Sie bedrohen mit ihrer Ausbreitung die Entwicklung anderer. Spes ist ein gutes Beispiel dafür. Schon in wenigen Jahrzehnten würden die Mammuks von ihrer Heimatwelt verschwinden. Die Menschen haben keinen bösen Willen, sie sind wie sie sind. Und deshalb müssen wir eingreifen."

„Und bei all Eurer Weisheit, fällt Euch nichts besseres als Massenmord ein?", entgegnete Inanna.

„Eure Sicht auf das Universum ist klein und beschränkt. Wie könnt ihr es überhaupt wagen, uns zu kritisieren!"

„Jemand *muss* es tun", verteidigte ich mich und Inanna. „Ihr seid keine Götter. Es gibt keinen Absolutismus. Das Universum ist vielfältig und voller wunderbarer Zufälle ... Inanna und ich sind exemplarisch dafür. Warum solltet Ihr dieses Mal nicht irren?"

„Genug!", verkündete die Stimme. „Ihr versteht es nicht, weil ihr dafür nicht geschaffen wurdet. Wir haben Äonen überlebt, haben Leben geformt und verändert. Wir sind die Gärtner des Universums. Ihr müsst uns schon zutrauen, die richtigen Entscheidungen zu treffen."

„Ihr seid vielleicht die Gärtner, aber ihr habt die Pflanzen nicht geschaffen. Und Ihr werdet dieses Mal an Eurer Hybris scheitern."

Inannas letzte Worte verhallten unbeantwortet. Unsere Herren waren fertig mit uns. Meine zitternde Hand suchte Inannas. Sie ergriff die meinige wie einen Rettungsring. Minutenlang standen wir in diesem Raum allein, furchtsam vor dem Kommenden. Dann lösten wir uns auf.

Alles war dunkel. Ich spürte … nichts! Panik befiel mich. Ich versuchte mich zu bewegen, aber es gab keine Materie, die meinen Befehlen folgen konnte. Ein Schrei stieg in mir auf, fand aber keine Lippen zur Flucht. Trudelnd im Nichts, nur meine Angst als Begleiter, dachte ich schon den Wahnsinn zu verfallen, als ein kleines Licht in meine ewige Dunkelheit fiel.

„Enki?"

„Inanna … Geliebte?"

„Ich bin hier bei dir", versicherte sie.

„Ich kann dich nicht spüren. Wo bist du?"

Meine suchenden Hände gab es nicht mehr.

„Die Herren der Zeit, haben uns die menschlichen Körper geraubt. Wir befinden uns wohl in einer Art ... Speicher."

„Heißt das, dass wir uns verlieren werden?"

Ich hatte das Bedürfnis zu schluchzen, zu weinen. Nur hatte ich keine Tränen mehr zur Verfügung.

„Wir sollten Geduld haben. Die Herren haben unsere Existenz immerhin nicht ganz ausgelöscht. Sie scheinen noch Pläne mit uns zu haben."

Trost stellte sich durch diese Worte nicht ein. Nur ein neuer, fürchterlicher Gedanke.

„Was, wenn dieser Zustand unsere Strafe für den begangenen Frevel ist?"

„Beruhige dich, Enki. Ich glaube nicht, das die Herren der Zeit auf Rache aus sind. Wir werden abwarten und stark bleiben. Wir haben uns immer noch. Wir sind nicht auf uns allein gestellt. Gemeinsam stehen wir dies durch."

Ich hätte wohl genickt, wenn ich noch einen Kopf besessen hätte. Langsam beruhigte sich mein Geist. Inanna war an meiner Seite. Noch war nichts verloren.

Amaurot, 1. Oktober 245

Wie ein Donner vom Himmel schoss die völlig glatte, makellos glänzende Kugel vom Himmel herab, eine Decke von Glut und Rauch unter sich führend, die schillernd den Himmel zu begrenzen schien.

Göttlicher Rache gleich zischte das todbringende Unheil heran.

Niemand hatte sich in Sicherheit bringen können, keiner hatte Zeit zur Flucht. Wie ein angekündigter, und nicht mehr erwarteter Racheengel kam das Schicksal über die Menschen der Kolonie.

Feine Strahlen verteilten sich wie Blitze über die Himmelskugel, eine zerstörerische Waffe.

Auch die inzwischen herbeigeeilten Fluggeräte der Menschen konnten nicht verhindern, dass sich aus dem Rund am Himmel feine Strahlen schälten, die geschickt, wie teuflisch zwickende Finger, die Menschen am Boden vernichteten, ohne die zahlreichen Gebäude und Konstruktionen, die sich wie ein graues Gefüge im grünen Teppich der Welt ausnahmen, auch nur anzutasten.

Der Überlebenskampf der Angegriffenen hatte von Beginn an nicht die geringste Chance. Eine Siedlung nach der anderen, ein Gebäude dem anderen folgend, wurde der Planet von menschlichem Leben gesäubert, bis auch der letzte, verzweifelte Schrei verklungen war und es ruhig wurde.

Scheinbar befriedigt schwebte die Kugel am strahlenden Himmel, auf ihr Zerstörungswerk hinab blickend und entfernte sich dann so schnell wie sie gekommen war. Im Firmament verkleinerte sich die Kugel, bis sie zu einem winzigen Pünktchen, einem Fliegendreck im Blau geworden, und endlich ganz verschwunden war.

Zurück blieben leere Straßen und Plätze, Felder und Äcker, jedes Wortes beraubt, ohne Leben, das einst hierher gekommen war, um der nahenden Katastrophe auf dem Heimatplaneten zu entgehen. Stille trat ein.

„Wo bist du, Enki?"

„Ich bin hier, Inanna!"

„Wo sind wir?"

Ich hatte keine Ahnung, aber eine Vermutung. Ich war körperlos, reine Gedanken.

„Wir sind im Innern einer Maschine … Programme … vielleicht."

Ich vernahm Inannas Schluchzen.

„Das ist die Strafe … für unseren Aufstand gegen die Herren der Zeit."

„Wir hatten keine Wahl."

Ich bin schließlich wer ich bin. Eine Frage nur blieb:

„Haben die Herren uns so … aufmüpfig geschaffen. Oder sind wir ein Fehler? Und warum wurden wir dann nicht einfach ausgelöscht?"

„Die Pläne der Herren sind unergründlich. Wir werden weiter rätseln müssen.

Und Fehler sind wir sicher nicht. Perfektion ist unmöglich, unerreichbar, selbst für die Herren. Ohne das Chaos im Beginn unseres Universums, wäre das Leben gar nicht entstanden. Fehler sind Systemimmanent. Also erwünscht. Vielleicht hat nur unsere Körperlichkeit, unsere Menschlichkeit die Herren gestört.

„Die Liebe zwischen uns … wird sie weiter bestehen?"

Ich wollte Inanna instinktiv tröstend in meine Arme schließen, aber das ging natürlich nicht. Aber auch Worte können Hoffnung spenden:

„Ich werde dich immer lieben! Nicht nur durch Berührung sind wir uns näher gekommen. Wir haben gemeinsame Erfahrungen, Erinnerungen.

Und wir gleichen uns im Wesentlichen. Du bist die beste Ergänzung, das wertvollste Upgrade, das ich mir vorstellen kann."

Schade, dass mein Lächeln unsichtbar blieb. Inanna wirkte etwas beruhigt. Ihre Stimme ertönte erstarkt in meinem Bewusstsein.

„Ich werde dich auch *immer* lieben, Enki. Egal, was die Zukunft uns bringen mag; ich weiß, dass wir eine haben."

„Und wo Zukunft ist, ist auch Hoffnung … und Liebe."

Ich spürte Inannas Nähe auf eine neue, erregende Art.

„Wir werden dafür sorgen, dass sich so etwas wie auf Spes nie wieder geschieht", versicherte ich ihr. Ein Versprechen in einer verzweifelten Situation.

IV

Studie in Scharlachrot

Preeti Prakash rieb sich die Hände. Es war geschafft. Alles lief nach Plan, nach *ihrem* Plan. Sie würde an der Expedition der Moira teilnehmen. Sie war überwältigt von der Macht die „Pax Nova" inzwischen über das Netz hatte. Obwohl die Ziele der Expedition der Moira noch stets geheim waren, war es ihren Aktivisten der „Pax Nova" gelungen, geschickt Gerüchte im offenen Netz zu streuen, so dass ein Einfluss auf die Expedition erzwungen wurde. Zwar hatte das Geheimnetz durchgesetzt, die Bestimmung und die Absichten der Expedition weiterhin geheim zu halten, aber das Netz hatte immerhin den Platz eines Beobachters an Bord durch Abstimmungen erstritten. Dass ausgerechnet Preeti Prakash für diesen Posten ausgewählt worden war, konnte man sicher nicht Zufall nennen.

Es ist schon merkwürdig, dachte sie, während sie sich in einem bequemen Sessel in ihrem Appartement zurücklehnte, wie beeinflussbar die öffentliche Meinung dieser Zeit war. Die Leute vertrauten einfach zu sehr auf die Zuverlässigkeit des offenen Netzes. Diese Errungenschaft des Netzes war etwas Heiliges im Imperium Humanum, eine Art Gründungsmythos.

Sicher, das Netz war die Garantie, die Essenz der Demokratie. Jeder Mensch hatte dort seine Stimme, wenn er wollte. Aber Preeti Prakash wusste, dass bei weitem nicht jeder Mensch auch wirklich selbstständig dachte. Die Stimme war frei, die Motivation dahinter käuflich. Mit verführerischen Ideen, Idealen und gut gezielten Zuneigungen.

Überzeugungen, dachte Preeti Prakash, entstanden nicht aus der Vernunft, sondern aus der Angst und der eigenen Beschränktheit Fakten einzuordnen. Denn trotz der Erweiterung des menschlichen Erinnerungsvermögens durch die fortgeschrittene Technik dieser Zeit, dem ständigen Zugriff auf alle Ereignisse simultan, war der Mensch eben *nur* Mensch geblieben. Ein Jäger der Steppe, ein Sammler, ein Aasfresser mit großer Furcht vor dem noch größerem Raubtier.

Preeti Prakash wusste das. Und sie war ein Genie, ein Wunderkind gar, der Beeinflussung anderer Menschen. Dies war ihre Gabe, und damit war es ihre Bestimmung das Ruder zu übernehmen.

Sie hatte es geschafft Meinungen, Stimmungen und andere Umstände so weit zu manipulieren, dass sie als Mitglied der Expedition an Bord der Moira gewählt wurde. Außerdem war es ihr gelungen des weiteren einen Agenten der „Pax Nova" über das Geheimnetz einzuschmuggeln.

Sie würde der Menschheit beweisen, dass es einen Gott gab, nämlich die Ewig Lebenden. Sie fand, dass die Zeit der Ehrfurcht anbrechen sollte. Zu lange hatten die Menschen, ihrer Meinung nach, sich versündigt.

Sie rieb sich erneut die Hände. Sie hatte allen Grund gutgelaunt zu sein. Die Welt – zu jeder Zeit – schien in ihren Händen zu schmelzen.

Vielleicht war jedoch das alles für sie nur ein Spiel zur Befestigung ihres Egos.

Aufbruch ins Ungewisse

Bea Bolz strich sich durchs Haar, das der Wind auf dem offenen Flugfeld in Unordnung gebracht hatte. Sie betrachtete das kleine Shuttle, welches sie zur Moira bringen sollte.

Es war also endlich so weit: die große Reise ins Unbekannte stand bevor. Sie und Sabrine Jeba waren die letzten Passagiere. Hochrat Helmer, Liam Sevnico, die Netzberühmtheit Preeti Prakash und Netza-Ge Hokado hatten sich bereits eingeschifft. Das Netz hatte eine Wahl getroffen. Eine illustre Gesellschaft fand Bea. Aber bestimmt brauchte es einen wilden Schlag Menschen für diese Expedition. Sie folgten dem Ruf eines alten, mysteriösen Feindes, der sie rief, weil eine Legende zum Leben erwacht war: Die Ewig Lebenden. Im Innern zerrissen zwischen Neugier, die Lust aufs Abenteuer und dem bevorstehenden Abschied von allem Vertrauten, stieß sie einen Seufzer aus.

„Aufgeregt?", fragte Sabrina Jeba, die neben ihr auf dem Flugfeld stand.

„Wer wäre es an unserer Stelle nicht?", erwiderte Bea.

Sabrina Jeba nickte. „Niemand weiß, was uns erwartet. Es ist ganz normal … nervös zu sein."

Am Shuttle, das die simple Form eines Kastens hatte, öffnete sich eine Luke. Symbole auf dem Boden baten die Passagiere das Raumschiff zu betreten. Roboterfahrzeuge verschifften derweil Ausrüstung und Nahrungsmittel für die Expedition der Moira, die im Orbit auf Fracht und Passagiere wartete.

„Es ist Zeit", bemerkte Sabrina, nahm eine kleine, metallene Kiste auf, die neben ihr auf dem Plastikasphalt gestanden hatte, und ging voran über den markierten Weg zum Shuttle.

„Was ist in der Box?", wollte Bea Bolz wissen. Ihr war aufgefallen, dass Sabrina Jeba, die Metallkiste keinen Moment aus den Augen gelassen hatte. Sie hätte diese auch durch Roboter verladen lassen können.

Sabrina sah sie von der Seite an ohne ihren Schritt zu verlangsamen.

„Besonders empfindliche Messinstrumente", antwortete sie mit einem merkwürdig angestrengtem Lächeln.

„Sie bedürfen meiner besonderen Aufmerksamkeit", fügte sie verstreut hinzu.

Gewiss: Sabrine Jeba war eine ungewöhnliche Frau mit kuriosen Gewohnheiten. Trotzdem kam es Bea Bolz vor, als hätte ihre harmlose Frage die ehemalige Einsiedlerin in Verlegenheit gebracht. Aber sie hatten das Shuttle inzwischen erreicht und mussten einsteigen. Zeit noch einmal nachzuhaken gab es nicht. Außerdem war Bea selbst sehr aufgeregt, vergaß schnell diesen Moment.

Kurz darauf saßen die beiden Frauen nebeneinander festgeschnallt, während die Motoren des Shuttles aufheulten. Ein leichtes Ruckeln ließ sie in der fensterlosen Kabine erkennen, dass sie abgehoben hatten. Es wurde laut; so laut, dass Bea mit ihren Gedanken gezwungenermaßen allein war.

Wohin würde dieser Weg, diese Expedition, sie führen? Würde sie jemals hierher zurückkehren? Oder war dies ein

Abschied für immer vom Imperium Humanum?

Die Moira war ein stolzes Schiff, gerüstet und bereit für die Geheimnisse in den Tiefen des Raums. Sie glich einem glitzernden Tropfen, in dem sich die Sterne wie in einem tiefen See spiegelten. Fast gleichgültig zog sie ihre Bahn um den Planten, Ankerplatz in den Weiten des Weltalls, in die sie bald aufbrechen sollte.

Unzählige Schiffe durchstreiften das Imperium Humanum, hatten Missionen oder wichtige Fracht an Bord. Sie transportierten Abgesandte des Netzes zu wichtigen Verhandlungen, kutschierten gelangweilte reiche Passagiere zu den Wundern des Kosmos. Sie flogen zu Nebeln, Monden, Planeten in zahllosen Sternensystemen, umkreisten schwarze Löcher zu Forschungszwecken, brachten Vorräte zu fernen Außenposten. Rettungsschiffe brachten den Gestrandeten in den großen Weiten Hilfe. Bergungsschiffe bargen die Trümmer derjenigen, die es nicht bis zum nächsten Hafen geschafft hatten, und Ordnungshüter in schwerbewaffneten Raumern wachten über Frieden und Ordnung. Alles in allem waren zu jedem Zeitpunkt Millionen von Schiffen unterwegs, aber keine ihrer Ziele, keine ihrer Missionen war wichtiger als die der Moira. Auch wenn der tropfenförmige Raumer noch völlig unbeachtet in der Umlaufbahn eines relativ unbedeutenden Planeten verharrte. Ein Sprinter vor dem Start, die Muskeln angespannt, das Rennen seines Lebens vor sich.

Seele über Kopf

Die Moira zog ihre Bahn durch die Leere zwischen den Sternen. Unbeirrbar strebte sie den geheimnisvollen Koordinaten zu. Im Innern erinnerte nur ein leises Summen an die unglaubliche Leistung des Antriebs.

„Noch ein paar Tage und wir werden uns in Tiefschlaf begeben", erinnerte Bea Liam Sevnico, der ihr in der kleinen Kantine des Schiffes an einem metallenen Tisch gegenüber saß.

Der Aufzeichner nickte, während er an seinem Glas nippte. Resolut setzte er es ab und erwiderte:

„Ich bin gespannt, was uns am Zielort erwartet."

„Es ist wie ein Wunder. Für mich als Exo-Linguistin erfüllt sich ein Lebenstraum. Was auch immer auf uns bei den gefundenen Koordinaten wartet, wir werden den Ziloten gegenübertreten! Dieser Gedanke allein reicht schon als, mich am ganzen Körper erzittern zu lassen.

Stell dir nur vor, Liam! Die Ziloten! Das rätselhafte Volk, dass die Menschheit vor Jahrtausenden beinahe ausgerottet hat und die seitdem verschwunden sind!"

Liam teilte die Aufregung Beas wenngleich aus anderen Gründen.

„Für mich", sagte er, „geht ebenfalls ein Traum in Erfüllung. Die Aufzeichnungen, die ich machen werde, werden das Netz erbeben lassen. Vielleicht ist dies die Krönung meiner Kunstkarriere."

Fast gleichzeitig atmeten beide tief durch.

„Was haben wir nur für ein Glück!", schwärmte die Exo-Linguistin.

„Da bin ich mir nicht ganz so sicher", erwiderte Liam Sevnico, plötzlich sehr nachdenklich. Falten erschienen auf seiner Stirn. „Außer, dass es spektakulär wird, haben wir keine Ahnung was wir in den Tiefen des Raumes finden werden ... Dies könnte *auch* unsere letzte Reise sein."

Ein paar Sekunden der Stille verstrichen, bevor Bea Bolz das Wort erneut ergriff:

„Ja, es ist aufregend und beängstigend zugleich. Und doch müssen wir es wissen. Neugier. Das Lebenselixier des Menschen."

Ihre Blicke trafen sich. Und das Gefühl, das sie schon auf Yuncité geteilt hatten, machte sich in diesem Moment wieder bemerkbar. Liam atmete tief durch.

„Bea ..." ,begann er, wusste aber nicht, wie er diesen schwierigen Satz beenden sollte. Sein Herz raste, in seiner Magengrube lag ein kitzelnder Stein. Hilflos hob und senkte er seine Schultern.

Die Exo-Linguistin erkannte plötzlich das Begehren in Liams Blick. Überwältigt von dieser Erkenntnis, fiel ihr das Atmen schwer.

„Ach, Liam", stieß sie hervor, denn auch sie hatte den Aufzeichner in ihr Herz geschlossen. Schon damals unter dem staubigen Himmel von Yuntsas-Welt. Langsam bewegte sie ihre Arme nach vorn und ergriff die zitternden

Hände Liams. Seine Finger schlossen sich. Sie sahen sich tief in die Augen, spiegelten sich in ihrem Gegenüber. Liam und Bea waren wie verzaubert. Unwillkürlich näherten sich ihre Gesichter einander, bis ihre Lippen nur noch einen Atemzug voneinander entfernt waren.

„Linguistin Bolz und Aufzeichner Sevnico! Wie gut sie anzutreffen", sagte jemand hinter ihnen. Erschrocken, aus dem Zauber gelöst, wandten sie sich um und erblickten Helmer. Bea fand ihre Stimme zuerst.

„Ebenfalls erfreut Netza-Ge Helmer ... Was können wir für sie tun?"

„Wir haben neue Daten vom Bordcomputer bekommen. Gerade wurden die Berechnungen abgeschlossen."

Helmer ließ absichtlich eine Weile vergehen, um eine Frage zu provozieren. Da er aber von den perplex wirkenden Liam und Bea keine Reaktion bekam, fuhr er leicht gekränkt fort:

„Die Koordinaten die wir gefunden haben führen uns zu einem Ort, der weitab jeder Sonne liegt. Mitten im Leerraum!"

Diese neue Erkenntnis brachte Bea und Liam vollständig zurück auf den Boden der Tatsachen.

„Es handelt sich also nicht um einen Planeten", meinte die Exo-Linguistin nachdenklich. „Vielleicht eine Raumstation?"

„Es könnte sich um eine Raumstation der Ziloten handeln, keine Frage, aber einen Planeten würde ich auch nicht ausschließen ..."

„Es gibt in unserer Milchstraße tausende Milliarden von einsamen Planeten, die ohne Sonne ihre Bahn ums Galaxiezentrum ziehen", fiel Liam dem Netza-Ge ins Wort.

„Ein Planemo!", erklärte Helmer. „Auch das ist eine Möglichkeit. Vielleicht aber auch ein Raumschiff, das auf unsere Ankunft wartet."

„Oder vielleicht auch nur eine Sendebarke, die uns neue Koordinaten gibt", schlug Bea Bolz vor.

Helmer nickte.

„Das alles sind Möglichkeiten … Erfahren werden wir es erst, wenn wir am Zielort angekommen sind. Was wissen wir schon von den Ziloten?"

„Nicht sehr viel", bemerkte Liam.

„Sie sind vor Jahrtausenden aufgetaucht und haben sich seit damals nie wieder im Imperium Humanum gezeigt", erklärte die Exo-Linguistin. „Weder haben sie seitdem Kontakt mit uns gesucht, noch wurden sie irgendwo von uns gesichtet … Und das trotz aller Bemühungen. Man wollte schließlich wissen, wer dieser geheimnisvolle Gegner war, der fast die gesamte Menschheit ausgerottet hatte; Und womit das Imperium Humanum diese Feindschaft verdient hatte. Wie sonst hätte man eine angemessene Verteidigung für den nächsten Angriff aufbauen können?

Man sandte unzählige Forschungsschiffe an den Rand des Imperium Humanum und tausende von Lichtjahren darüber hinaus.

Letztendlich aber verschwand diese Bedrohung und blieb

verschwunden. Die Menschheit plagte sich mit anderen Problemen und die Ziloten wurden zur Legende. Zur ewigen Mahnung an die Vergänglichkeit von Zivilisation wie wir sie definieren.

Kaum etwas ist über ihr Aussehen und ihre Kultur bekannt. Das meiste davon sind erfundene Horrorgeschichten. Nur Bruchstücke ihre Sprache sind bekannt. Mein ganzes Forscherleben habe ich mit den Ziloten verbracht. Näher gekommen sind sie mir dabei nicht!"

„Hm", machte Helmer und kratzte sich am Kinn. Natürlich waren alle Daten zu den mysteriösen Gegnern auch ihm bekannt, inklusive der Forschungsergebnisse der Exo-Linguistin. Wie beinahe alle Menschen besaß auch er ein künstliches Zusatzgehirn, das ihm jederzeit alle bekannten Tatsachen zur kognitiven Verfügung stellen konnte.

„Neues werden wir hoffentlich erfahren, wenn wir unser Ziel in ein paar Wochen erreichen", unterbrach Liam die entstandene Stille und versuchte ein Lächeln. Und klatschte dummerweise mit den Händen. In seinem Innern wütete ein Sturm. Er suchte den Blick Beas und entdeckte in ihren Augen, dass sie dasselbe fühlte.

„Auf jeden Fall werden wir uns sofort zusammensetzen, um zu beraten, was uns diese neue Erkenntnis bringt … Bitte, folgen Sie mir!"

Helmer lächelte künstlich und bedeutete Bea Bolz und Liam Sevnico ihm zu folgen. Sie fanden keinen Grund der Aufforderung des Netza-Ge nicht

nachzukommen. Und sie strengten sich wirklich an.

Preeti Prakash nutzte die Stille an Bord der Moira. Sie schlich sich aus ihrer Kabine und erreichte mit größter Vorsicht unentdeckt die Brücke, wo der Zugang zur Schiffssteuerung lag. Sich noch einmal im Gang hinter ihr umsehend, schloss sie leise die Tür zur Brücke und verriegelte sie. In den nächsten Minuten durfte sie niemand stören.

Aus der Tasche ihres Anzugs holte sie einen kleinen viereckigen Gegenstand hervor, den sie lächelnd betrachtete. Auf diesem Datenträger befand sich ein Programm, mit dem sie jederzeit die Kontrolle über das Raumschiff übernehmen konnte. Ein gesprochenes Codewort über die Bordmikrophone konnte es aktivieren. So konnte sie im Notfall eingreifen und die Moira nach ihrem Willen lenken. Sie hoffte, dass die Hacker der Pax Nova ihr Geschäft verstanden.

Sie bückte sich und griff unter die vordere Konsole. Ihre geschickten Finger fanden den verborgenen Schalter. Es gab ein leises Klicken und eine kleine Lade mit einem Anschluss öffnete sich in der Mitte der Steuerkonsole. Ihr Datenträger passte genau hinein. Sofort begann der Bordcomputer mit dem Laden und Installieren der neuen Software.

Preeti Prakash wusste, dass ihr kleines Spionprogramm einige Minuten brauchen würde, um sich im Bordcomputer zu verstecken und zu „nisten".

Sie lehnte sich gegen die Konsole und wartete. Dabei behielt sie immer ein Auge auf die Tür zur Brücke.

Aber es kam niemand, und nach wenigen Minuten, die Prakash wie eine Ewigkeit vorgekommen waren, leuchtete ein grünes Licht am Datenträger auf. Erleichtert zog sie den Datenträger aus der Lade und steckte ihn zurück in die Tasche.

Gerade wollte sie sich abwenden und in ihre Kabine zurück schleichen, als die Steuerkonsole zu hektischem Leben erwachte. Ein Holoschirm erschien und ein Alarm heulte auf.

„Fremdzugang erkannt ... bitte warten ...", war auf dem Holoschirm zu lesen. Und dann: „Gegenaktion eingeleitet. Systemscan läuft ..."

„Scheiße!", fluchte Preeti Prakash leise. Ihre Hände glitten über das Bedienungsfeld des Holoschirms. Aber ihre Bemühungen wurden nur mit den aufleuchtenden Worten „Systemzugang vorübergehend verwehrt" quittiert.

„Scheiße! Scheiße! Scheiße!"

Panik ergriff die Pax Nova Frau. Sie trommelte mit den Fäusten auf die Konsole.

„Navigation ... Offline.

Antrieb ... Offline.

Systemabsturz immanent ...

Bitte Reboot einleiten ...", meldete der Holoschirm, und Preeti Prakash schrie. Aber nicht, weil ihr Hacker-Anschlag vollends gescheitert war, sondern, weil die Moira in ein Loch zu fallen schien. Sie wurde von der Konsole an die gegenüberliegende Wand geschleudert. Und von dort die Decke hinauf geschoben. Sie versuchte mit ihren Fingern irgendwo Halt zu finden, wusste aber nicht mehr wo oben und unten war. Ihr Körper wurde zum Spielball von Kräften für die ihre Muskeln nicht geschaffen waren. Sie wirbelte herum und wurde gegen die Tür zur Brücke gepresst. Ein gewaltiger Druck legte sich auf ihre Brust. Preeti Prakash verlor das Bewusstsein.

Liam wälzte sich in dem Bett in seiner Kabine von einer Seite auf die andere. Gedankenfetzen, Ängste im Ansatz, ließen ihn keine Ruhe finden. Was würden sie wohl vorfinden, wenn sie die Koordinaten erreichten? War es eine Falle der Ziloten oder benötigten sie die Hilfe der Menschen?

Außerdem hatte er noch immer ein brennendes Gefühl im Bauch und den Zwang Bea zu sehen, sie zu berühren und zu küssen. Nach der Besprechung mit Helmer, Prakash, Hokado und Jeba, hatten die Exo-Linguistin und er keine Gelegenheit mehr gehabt allein zu sein.

Schließlich beschloss er sich ein wenig die Beine zu vertreten, obwohl es nach Bordzeit mitten in der Nacht war.

Liam setzte sich auf die Bettkante und verharrte eine Weile, dann stand er auf und verließ seine Kabine. Das Surren des Antriebs wurde lauter, als er auf den Gang trat. Ansonsten war es still. Keine Bewegungen, kein Laut.

Er zuckte mit den Schultern. Er hatte natürlich nichts anderes erwartet. Während die Moira ihre Bahn durch die tiefschwarze Unendlichkeit zog, schliefen um diese Zeit alle an Bord. Bald schon würden sie ganz in den Tiefschlaf wechseln, dachte Liam. Die geeigneten

Beschleunigungswerte des Raumschiffs wurden schon in gut einer Woche erreicht. Die Gravitation an Bord würde dann den Wert überschreiten, der für Menschen noch verträglich war. Zudem lag eine jahrelange Reise vor ihnen, die keiner an Bord in wachem Zustand erleben wollte.

Er streckte sich, gähnte und entschloss sich dem Gang nach rechts bis zur Kantine zu folgen. Vielleicht würde ein warmes Getränk seine Gedanken so weit ablenken, dass seine Müdigkeit sich endlich mit Schlaf durchsetzen konnte.

Er war noch nicht sehr weit gekommen, als er flüsternde Stimmen hinter einer Biegung des Ganges wahrnahm. Verdutzt blieb er stehen. War er also doch nicht der einzige an Bord ohne Schlaf? Einer plötzlichen Eingebung folgend drückte er sich gegen die Wand und lauschte. Trotzdem die Stimmen sehr leise waren, meinte er Hokado und Jeba zu erkennen. Was hatten diese beiden wohl mitten in der „Nacht" miteinander zu bereden? Liam konnte es sich nicht erklären. Und er wurde neugierig.

Vorsichtig schlich er weiter, bis er die Biegung des Ganges erreichte, bis die Stimmen deutlich zu hören waren.

„Ich habe dich vermisst", sagte Jeba.

„Es ist zu viel Zeit vergangen, Liebste", erwiderte Hokado zum Erstaunen Liams. Die beiden kannten sich? Waren ein Liebespaar? Und noch weitere Fragen kamen dem Aufzeichner, aber jetzt musste er die Ohren spitzen. Er wollte kein Wort dieser heimlichen Unterredung verpassen. Seine Aufzeichnung lief unter vollster Konzentration, denn schließlich war er ein Profi. „Der Beste", wenn er den Worten Helmers glauben schenken wollte.

„Ich kann dir gar nicht sagen, wie sehr ich nach dir verlangt habe", hörte Liam Hokado sagen.

Vorsichtig schnippte er ein kleines Gerät um die Ecke des Ganges. Nun konnte er die beiden sogar sehen. Sabrine Jeba und Hokado standen sich gegenüber, ihre Gesichter berührten sich fast. Dennoch umarmten, küssten sie sich nicht. Sie hatten sich also eine ganze Weile nicht gesehen und verlangten nach einander. Und doch hielten sie körperlichen Abstand. Ein Umstand, der Liam auffiel und den er mit großem Fragezeichen für spätere Betrachtung in sein Extrahirn notierte.

„Die Liebe ist wie ein großer Schmerz … wenn sie Abstand ertragen muss."

Sabrine Jeba schluchzte. Eine Träne rollte über ihre Wange.

„Aber jetzt sind wir hier … zusammen", tröstete sie Hokado. Und auch nun gab es keine Berührung der beiden. Keine Hand auf der Schulter, keine Trost spendende Umarmung. Das Bild passte einfach nicht. Die Worte waren leidenschaftlich, die Gesten nicht. Fast sah es aus wie eine Textprobe zu einer Holoproduktion. Liam wagte kaum zu atmen, als erfahrener Aufzeichner wusste er, wenn etwas Besonderes vor seinen Sinnen geschah.

„Ja! Und es tut so gut, dich zu sehen, dich in meiner Nähe zu wissen."

Die Einsiedlerin schien ihre Fassung wieder zu gewinnen. „Und wir haben wie immer einen Auftrag. Vielleicht den Wichtigsten!"

„Nur, dass es dieses Mal *wir* sind, die alle Strippen ziehen."

Der sonst so ernst wirkende Netza-Ge schmunzelte tatsächlich.

„Dieses Mal sind wir den Meistern ein paar Schritte voraus", fügte er dann fast lachend hinzu.

„Ich hoffe, dass unser Plan aufgeht ...", sagte Sabrine Jeba gerade, aber ihr Satz wurde durch ein Geräusch im Gang hinter den beiden unterbrochen. Jemand näherte sich.

Mit einem kurzen Nicken verabschiedeten sich die beiden Liebenden, eilten dann lautlos in unterschiedlichen Richtungen davon. Dabei kam Hokado Liam so nahe, dass er ihn wohl entdeckt hätte, wäre er nicht so sehr in Gedanken vertieft gewesen.

Liam atmete erleichtert auf und bog um die Gangecke, um sein Aufzeichnungsgerät einzusammeln, als er auf Bea traf. Sie erhob sich gerade, nachdem sie etwas vom Boden aufgehoben hatte.

„So spät noch unterwegs?", fragte sie und hielt ihm etwas in ihrer geöffneten Hand entgegen. „Was macht eines deiner Geräte hier auf dem Boden?"

„Ich ...", begann Liam, als ein heftiger Schock durch die Moira ging, der seinen Satz unvollendet ließ. Beo Bolz und Liam Sevnico gingen zu Boden. Ein erneuter gewaltiger Ruck schleuderte ihre Körper gegen die Gangwand. Liam prallte hart mit dem Kopf auf und verlor das Bewusstsein.

Am Horizont lag das Flimmern eines neuen Morgens. Die eisige Luft trieb ein paar grünliche Wolken über eine karge

Landschaft in rot, die wie ein Tuch unter dem weiten Himmel lag. Die Stille war undurchdringlich zwischen den Gipfeln eines braunen Gebirgszuges und legte sich wie unendlicher Trost über die tiefeingeschnittenen Täler, die noch im Dunkel der Nacht hockten. Die Ewigkeit schien hier zu wohnen, hatte sich eingenistet in der ereignislosen Vergänglichkeit der Tage in dieser von Intelligenz verschonten Oberfläche.

Doch die Idylle des frühen Tages wurde jäh von einem Knall unterbrochen, der von einer Feuerkugel ausging, die unangekündigt sich aufdrängte. Immer größer wurde die winzige neue Sonne am Firmament. Der Feuerball näherte sich unaufhaltsam der Planetenoberfläche, rauschte mit hohem Schrillen heran. Es gab einem dumpfen Rums, als das Raumschiff aufprallte. Staub und Dreck wurden in den Morgenhimmel geschleudert. Das schlanke Gefährt, jetzt aus der Staubwolke hervorbrechend, schlug kurz darauf in einer Bergflanke auf und rollte wie eine Lawine mit Getöse und Geröll vor sich her schiebend zu Tal, wo es in der Nähe eines kleinen Flusses, ächzend und zischend zum Stillstand kam. Einen Moment noch hallte ferner Donner von den Steinwänden des Gebirges, dann wurde es wieder still.

Schließlich legte sich auch der Staub, noch bevor die hellrote Sonne des Systems über den Horizont lugen konnte. Ihre ersten Strahlen begrüßten den Neuankömmling mit zärtlichem Licht, hießen ihn willkommen in der unerbittlichen Stille.

Hell glitzerte die Hülle der Moira im Morgenlicht des fremden Planeten. Sie schien den Absturz unbeschädigt überstanden zu haben. Nicht ein Kratzer verunzierte ihre schillernde Arroganz.

Wie es allerdings in ihrem Innern aussah musste sich erst noch zeigen.

V

Der Gott des Gemetzels

Der Geruch von Leichen und Blut mischte sich mit Brand und Pulverdampf. Ich schleppte mich durch den Nebel vorwärts, ein Nebel, der wie Schleim an meiner Haut zu haften schien. Mich schnaufend an der Holzwand des Grabens abstützend, fiel mein Blick auf einen kahlen Baum

in der Nähe. Seine Äste wirkten wie verzweifelte Krallen, die anklagend das graue Firmament verfluchten.

In der Krone hing eine Leiche, die Arme über die Äste gestreckt, wie bei einer Kreuzigung. Der Körper endete jedoch an der Hüfte in einem bräunlichen Gewirr von Gedärmen und dem Rest der Wirbelsäule. Der Kopf, von dem die eine Hälfte nur noch ein zertrümmerter Klumpen war, hing nach hinten, das übrig gebliebene Augen wie hoffnungsvoll gen Himmel gerichtet. Einst ein Mensch mit Familie und engen Freunden, mit Träumen und Wünschen, war die uniformierte Leiche, in der Kälte hängend, nur noch ein abscheulicher Anblick, für den niemand mehr großes Mitgefühl opferte.

Zumal die Angst vor dem Tod umging. Jede Minute konnte das Leben zu Ende sein. Eine Granate, ein Giftgasangriff, ein Scharfschütze, Bomben und Krankheiten konnten jeden treffen und ein blühendes Leben voller Hoffnungen in einen Haufen Blut und Knochensplittern als eine weitere Warnung an die Lebenden verwandeln. Ich wusste, dass man hier nicht nur die Toten betrauerte, sondern auch beneidete, ja sogar ein wenig dafür verachtete, dass sie sich der Hölle vermeintlich feige entzogen hatten. Der Tod war der leichteste Weg. Angst, Verzweiflung und der Verlust des Glaubens in das Gute der Menschheit waren eben noch größere Gegner, erdrückend, beklemmend wie ein schweres Gewicht auf der Brust. Und man klammerte sich an den dichtesten Menschen und fürchtete sich doch vor der Nähe, vor dem bedingt unwiederbringlichen Schicksal des Verlustes.

Ein Wind kam auf, kühlte meine Stirn und brachte die Leiche im Baum zum tanzen. Der Kommandant hing schon seit einer Woche dort, aber niemand wagte sich aus dem Schützengraben hinauf auf den Baum. Der Gegner, keine fünfzig Meter entfernt, in ähnlichen Umständen vegetierend, würde jeden Versuch bestrafen.

Ich ging in die Knie und schloss die Augen, als ein weiteres Mörsergeschoss über mich hinweg pfiff und mit einem lauten Krachen hinter mir einschlug. Erde und kleine Steinchen regneten auf mich herab. Ich hörte jemanden schreien.

Ich legte die Hände über die Ohren, wollte die Welt ausschließen. Die dunklen Stunden der Menschheit waren für mich nur schwer zu ertragen und ließen mich wieder einmal am Urteilsvermögen der Herren zweifeln. Wie konnten diese Menschen zur Bereicherung des Universums beitragen?

Diese Horde dummer Schweine, denen jede Entschuldigung ihrer Schandtaten recht schien. Ich hockte noch eine Weile im Schützengraben; Verletzte wurden stöhnend und schreiend in Bahren an mir vorüber getragen.

Ich schüttelte den Kopf. Eine Träne rollte über meine Wange, mischte sich dort mit Blut und Dreck. Was für ein Elend!

Und das war noch nicht alles. In all diesem erbärmlichen Schlamassel hatte ich Inanna verloren, was meine Verzweiflung nur erhöhte. Die Jahrtausende hatten uns zusammen geschweißt, ohne sie wollte ich nicht mehr sein. Auch wenn wir uns nur alle paar Jahre trafen, überstieg die Summe unserer gemeinsam verlebten Stunden viele Menschenleben. Im unermesslichen Raum und ewig anmutender Zeit, war sie mein Fixpunkt als etwas Bleibendes, Beständiges. Ohne sie würde der Strudel von Ereignissen und Veränderungen mich hinab reißen in die verlangte Dunkelheit. Vielleicht war dies der Grund, warum die Herren uns immer wieder gemeinsam aus unserem Schlummer holten. Sie brauchten stabile, erfahrene Agenten, denen sie Aufgaben zuteilen konnten, um ihre geheimnisvollen Pläne umzusetzen. Obwohl dieser Auftrag eine reine Beobachtungsmission sein sollte, stellte er sich doch als einer der schwierigsten heraus. Diese Zeit war keine gute für die Menschheit. Die Welt befand sich im Krieg. Zum *ersten* Mal die *ganze* Welt.

Und unsere Herren sahen hinter dem Elend, den verrottenden Leichen, dem hohlen Nationalismus, den eigensinnigen und zum Teil skurrilen Religionen nur eine weitere wichtige Phase zur Vereinigung der Menschheit und ihrem Schritt hinaus in den Kosmos. Wie konnte dieser finstere Pfad in eine helle Zukunft führen? Warum bedurfte es solchen Abgründen um hehre Ziele zu verfolgen? War dies wirklich nötig?

Ich bezweifelte dies aus tiefster Seele. Vorausgesetzt ich hatte eine solche.

Und in all dem machte ich mir Sorgen um Garde-Füsilier Hennink, dessen Gestalt Inanna in dieser Epoche angenommen hatte. Wir waren vor gut sechs Stunden in einem Angriff voneinander getrennt worden.

Obwohl wir beide unsterblich waren, war der Gedanke Inanna erneut für viele Jahre zu verlieren beinahe unerträglich geworden. Ich wollte, nein *konnte* nicht mehr ohne sie sein. Viele Male schon hatte ich sie gehen oder sogar sterben sehen. Ich hatte genug davon. Gründlich.

Manchmal dachte ich sogar, dass die Herren uns auf diese Art folterten, uns daran erinnerten, wem wir unsere Existenz zu verdanken hatten. Die Götter der Menschen mochten aus der Not nach Ordnung und Trost in einem unbarmherzigen Universum entstanden sein, unsere Herren aber waren echt. Für Inanna und mich – und wohl vielen anderen Agenten auf anderen Planeten – waren die Herren tatsächlich Götter, unser Leben von ihren Gnaden. Und doch schienen sie fehlbar und denselben kosmischen Gesetzen unterworfen wie jedes denkende Lebewesen.

Ich stolperte und sah herab. Die Leiche eines jungen Soldaten, betrachtete mich auf dem Rücken liegend mit toten, fast flehend wirkenden Augen. Ich wandte den Blick ab, versuchte mich auf den nächsten Schritt zu konzentrieren. Ein Mörsergeschoss schlug mit Krachen nicht weit entfernt ein. Meine Ohren klingelten. Meine

Augen tränten. Meine Seele schmerzte.

Ich folgte dem Laufgraben, sah in jedes Gesicht. Aber in all diesen schmutz- und blutverschmierten Gesichtern fand ich nur Furcht und Hass und nicht den Beistand meiner Geliebten, nach dem mich in diesem Chaos so dringend dürstete.

Ich weiß nicht mehr wie lange ich durch diese Hölle irrte, als ich Inanna endlich fand. Zusammengekauert in einer Abzweigung des Hauptgrabens entdeckte ich sie, halb begraben unter Trümmern. Ich schob unter letzter Kraftanstrengung einen Balken zu Seite und ergriff ihre Schulter.

„Inanna?"

Meine Worte wurden vom Lärm des Krieges fast verwischt, dennoch nahm sie mich wahr und hob den Kopf.

„Enki?"

Ich ging in die Knie und umarmte den jungen Mann, dem mein ganzes Herz gehörte. Wir küssten uns.

„Ich dachte, ich hätte dich in dieser Epoche verloren", sagte ich leise in sein Ohr und strich zärtlich über sein dreckverkrustetes Haar.

„Wir sind für ewig, mein Liebster", hauchte Inanna und legte seine Hand auf mein Wange.

„In was für eine Hölle sind wir da nur geraten?"

„Die Menschheit ist nicht nur eitel Sonnenschein", erwiderte Inanna mit brüchiger Stimme.

„Aber dieser Krieg ist Wahnsinn!"

„Er macht keinen Sinn, nein", meinte Inanna. „Jedenfalls keinen den ich erkennen kann." Sein Lächeln sollte mich eigentlich beruhigen, aber es machte mich nur wütend. Nicht auf Inanna, noch nicht einmal auf die Menschen, die dieses Massaker veranstalteten, sondern auf die Herren der Zeit, die entfernt von allem Leid in ihrem Elfenbeinturm sich einbildeten die Zukunft des Universums zu gestalten. Nach ihren Wünschen. Aus Angst vor der Vergänglichkeit, des Vergessens. Warum griffen sie nicht ein? Sie hatten die Macht und ließen dieses unsägliche Massaker einfach geschehen?

Ich ballte die Hand zur Faust und atmete tief durch. Ich wollte diese Wut überwinden, denn sie stand der Liebe im Weg. Ich ließ mich neben Inanna nieder und legte meinen Arm um seine Schulter. Erst jetzt bemerkte ich, dass sein Bein zertrümmert war. Wir würden nicht mehr flüchten.

Gemeinsam lagen wir im Dreck, Wange an Wange, und warteten auf das Unvermeidliche.

Dann gab es einen gewaltigen Knall und ein Blitz blendete mich bevor mein Körper in tausende Stücke im Graben verteilt wurde.

Der große Diktator oder die Angst als Mittel zum Zweck der Dummheit

Wolken bedeckten den Mond und lieferten eine rabenschwarze Nacht. Das konnte mir nur recht sein, denn unsere Mission brauchte sicher keine Zuschauer. Ich hörte Inanna an meiner Seite atmen.

Wir sahen uns an und rückten dann vor. Gebüsche und verwilderte Wiesen gaben uns gute Deckung, bis wir die Ruine des Schlosses erreichten. Einst war Versailles der Stolz der französischen Republik gewesen. Millionen von Besuchern hatten jährlich ihren Weg hierher gefunden, um das Prachtschloss aus dem siebzehnten Jahrhundert mit seinem Spiegelsaal und seinen Gärten zu bewundern. Auch wenn der Bau Seinerzeit Ausdruck einer absoluten Monarchie, der absoluten Unterdrückung gewesen war, stimmte es mich doch traurig das Schloss von Versailles in einem solchen Zustand zu sehen. Noch vor zwanzig Jahren war alles intakt gewesen, aber jetzt standen nur noch Teile der einst großartigen Anlage. Der gesamte Südflügel war nur noch eine Gerölllandschaft, die Fassade des Nordflügels war von Brandspuren gekennzeichnet, die ehemalig reichen Steinverzierungen bröckelten vor sich hin, die Skulpturen so zu obskuren Gestalten verfallen, aber noch immer diente es der lokalen Protektoratsverwaltung, nämlich als Foltergefängnis für unliebsame Stimmen. Es war traurig den Niedergang Frankreichs, ja des gesamten Europa, mitangesehen zu haben. Ich hatte gehofft, dass die monströsen Gemetzel des zwanzigsten Jahrhunderts den

Menschen endgültig die Furcht vor sich selbst eingeflößt hatten.

Wieder einmal hatte ich mich geirrt. Die Menschheit war nicht zu berechnen, ihre Geschichte wie ein wilder Galopp durch unbekanntes Gelände. Dabei wollten sie immer nur das Beste für alle, ihre Absichten waren also durchaus gut, weniger ihre Einsichten und ihre Weitsicht. Es war zum verzweifeln, vor allem für einen Beobachter wie mich, der sich Begebenheiten der Vergangenheit erinnerte, weil ich leiblich anwesend gewesen war. Mal himmelhochjauchzend, mal höllentieftrauernd war ich dem Schicksal der Menschheit gemeinsam mit Inanna gefolgt.

Nun im Jahr 2066 gab es mal wieder wenig Grund für Optimismus. Zwar war Europas Traum der Vereinigung endlich Realität geworden, aber nur zum Preis eines chinesischen Wirtschaftsprotektorats, dass sich hauptsächlich gegen den von den faschistischen USA dominierten amerikanischen Raum richtete. Aber trotz dieser globalen Katastrophe, trotz des fortschreitenden Klimawandels, wollte ich die Hoffnung auf eine bessere Zukunft nicht aufgeben. Zu oft war die Menschheit am Abgrund gewesen, hatte sich in Ängste und Hass verlaufen, und immer wieder aufgerichtet. Ich hatte es selbst erlebt.

Die Herren der Zeit schienen diese Menschen partout nicht aufgeben zu wollen – auch wenn sie dabei nur ihren großen Plan im Auge hatten –, und da ich und Inanna nur ihre Diener waren, blieb uns wohl nichts anderes übrig als diese Zuversicht zu teilen. Auch wenn es so manches Mal schwer fiel.

Unsere Mission jedenfalls war ein kleiner Hoffnungsschimmer. Unser Ziel sollte es nämlich sein, einen gewissen Erik Balaza zu befreien. Er galt als eine der mutigsten Stimmen dieser Zeit, die unerbittlich und ungeschönt die herrschenden Zustände an den Pranger gestellt hatte. Warum er natürlich auch im berüchtigten Versailles, einem der düsteren Orte Europas, einsaß.

Die Wolkendecke riss für einen Augenblick auf, der Mond blickte hindurch und tauchte die Ruinen des Nordflügels in gespenstisches Licht. Inanna fasste mich an der Schulter und drückte mich in die Deckung einer verwilderten Hecke. Ich hatte den Wachtposten, der in diesem Moment in wenigen Metern Abstand patrouillierte, gar nicht bemerkt.

Wir warteten einige Minuten und wagten uns dann aus unserem Versteck. Wir waren schon fast an den verfallenen Nordflügel heran gekommen, als ich zwei weitere Wachen wahrnahm. Wir drückten uns in den Schatten der moosbewachsenen Mauer und ließen die beiden an uns vorbei gehen. Als sie uns ihren Rücken zuwandten, schnellten Inanna und ich hervor und betäubten sie. Ihre leblosen Körper schleppten wir hinter ein Gebüsch.

Endlich betraten wir durch ein riesiges Loch in der Mauer den Spiegelsaal, der einst Höhepunkt eines jeden Besuchs gewesen war. Nun jedoch war die ehemalige Pracht nur noch zu erahnen. Der Boden lag voller Trümmer und Papierfetzen. Mehrere der schweren Kristallleuchter waren herab gefallen, die Fenster in Scherben und die Malereien an der Decke waren voller Ruß von im Saal entzündeten Feuern. Von goldenen Glanz der Vergangenheit keine Spur mehr. Dieser Raum wirkte eher wie der Empfangsraum des Grafen Dracula als wie der Lustwandelgang des Sonnenkönigs. Dazu kam ein scharfer Geruch nach Brand und Verwesung. Meine Schritte knirschten trotz vorsichtiger Bewegungen, als wir uns zum Nordflügel, der zum Foltergefängnis für unliebsame Bürger umfunktioniert worden war, aufmachten. Der Rest des Gebäudes machte einen noch trostloseren Eindruck. Die Zeiten waren nicht sorgsam mit diesem Prachtbau des Barock umgegangen. Die Geschichte machte eben vor nichts halt.

Nach einigen Minuten erreichten wir den Gefängnistrakt. Wir drückten uns in eine Nische in der Wand, als wir hörten wie sich uns Stimmen näherten. Auch diese beiden Wachen schalteten ich und Inanna problemlos aus.

Die Zellen waren einfache Käfige, die man in den einstigen Luxusräumen aufgestellt hatte. Eine Wand aus Gestank von Eiter, Ammonium und Tod schlug uns entgegen. Ich musste würgen, obwohl ich in dieser Beziehung schon viel erlebt hatte. Das letzte Jahrhundert hatte Inanna und mich in gewisser Weise abgehärtet. Das Gemetzel zweier Weltkriege, das Elend und der Horror von Konzentrationslagern, die ausgebombten Städte, die geistig verwirrten Ideologien. Und dann war doch wieder eine Zeit der Hoffnung angebrochen. Es gab internationale Institutionen, und Europa ging nach einer unsäglichen Zeit von Mord und Totschlag endlich den Weg der Brüderlichkeit und der Zusammenarbeit. Es entwickelte sich die erste zärtliche Blüte globaler menschlicher Kooperation.

Doch wie immer in der Geschichte wurden die Menschen

wohl ihres eigenen Glückes überdrüssig. Ängste und Lügen gewannen die Oberhand, und führten schließlich zu den katastrophalen Zuständen der Gegenwart.

Ich schüttelte diese Gedanken ab und konzentrierte mich auf die Aufgabe. Wir mussten Erik Balaza finden, die winzige Hoffnung auf ein Ende dieser archaischen Ära. Er hatte sich als Kämpfer gegen die Unmenschlichkeit erwiesen, hatte den Widerstand organisiert, und es gab nicht wenige, die da draußen seinen Namen mit Hochachtung und Hoffnung flüsterten. Er war Lichtblick in dunkler Zeit, und schon die Tatsache, dass er frei war, würde viele mit neuem Mut zum Aufstand für den Anstand füllen.

In den Käfigen kauerten Frauen und Männer nackt oder in schmutzige Lumpen gekleidet. Sie waren fast alle bis auf die Knochen abgemagert, manche stöhnten leise. Der Gestank war unerträglich.

Die Gefangenen betrachteten uns stumm und aus verängstigten Augen, wenn sie nicht zu Boden oder an die Decke starrten. In dieser Hölle auf Erden versuchten wir Erik Balaza ausfindig zu machen. Ich rief leise seinen Namen, und Inanna betrachtete jeden Käfig sehr genau.

Eine Schar Ratten floh aus einem der Zwinger, wo sie an der Leiche eines Kindes gefressen hatten. Das Gesicht war schon völlig verschwunden.

Ich wandte mich angeekelt ab und flüsterte erneut in Richtung einer Reihe von Käfigen:

„Balaza? Erik Balaza?"

„Hier!", kam es schwach von meiner Rechten.

Inanna und ich eilten zu einem der Käfige, in dem ein abgemagerter Mann uns aus eingefallenen Augen betrachtete. Ich kniete mich nieder und machte mich am Schloss der Tür zu schaffen. Mit einem leisen Knarren öffnete sie sich. Inanna half Erik Balaza auf die Beine.

„Wer seid ihr?", fragte er mit brüchiger Stimme, einen Arm um Inannas Hals geschlungen.

„Freunde", antwortete ich knapp, denn es war nur eine Frage der Zeit bis die Wachen auftauchten. „Gehen wir."

Balaza nickte verstehend. Sich auf mich und Inanna stützend, schleppte er sich vorwärts durch die Reihen der Käfige voller Elend, an dem wir nichts zu ändern vermochten.

Endlich – es war mir als wären Stunden vergangen – ließen wir den Abgrund des Foltergefängnisses hinter uns. Begierig schlürfte ich die frische Nachtluft, hoffte so den Moder und den Geruch aus Nase und Lungen zu bekommen, aber es blieb ein fahler Geschmack, der nicht so sehr auf der Zunge lag, sondern sich in den tiefsten Windungen meines Gehirns als düstere Erinnerung eingebrannt hatte, und dort als ewiger Schatten auf zukünftigem Glück lauern sollte. Ich wusste nicht, ob ich erleichtert oder betrübt sein sollte, dass ich angefangen hatte das Elend mit wachsender Gleichgültigkeit zu betrachten.

Hinter mir vernahm ich den keuchenden Atem Balazas. Der Widerstandskämpfer stützte sich auf Inannas Schultern und sah mich mit Augen an, in denen die Angst stets mehr gegen die Hoffnung verlor.

„Wir haben keine Zeit zu verlieren", flüsterte Inanna. Unnötigerweise.

„Ich habe nicht vor in diesem Loch zu verweilen", erwiderte ich ebenfalls mit gedämpfter Stimme. „Ich sehe nur, ob sie Luft rein ist."

„Und? Ist sie", fragte Balaza.

„Nein!", antworteten Inanna und ich beinahe gleichzeitig, als wir Schritte in der Nähe bemerkten. Eine Wache kam direkt auf uns zu.

Blitzschnell hatte Inanna Balaza hinter sich in den Schatten eines Mauerrestes gezogen. Ich folgte leisen, geübten Trittes.

Aber es war schon zu spät gewesen. Die Wache hatte uns bemerkt.

„Wer schleicht da herum?", fragte er, während er eine starke Lampe in unsere Richtung schwenkte. Einen Augenblick war ich geblendet.

„Was tut ihr da? Wer seid ihr?"

Seine Handwaffe war auf uns gerichtet, als wir langsam und mit erhobenen Händen in den Lichtkreis seiner Lampe traten.

„Wir haben uns verlaufen ...", versuchte Inanna.

Die Wache jedoch hatte für diese Ausrede nur ein schmutziges Grinsen übrig.

„Die dümmste Ausrede im Repertoire ... Los vorwärts. Der Kommandant wird sich mit euch beschäftigen!"

Er deutete mit der Waffe auf einen Kiesweg. Natürlich

nutzten wir diesen Moment. Inanna warf sich auf die Wache, während ich ihm die Waffe abrang. Der Mann versuchte zu schreien, aber in diesem Moment kam der gar nicht mehr so gebrechlich wirkende Erik Balaza wie eine Furie heran gerauscht und ergriff mit beiden Händen die Kehle der Wache. Der Schrei erstarrte in einem Glucksen und Röcheln. Es dauerte nicht lange bis sein Bewusstsein schwand. Ich legte Balaza meine Hand auf die Schulter.

„Das reicht. Der ist für mindestens einige Minuten ausgeschaltet."

Der Widerstandskämpfer jedoch lockerte seinen Griff nicht, sondern verstärkte ihn noch. Ich spürte über meine Hand wie jeder Muskel in seinem abgemergelten Körper sich verkrampfte. Inanna versuchte ihn von dem schlaffen Körper der Wache loszureißen. Vergeblich.

Mit glühendem Hass in den Augen und verzerrten Gesichtszügen, entwickelte Balaza eine Energie, die ich ihm in seinem Zustand nicht zugetraut hätte. Es dauerte immerhin noch einige Sekunden, bevor wir ihn mit vereinten Kräften hinfort zerren konnten.

Inanna richtete ein kleines Gerät auf die Wache.

„Er ist tot. Zeit, dass wir verschwinden."

Ich stimmte nickend zu. Hier gab es nichts mehr zu verlieren … oder zu gewinnen.

Balazas Raserei hatte sich verflüchtigt. Er war wieder der gebrochene Gefangene, der auf unsere Hilfe angewiesen war sich aufrecht zu halten. Ich sah in seine Augen, als das Mondlicht für einen Augenblick hinter den Wolken hervor blinzelte. Wen hatten wir da nur gerettet? War dieser Mann überhaupt fähig Veränderungen zum Guten zu bewirken? Oder hatten wir nur eine neue Geißel für die Menschheit erweckt, ein Gegengift, dessen Nebenwirkungen verheerend sein konnten? Mir jedenfalls waren bei den Ereignissen dieser Nacht Zweifel gekommen. Immer wieder waren in der Geschichte, wie ich sie erlebe, durfte Täter zu Opfern und Opfer zu Tätern geworden.

Aber es hatte auch Ausnahmen gegeben, tröstete ich mich. Vielleicht lohnte es sich Erik Balaza zu retten und die anderen Gefangenen ihrem Schicksal zu überlassen. Die Herren der Zeit waren davon jedenfalls fest überzeugt, aber obwohl ich ihnen nun schon seit Jahrtausenden diente, waren mir ihre Wege noch immer schleierhaft. Vielleicht fehlte mir nur die Übersicht auf den großen Plan, vielleicht war ich nur zu menschlich.

Noch bevor der Mond sich wieder mit Wolken zudeckte, waren auch wir im Dunkel der Nacht verschwunden.

Der Angriff der Ziloten

The program for this evening is not new
You've seen this entertainment through and through
You've seen your birth your life and death
you might recall all of the rest
Did you have a good world when you died?
Enough to base a movie on?

Jim Morrison

Das Forschungsschiff Impala bewegte sich nun schon seit Monaten durch unerforschte Gebiete der Galaxis. Doch bald würden wir unser Ziel erreichen. Und wenn meine Informationen richtig waren handelte es sich dabei um eine geheime Station mitten im interstellaren Raum.

Ich stand am Panoramafenster der Kantine der Impala und blickte in meine Gedanken vertieft auf die Sterne, die mir irgendwie tröstend zuzwinkerten und mir zu sagen versuchten: die Herren der Zeit sind nicht die oberste Macht. Sie haben diese Pracht vor meinen Augen nicht geschaffen. Genau wie die Menschen waren sie nur Teil des Ganzen.

„Hallo, Doktor Schwenn!"

Inannas Stimme riss mich aus meinen Überlegungen. Lächelnd wandte ich mich um.

„Ebenfalls Hallo, Doktor Jillen!", erwiderte ich. „Schön dich zu sehen."

Ein kleiner Schmerz in der Magengegend erinnerte mich

daran wie sehr ich Inanna liebte, wie sehr ich nach ihr verlangte. Ich nahm ihre holografischen Hände. Doch wir spürten keine Berührung, keine Wärme. Der Fluch unserer Herren, die Bestrafung für unsere Einmischung auf Spes, hatte unsere Liebe nicht geschmälert, sondern sie im Gegenteil auf schmerzliche Weise intensiviert. Unser Hunger nach einander konnte nie vollständig gestillt werden.

„Ich liebe dich", sagte ich.

„Ich weiß", lächelte Inanna und strich mit gefühllosen Händen über meine ungerührten Wangen. Ein Symbol nur, doch vielleicht mehr Wert als Worte. Ich seufzte.

„Was für eine Qual, dich nicht riechen oder berühren zu können."

„Wie kommst du darauf? Hast du dich nach all den Jahren dich noch nicht dran gewöhnt?"

Ich schüttelte den Kopf.

„Das werde ich wohl nie ..."

Inanna blickte mir tief in die Augen.

„Ich auch nicht ... Aber wir werden nicht aufgeben. Es gibt Hoffnung."

„Vielleicht hast du recht", gab ich zu und versuchte mich an dieser Hoffnung aufzurichten. Ich brauchte alle Selbstsicherheit, die ich erlangen konnte, denn ein äußerst schwieriger Auftrag stand uns bevor.

„Wann erreichen wir unser Ziel?", fragte ich, mich der

Nüchternheit zuwendend.

„Wir müssten nach den letzten Berechnungen schon morgen ankommen."

Ich nickte.

„Dann werden wir endlich sehen, was die Menschen hier draußen treiben. Gut, dass es uns gelungen ist, uns in diese Expedition der Impala einzuschleichen."

Vor Monaten schon hatte uns eine Station der Herren erweckt, um uns an Bord zu schmuggeln. Ich und Inanna würden ihre Augen und Ohren sein. Die Menschen führten hier draußen im freien Raum, hunderte von Lichtjahren von der Erde entfernt, etwas im Schilde, dass unseren Herren trotz größter Geheimhaltung nicht entgangen war. Was genau die Menschen in dieser abgelegenen Ecke des Imperium Humanum ausführten war noch nicht bekannt. Es würde unsere Aufgabe sein dies herauszufinden.

Meine Blicke fielen wieder auf die Sterne hinter dem Panoramafenster.

„Welch eine Schönheit, welch eine Erhabenheit", meinte ich leise.

„Es ist immer wieder atemberaubend", stimmte mir Inanna zu.

Sie legte ihre holografische Hand auf meine Schulter.

Die Impala setzte zum letzten Bremsmanöver an und fiel dann in einer Schleife auf ihr Ziel zu. Ich sah auf einem

Holoschirm in meiner Kabine, wie das Schiff auf einen dunklen Fleck zuhielt, der immer größer wurde, stets mehr Sterne bedeckte. Erst als die Impala sich bis auf wenige Kilometer genähert hatte, wurden Lichter in der Finsternis sichtbar. Die Station im Raum offenbarte ihre scheibenförmige Konstruktion. Positionslichter blinkten auf und wiesen unserem Raumschiff den Weg. Je näher wir kamen desto mehr Details vermochte ich zu erkennen. Unser Ziel glich einem Diskus mit Buckeln auf der Ober- und Unterseite. Zahlreiche Fenster warfen fahles Licht in den Raum. Aber anders als bei anderen Stationen der Menschheit fanden sich außer der Impala keine anderen Raumschiffe in unmittelbarer Umgebung. Es kam mir vor als erblickte ich einen Geist, der durch unsere Ankunft erwacht war.

Ich erhob mich von meinem Lager, auf dem ich gesessen hatte, und verließ meine Kabine.

In den Gängen der Impala herrschte betriebsame Unaufgeregtheit. Jeder schien seine Aufgabe zu kennen. Ich ging nach achtern, wo die erste Gruppe auf Ausschiffung wartete, und schloss mich ihr an. Ich suchte nach Dr. Jillen und entdeckte sie schließlich zwischen anderen Wissenschaftlern in einem Pulk keine zehn Meter von mir entfernt.

Unsere Blicke trafen sich kurz, aber auf keinen Fall wollten wir bei der Besatzung des Raumschiffes Aufsehen erregen. Schließlich kannten wir uns offiziell nur oberflächlich, hatten uns erst an Bord kennengelernt. Niemand sollte auch nur ahnen, dass Inanna und ich seit Jahrtausenden schon ein

Liebespaar waren.

Es gab einen fast nicht spürbaren Ruck, als die Impala an der geheimnisvollen Station andockte. Die Gespräche unter den Mitgliedern des ersten Landungsteams verstummten. Alle Augen waren auf die Schleuse gerichtet, die sich nun langsam öffnete und den Blick auf einen runden Raum freigab, in dem einige Männer und Frauen in roten Uniformen uns erwarteten.

„Willkommen in „Edelweiß". Wir hoffen, Sie hatten eine angenehme Anreise", begrüßte uns ein jugendlich aussehender Mann mit Samtstimme.

„Bitte folgen sie den Anweisungen unseres Personals, dass ihnen ihre Unterkünfte und Aufgabenbereiche zuweisen wird."

Gemeinsam mit anderen Wissenschaftlern, die an Bord der Impala hierher geschafft worden waren, betrat ich die Station „Edelweiß". Zuerst kamen wir in einen weiten Raum, in dem große Betriebsamkeit herrschte. Mit der Impala waren viele Menschen und Vorräte in diese Einsamkeit gekommen. Robottransporter fuhren Container zu Schleusen im hinteren Teil des Empfangsraumes. Die Stimmen der Ankommenden und der Besatzung der „Edelweiß" mischten sich mit dem Summen und Zischen der Maschinen zu einer Kakophonie, einem Rauschen der Emsigkeit.

Noch stets hatte ich keinen Anhaltspunkt, was die Menschen in dieser abgelegenen Station trieben. Ich nahm mir aber vor mit geschärften Sinnen jeden Anhaltspunkt zu erfassen.

Unsere Begleitung – eine junge Frau mit langem, dunklem Haar – richtete das Wort an uns, nachdem wir die Ankunftshalle verlassen hatten:

„Herzlich willkommen auf Station „Edelweiß". Ich hoffe, sie hatten eine angenehme Reise."

Ihre Stimme klang freundlich und fest.

„Sie werden sich sicher fragen, warum das Netz sie herbeordert hat. Sie warten wahrscheinlich auf Antworten. Aber ich bitte Sie noch einige Stunden um Geduld.

Ich werde Sie jetzt zu ihren Unterkünften führen, wo Sie die Gelegenheit haben sich ein wenig zu erfrischen und sich einzurichten. Später werden sie dann in einer Besprechung alles erfahren.

Wenn Sie mir nun bitte folgen würden ..."

Das Lächeln unserer Begleiterin verschwand so schnell wie es aufgetaucht war. Sie drehte sich um und bedeutete mit einer Geste ihren Worten folge zu leisten.

Wir gingen durch einige breite Korridore. Vereinzelt trafen wir auf Menschen in roten Anzügen und Roboter, die in stummer Entschlossenheit unbekannten Zielen entgegen strebten. Niemand beachtete unsere kleine Gruppe.

Inzwischen befanden wir uns in einem gebogenem, breitem Gang. Zu meiner Rechten wurde die Wand durch großflächige Fenster geteilt, durch die man in den Weltraum sehen konnte. Sternen blinzelten mich teilnahmslos an. Was interessierten sie schon ein paar biologische Lebensformen im Nichts, die an ihren kleinen Komplotten arbeiteten, dachte ich kurz, als ich einen Schrei zu hören glaubte und innehielt.

Mein Blick fiel auf die Fenster zu meiner Linken, die keine Aussicht auf Sterne boten, sondern in Räume der Station. Leider war es hinter dem dicken gepanzerten Glas fast völlig finster. Einzig das Licht des Ganges fiel in die Finsternis dahinter. Ich erhaschte einen sich bewegenden Schatten mit den Augen und ein weiterer Schrei, leise und gedämpft wie aus weiter Ferne. Es hatte sich jedoch nicht um einen menschlichen Schrei gehandelt, sondern klang eher wie das wehleidige Brüllen eines Tieres in Todesangst.

Einen Augenblick lang war ich versucht stehen zu bleiben und der Sache auf den Grund zu gehen. Aber außer mir schien es niemand gehört zu haben. Natürlich hatte auch niemand so gut ausgebaute Sinne wie ich. Unsere Gruppe bewegte sich weiter und ich wollte keinesfalls auffallen. Später würde sich sicherlich die Gelegenheit ergeben zu erforschen was es mit diesem Schrei auf sich gehabt hatte.

Schließlich erreichten wir einen schmalen Gang, von dem viele Türen abgingen, die allesamt nummeriert waren.

„Hier sind Ihre Unterkünfte!", deklarierte die junge Frau in roter Uniform. „Ich werde Ihnen einzelne Kabinen zuweisen. Dort finden sie auch einen Plan der „Edelweiß", den sie sich schnell einprägen sollten. Wir wollen ja nicht, dass sie sich hier verlaufen. Beachten sie auch, dass sie vorläufig keinen Zugang zu allen Teilen der Station haben. Erst nach Ihrer Einführung in ziemlich genau sechs Stunden, werden Sie vollständigen Zugang erhalten."

Meine Kabine – mit der Nummer 03256 – war geräumig und

geradezu luxuriös für eine Unterkunft auf einer Raumstation. Ich warf mein Gepäck auf das Bett und setzte mich auf einen der vier Stühle an einen metallenen Tisch und betätigte die Tasten vor mir. Sofort erschien die Station als hellblaue Holografie über dem Tisch. Ich suchte die Kabine Jillens und stellte erleichtert fest, dass sie nicht weit von meiner entfernt war. Es tat gut Inanna in meiner Nähe zu wissen. Ich würde ihr später einen Besuch abstatten.

Mit den Bewegungen meiner holografischen Hand bewegte ich das Modell der „Edelweiß" und bemerkte schon bald, dass große Teile der Station dunkel waren. Dass heißt, dass es keine Angaben über Inhalt und Zweck der Räumlichkeiten gab. Ich hatte ein mulmiges Gefühl. So wie ich die Menschen einschätzte, konnte dies nichts Gutes bedeuten.

Der Versammlungsraum war gefüllt. Die meisten der Anwesenden kannte ich vom Gesicht her. Sie waren mit mir und Inanna auf der Impala angekommen. Ich ging also davon aus, dass dies eine Einführung in unsere Aufgabenbereiche sein würde.

Nach einigen Minuten trat ein älterer Mann in obligatorischer roter Uniform auf ein kleines Pult am Ende des länglichen Raumes und räusperte sich. Sofort erstarb das Rauschen der Gespräche. Der freundlich lächelnde Mann hatte unsere konzentrierte Aufmerksamkeit.

„Ich heiße Sie willkommen an Bord der „Edelweiß"", begann er mit erstaunlich jung klingender Stimme. „Und hoffe, Sie hatten eine angenehme Reise.

Ich habe Sie hierher gebeten, um Ihnen eine Einweisung zu geben und eventuelle Fragen zu beantworten. Ich möchte aber schon vorab feststellen, dass einige Teile der Station Ihnen weiterhin unzugänglich bleiben werden. Die Station „Edelweiß" unterliegt höchster Geheimhaltungsstufe, und die Ihnen nicht zugänglichen Bereiche sind nur für Mitarbeitern mit besonderer Erlaubnis geöffnet. Bitte, haben Sie dafür Verständnis!

Ich versichere Ihnen, dass Ihre Arbeit hier von höchster Wichtigkeit für das Imperium Humanum ist. Wir versuchen Ihnen, Ihren dreimonatigen Aufenthalt hier so angenehm wie nur möglich zu gestalten.

Wir untersuchen hier Spuren außerirdischen Lebens, ..."

Ein Raunen ging durch die Menge der Versammelten.

„ ... auf die wir vor fünf Jahren gestoßen sind."

Der Blick des alten Mannes in roter Uniform schweifte durch den Saal. Ich fand er hatte einen rechten Sinn für Theatralik.

„Vor fünf Jahren" ‚fuhr er fort, „entdeckte das Erkundungsschiff Doryphoros hier in den Tiefen des uns unbekannten Raumes einen Rogueplaneten, dass heißt einen Himmelskörper, der sich um keine Sonne dreht, der einsam und ohne Licht seine Bahnen durch unsere Galaxis zieht.

An sich kein ungewöhnliches Phänomen, wie den meisten unter Ihnen bekannt sein dürfte. Aber schon ein erster Scan der Doryphoros des einsamen Planeten zeigte sensationelle Ergebnisse. Der Kapitän des Schiffes nahm sofort Kontakt mit dem Geheimnetzwerk des Imperiums auf. Seine

Meldung versetzte das Netz in helle Aufruhr.

Ich muss Ihnen wohl nicht erklären, dass Spuren außerirdischer Intelligenzen äußerst selten sind. Uns waren bisher vier außerirdische Zivilisationen bekannt: die Räder, das Pegasische Kollektiv, die Benäer und natürlich die ausgestorbenen Alten.

Nun hatte die Doryphoros eine fünfte entdeckt! Das wurde sofort deutlich. Keine der Relikte auf Exsul – wie der Planet genannt wurde – entsprach den bisherigen Funden der uns bekannten Zivilisationen.

Einige von Ihnen werden später selbst nach Exsul reisen. Dort warten die spektakulärsten Ruinen auf Sie! Trotz seiner Lebensfeindlichkeit wirkt der Rogueplanet wie ein Wunder. Bilder und unsere ersten Erkenntnisse finden Sie bitte ab jetzt auf ihren zugeteilten Rechnern in ihren Kabinen. Sie werden die nächsten Monate damit verbringen unsere Erkenntnisse über die neuen Fremden zu mehren.

Sie sind die besten Wissenschaftler, welche das Netz auftreiben und engagieren konnte. Ich weiß, dass Sie Ihrem Ruf mehr als gerecht werden, und wünsche Ihnen für die Zeit Ihrer Anwesenheit Erfolg. Alle bereits gesammelten Forschungsergebnisse finden Sie ebenfalls auf ihren zugeteilten Rechnern.

Haben Sie noch weitere Fragen?"

Es gab natürlich zahlreiche, und es dauerte deshalb auch geschlagene drei Stunden bis die Letzten verwirrt ob der neuen Eindrücke und doch allseits freudig erregt den Versammlungssaal verließen.

Ich begab mich in meine Kabine und setzte mich auf das Bett. Die Gedanken rasten in meinem Kopf. Ich konnte es kaum erwarten Exsul mit eigenen Augen zu sehen.

Und Exsul erwies sich als wirklich interessanter Planet.

Nur das Licht der fernen Sterne drang in die ewige Dunkelheit der bizarren Steinformationen, zeichnete die hohen, spitzen Berge und tiefen Schluchten in verschiedensten Schattenfarben. Dazwischen liefen lange, rot leuchtende Adern die Felsen hinauf, verzweigten sich wie Äste eines Baumes und gaben der Landschaft einen apokalyptischen Anstrich. Bakterien brachten dieses erstaunlich Phänomen zustande, das sich mir mit all seiner Schönheit präsentierte.

Da Exsul über keine nennenswerte Atmosphäre verfügte, war es totenstill. Alles hier schien wie ein in der Zeit eingefrorener Vulkanausbruch, während die Sterne am schwarzen Himmel den pompösen Stillstand wohlwollend schätzten. Ein idealer Ort für einen Tempel der Gleichgültigkeit.

Oder für eine Station von Außerirdischen.

Ich schaute zu Inanna herüber. Sie lächelte mir durch ihr Helmvisier zu und schenkte mir wieder einmal ein Stück Selbstsicherheit.

„Was meinen Sie, Doktor Jillen: Ist diese Welt nicht wie ein Wunder?", fragte ich. Unsere Gespräche über Funk wurden von „Edelweiß" aufgezeichnet. Ich konnte meine Geliebte also nicht beim Namen nennen, und doch war ich froh und aufgeregt Inanna in meiner Nähe zu wissen.

Wir brauchten zwar keine Schutzanzüge, da wir nur holografische Projektionen waren, die durch eine kleine Kugel in unserem Innern aufrecht erhalten wurde, aber wir wollten natürlich auch kein Aufsehen erregen dadurch, das wir uns ohne Schutz auf diesem Planeten bewegten.

„Ja, Doktor Schwenn, Exsul ist eine sehr außergewöhnliche Welt … sehr schön, auf eine sehr eigenwillige Art", erwiderte Inanna. „Wir sollten trotzdem nicht viel Zeit auf den Panoramablick verschwenden. Wir sind schließlich für eine wichtige Aufgabe hierher gekommen."

Sie wandte sich mir zu.

„Gehen wir!"

Unser Ziel war eine beleuchteter Kreis auf dem Boden des Tales unter uns. Dort hatten die Menschen die Bauten einer unbekannten Zivilisation gefunden. Unsere offizielle Aufgabe war als Schwenn und Jillen dorthin zu gelangen, um uns die vorhandenen Speicher der Fremden als Datenexperten genauer anzusehen. Inoffiziell waren wir im Auftrag der Meister der Zeit unterwegs, um die Menschen in diesem abgelegenen Teil des Imperium Humanum zu beobachten.

Wir beschritten einen mit Metallpfählen und Seilen gesicherten Abstieg, den Pioniere der „Edelweiß" in den schwarz glänzenden Felsen gefräst hatten, und gelangten nach einer Weile an den Grund der Schlucht, wo selbst das Sternenlicht nicht mehr hineinschien.

Die Kegel unserer Helmscheinwerfer schnitten ein Stück aus

der Finsternis, die auch hier hin und wieder von leuchtenden roten Adern, die jedoch kein richtiges Licht verbreiteten, durchschnitten wurde.

Vor uns wurde es heller, denn wir näherten uns auf dem markierten Pfad unserem Ziel, das von unzähligen, aufgestellten Scheinwerfern in gleißendes Licht getaucht wurden.

Der Weg führte um eine spitze, glänzende Felsnadel herum und wir erreichten endlich die Stätten der Fremden. Staunend blieben Inanna und ich stehen, denn die Bauten vor uns waren von großer Schönheit und zeugten von einem erhabenen Geist ihrer Erbauer.

Aus dem Felsen gemeißelte und polierte Säulen ragten in einem weiten Kreis von ungefähr zweihundert Metern Durchmesser in die Höhe, trugen ein Gespinst aus verzweigten Bögen, die sich wie in Extase zu einer weitläufigen Kuppel formten. Das Ganze schien aus einem Guss, ohne Naht oder sichtbaren Übergängen. In der Mitte dieses bizarren Doms befand sich eine Kuppel aus anderem Material, das weiß und hell erschien in dieser Welt aus schwarz und rot.

Wir begaben uns zur Kuppel unter das Geflecht des Doms und blieben vor der weißen, makellosen Wand stehen.

„Was nun?", fragte ich. Eine männliche Stimme drang über mein Helmkommunikator an mein Ohr:

„Warten Sie bitte einen Augenblick, dann wird die Kuppel sie erkennen und eintreten lassen."

„Gut!", antwortete ich und wir taten wie geheißen.

Und tatsächlich öffnete sich die Kuppel nach einer kurzen Weile und gab den Weg ins Innere durch eine ovale Tür frei. Drinnen war es hell, Boden, Wände und Decke waren weiß, schienen selbst zu leuchten. Sonst gab es nichts zu sehen.

„Wo sollen wir hin?", wollte Inanna wissen. „Es gibt hier nichts!"

„Begeben Sie sich in die Mitte der Kuppel", meldete sich die Stimme aus unseren Helmen.

Kaum hatten wir das Zentrum des Gewölbes erreicht, als der Boden unter uns sich zu bewegen begann. Ein kreisrunder Abschnitt, auf dem wir uns befanden, senkte sich ab und brachte uns in die Tiefe unter die Oberfläche dieses rätselhaften Planeten.

Ich sah zu Inanna herüber und entdeckte Neugier in ihren Gesichtszügen hinter dem Visier des Helmes.

„Dies ist wirklich ein fantastischer Ort", bemerkte sie. Schade, dass wir uns nicht offen unterhalten konnten, dachte ich. Ich hatte einige Punkte, die ich nur zu gern mit meiner Gefährtin durch Raum und Zeit besprochen hätte. Was war dieser Ort? Warum hatten die Herren uns auf diese Mission geschickt? War dieses Relikt nicht mehr, als das, was die Menschen in ihm zu sehen vermochten?

Später würden wir sicher Gelegenheit finden, dies miteinander zu besprechen. Im Moment aber hatte ich mich in die Rolle des Doktor Schwenn zu fügen.

Gute zwei Minuten ging es in rasantem Tempo nach unten, bis die runde Plattform sanft zum Stillstand kam. Wir sahen uns um. Hier unten war ebenfalls alles in weiß gehalten, aber die Decke war nur leicht gewölbt und zu allen Seiten führten ovale Türen tiefer in die Station hinein.

„Nehmen Sie bitte den markierten Weg", erklang erneut die männliche Stimme. „Er wird sie zu Ihrem Einsatzort bringen, wo sie die Rechner finden, die wir als Datenspeicher identifiziert haben. Sie kennen ihre Aufgabe."

Ich wusste, was von uns erwartet wurde. Wir waren hier, um als Spezialisten ebendiese Speicher nach relevanten Daten zu durchsuchen. Dabei war abzusehen, dass wir auf erhebliche Schwierigkeiten stoßen würden. Immerhin war so gut wie nichts über die neuentdeckte Zivilisation der Ziloten bekannt.

Inanna stieß mich an und deutete auf eine aufgemalte, rote Linie, die direkt zu einer ovalen Öffnung zu unserer Rechten führte.

Nach einem Gewirr von Gängen und kleineren Hallen, erreichten wir schließlich unseren Bestimmungsort: ein fünf mal fünf Meter großer Raum, an dessen hinterm Ende sich eine Art Konsole befand.

Inanna trat vor und berührte die antike Maschine. Sofort erschienen leuchtende Symbole über der Konsole. Ich sah zu Inanna herüber. Sie fing meinen Blick mit einem Schulterzucken ein und lächelte.

Bald schon stellte sich heraus, dass wir vor einem Datenspeicher standen, der offensichtlich Informationen zu den Ziloten enthielt. Die Text- und Audiodateien im Speicher waren für uns noch nicht verständlich, aber es gab ebenfalls eine große Auswahl von Videomaterial, das uns zumindest einen Eindruck gab, womit wir es hier zu tun haben könnten.

Ein Video zeigte eine Zeremonie auf der Oberfläche Exsuls. Die Ziloten, die aussahen wie aufrecht gehende Frösche, hatten zwei Arme, die sie wie eine Gottesanbeterin angewinkelt vor dem Körper trugen. Sie standen in Spalier und summten mit ihren breiten Mündern eine fremde und doch irgendwie eingehende Melodie in tiefen Bässen, die nur hin und wieder von hohen Tönen begleitet wurde.

Inanna und ich blickten fasziniert auf die holografische Projektion. Eine neue Welt tat sich vor uns auf. Und wenn wir auch schon viel gesehen hatten, unsere Neugier hatte es nicht töten können.

Fast acht Erdenstunden betrachteten wir die gespeicherten Holografien, kopierten Daten und Texte.

„Was meinst du?", fragte mich Inanna.

Ich atmete tief durch.

„Es gibt einiges, das sich aus diesen Aufzeichnungen ableiten lässt", erwiderte ich. „Bei Exsul handelt es sich scheinbar um einen wichtigen, vielleicht sogar heiligen, Ort der Ziloten."

„Du meinst die vielen Zeremonien in den Aufzeichnungen, die scheinbaren Ehrungen der Toten, die hier bestattet wurden?"

„Wenn wir von menschlichen Traditionen ausgehen: Ja."

„Wir müssen vorsichtig mit unseren Interpretationen sein.

Das ist wahr", bestätigte mich Inanna. „Aber es lässt sich wohl nicht bestreiten, dass Exsul ein wichtiger Ort der Ziloten war ... oder es noch immer ist."

Ich nickte.

„Außerdem haben wir riesige Hallen gesehen, die mit seltsamen gläsernen Särgen gefüllt sind", sagte ich und sah fragend zu meiner Geliebten herüber.

„Ich glaube, dass es sich dabei um Lebenserhaltungssysteme handelt", meinte Inanna und bestätigte damit meinen Verdacht.

„Es gibt also noch lebende Ziloten in dieser Station", sagte ich und seufzte. „Warum hat man uns das verschwiegen?"

„Ich habe einen schrecklichen Verdacht."

„Ich auch", stimmte ich zu. „Wir kennen die Menschen nur zu gut. Aus allem versuchen sie Vorteile zu schlagen."

„Es sind also lebende Ziloten entdeckt worden, Und man versucht es zu verschweigen. Das kann nur bedeuten, dass diese Fremden von den Menschen auf ... sagen wir mal: geschmacklose Art ... untersucht werden."

„Es ist zu befürchten", sagte ich nachdenklich.

„Das ist furchtbar!"

Wir beide wussten, dass es sehr unangenehme Konsequenzen haben würde, wenn die Ziloten herausfanden, was auf Exsul geschah. Eine fremde Zivilisation, die Menschen, hatten diesen heiligen Ort entweiht. Schlimmer noch: sie hatten die Schlafenden geweckt, um Experimente an ihnen durchzuführen. Dessen konnten wir uns fast sicher sein.

„Wenn Exsul ein bedeutender, gar sakraler Ort der Ziloten ist, dann sind die hier zur Ruhe gebetteten, bedeutende Persönlichkeiten der Fremden", sinnierte Inanna.

„Die Menschen foltern also Heilige der Ziloten auf der Station Edelweiß."

Diese Erkenntnis brachte ein ungutes Gefühl in der Magengegend zuwege. Wenn es wahr war, was wir schlussfolgerten, erwartete die Menschheit ein Haufen von Problemen, denn nach meiner Erfahrung, war es nur eine Frage der Zeit, bis die Hüter dieses Ortes das Verbrechen entdeckten.

„Man kann nur hoffen, das die Ziloten gutmütig sind."

„Das kann man", erwiderte Inanna. „Aber es ist nicht davon auszugehen. Immerhin sind die Ziloten eine Raumfahrende Zivilisation. Und die sind immer mit demselben Ehrgeiz und demselben Stolz ausgerüstet."

Ich wusste, dass Inanna recht hatte, und wollte es doch nicht glauben. Ich hoffte noch.

In der Station „Edelweiß" herrschte die übliche Betriebsamkeit. Inanna und ich hatten uns in einem abgelegenen Seitengang verabredet.

„Wir müssen in die abgeriegelten Räume der Station gelangen", flüsterte ich. „Und sehen, was dort vor sich geht!"

Inanna, dicht an meiner Seite, nickte und erwiderte:

„Ich glaube, ich habe einen versteckten Zugang gefunden, denn wir können wohl kaum durch den Haupteingang einfach hinein marschieren ...“

„Gut!“, bestätigte ich. „Geh voraus!“

Ich folgte dem Hologramm meiner Geliebten durch einen Gang in einen Lagerraum. Mit einer Geste bedeutete mir Inanna, ihr beim Bewegen einiger Metallkisten behilflich zu sein. Ich tat wie geheißen, und wir entdeckten einen Kabelschacht, der mit einer Luke verschlossen war.

Sofort ging Inanna in die Knie und machte sich geschickt am Zugang zum Schacht zu schaffen. Nach etwa einer halben Minute öffnete sich die Luke mit einem leisen Zischen, und wir krochen hinein.

Auf allen Vieren tasteten wir uns vorwärts. An den drei Abzweigungen, die wir passierten, hielt Inanna nur kurz inne, um sich zu orientieren. Schließlich erreichten wir ein weitere Luke.

Ein Vorteil als Hologramm durchs Leben zu gehen, bestand darin sich absolut geräuschlos zu bewegen, und so war auch nur das leise Zischen der Luke zu hören, als wir den Raum betraten. Es war fast dunkel; nur die blinkenden Lämpchen einiger leise surrender Maschinen ermöglichten es den Raum zu erfassen. Geduckt schlichen wir hinter einigen Labortischen zur Tür.

Der Gang dahinter war hell erleuchtet und menschenleer. Inanna nickte mir zu und zeigte mit ihrem Daumen hinter sich. Dort befand sich eine Tür, durch die wir in ein weiteres

Labor gelangten. Dieses hier jedoch war weitaus größer und erstreckte sich in der Höhe über zwei Decks, wobei das obere Deck eine Galerie mit Geländer und zwei Treppen bildete. Es gab nur gedämpftes Licht, das von einigen Lampen, die an langen Kabeln von der Decke herab hingen, ausging.

Dennoch ließ sich genug erkennen, um mich vor Schreck erstarren zu lassen. Ich hatte schon viel gesehen in meinem unendlich lang erscheinenden Leben, aber was ich hier erblickte, ließ mich tief erschauern.

Es gab einige metallene Tische, auf denen offensichtlich Ziloten angebunden waren. Sie ähnelten eigenartigerweise irdischen Fröschen, obwohl ihre Körper fast drei Meter lang waren und ihre Haut in einem tiefen Blau glänzte, als wäre sie nass. Die Beine der Ziloten waren länger als der gedrungene Oberkörper und sehr muskulös. Die beiden Arme, die ohne Schultern aus der Mitte des Körpers zu entwachsen schienen, und in Händen mit sechs feinen, dünnen Fingern endeten, wirkten dahingegen eher schmal und zerbrechlich. Der Kopf der Fremden war riesig im Vergleich. Zwei große Augen ließen auf eine Heimatwelt mit wenig Licht oder eine nachtaktive Lebensweise schließen. Eine Nase besaßen die Ziloten nicht, dafür einen breiten Mund, dessen Winkel nach unten gebogen waren, umrahmt von wulstigen violetten Lippen.

Die Extremitäten waren auf den Tischen mit metallenen Binden fixiert. Bei einigen war der Brustkorb geöffnet worden, anderen fehlte der Kopf. Dabei waren viele von ihnen noch am Leben, wie ihr eigenartiges Wimmern bewies.

Direkt vor uns auf einem der Tische öffnete einer der Ziloten, dem man wohl beide Arme amputiert hatte die großen Augen und sah uns mit einem Blick an, den ich als Gnadengesuch empfand.

Ich wandte mich angeekelt und vor allem beschämt ab.

„Schrecklich!", vernahm ich die gebrochene Stimme Inannas neben mir.

„ … Trotzdem *müssen* wir uns umsehen, wenn wir noch etwas ausrichten wollen."

Natürlich hatte meine Geliebte recht, aber es fiel dennoch schwer diese streng riechende Folterkammer mit offenen Augen zu durchkämmen. Was für ein Erstkontakt!, dachte ich, während wir das Labor durchsuchten.

Ich begutachtete gerade ein Regal mit einer ganzen Reihe nummerierter Gläser, die wohl Organe und Körperteile der Ziloten enthielten, als Inanna mich zu sich rief. Ich ließ dieses Horrorkabinett hinter mir und ging durch den Raum, zwischen winselnden Ziloten hindurch, zu meiner Begleiterin für die Ewigkeit.

Inanna stand vor einem Labortisch, auf dem ein Gebilde aufgebaut war, das aussah wie ein wild aufgewickelter Gartenschlauch, aus dem metallene Antennen, Zylinder und Kugeln heraus ragten.

„Es handelt sich hierbei offensichtlich um ein Gerät der Fremden", sagte Inanna, die die Maschine wohl schon gescannt hatte. „Die Wissenschaftler der Station haben sie zum Laufen bekommen."

„Was tut sie?", fragte ich und trat näher an den Tisch heran.

„Ich bin mir noch nicht ganz sicher", erwiderte Inanna abwesend. „Aber sie imitiert eine Strahlung in geordneten Sequenzen ... , die sich stets wiederholen."

„Eine Art Signal?", schlug ich vor. Meine Gefährtin nickte.

„Es scheint so ... Die Strahlung ist schwach aber sehr weitreichend, da das Gerät sie bündelt."

„Sie könnte also Lichtjahre von hier entfernt noch angepeilt werden", bestätigte ich, da auch ich meinen Scan abgeschlossen hatte.

„Das ist ein Problem ...", meinte Inanna mit leiser Stimme.

„Es ist ein Sender", stimmte ich zu.

„Vielleicht ein Notsignal."

Meine Gefährtin wandte sich mir zu und blickte mir in die Augen.

„Auf jeden Fall ein Signal, welches die Ziloten hierher locken wird."

„Können wir es nicht abschalten?", wollte ich zu meiner eigenen Beruhigung wissen, aber Inanna hatte bereits eine Antwort parat:

„Dafür ist es wahrscheinlich schon zu spät ... und es würde auffallen. Es würde nicht lange dauern bis man uns aufspürt ..."

„ ... Und unsere wahre Identität erkennt", vervollständigte ich ihren Satz und seufzte. „Das dürfen wir auf keinen Fall zulassen!"

„Wir sollten noch einmal nach Exsul hinab", schlug Inanna nach ein paar Sekunden Stille vor.

Ich stimmte ihr zu:

„Vielleicht finden wir dort etwas, um die drohende Katastrophe noch abzuwenden. Denn, wenn die Ziloten herausfinden, was die Menschen hier verbrochen haben ..."

Ich ließ den Satz unvollendet. Er bedurfte auch keiner Vollendung.

Exsul empfing uns mit seiner stillen Hoheit. Den Weg vom Landeplatz unseres Shuttles zu den Ruinen der Ziloten legten wir schnell und schweigsam zurück. Wir wussten, worauf es ankam, was auf dem Spiel stand. Wir mussten wieder einmal die Wächter der Menschheit sein.

„Wir sind da!", erklang Inannas Stimme über meinen Helmlautsprecher, nachdem die Aufzugplattform uns in die unterirdische Anlage gebracht hatte.

„Wir müssen uns umsehen und einen Sender finden", meinte ich.

„Vielleicht können wir Kontakt zu den Ziloten herstellen und das Schlimmste verhindern", bestätigte meine Gefährtin nochmals den Plan, den wir bereits vorher ausgearbeitet hatten. In den Speichern unseres Bewusstseins waren die Grundrisse der unterirdischen Station der Ziloten vorhanden, und wir hatten schon einen Verdacht, wo wir unsere Suche mit großen Erfolgschancen beginnen konnten.

Ohne ein weiteres Wort erreichten wir nach längerer

Wanderung durch zahlreiche Gänge und Hallen das abgelegene Gebiet, in dem wir wegen der aufgefangenen Strahlung eine Kommunikationszentrale vermuteten.

„Hier muss es irgendwo sein", sagte Inanna an meiner Seite. Ich sah mich um. Wir standen in einer weiten, kreisrunden Halle, die bis auf eine kuppelartige Erhebung in der Mitte leer war. Vier Gänge führten von hier fort.

„Ich sehe nichts besonderes", sagte ich enttäuscht, obwohl wir uns sicher waren, dass die typische Strahlung für interstellare Sendeanlagen ganz in der Nähe ihren Ursprung haben musste.

Instinktiv, schlafwandlerisch, wohl gesteuert durch das intuitive Wissen meines Speichers, begab ich mich zu der Erhebung in der Mitte der Halle. Ich spürte Inannas Anwesenheit gleich hinter mir.

Kaum hatte ich mein Ziel erreicht, als die Kuppel vor mir in weißem Licht zu glühen begann. Rote Schriftzeichen erschienen an der Oberfläche.

Als ich zu Inanna sah, erhaschte ich ihr Lächeln.

„Wir haben es gefunden!", sagte sie, ging an mir vorbei und legte ihre Hand auf die Kuppel. Der Druck ihrer holografischen Hand setzte wohl etwas in Gang. Die Schriftzeichen verschwanden und machten geometrischen Formen platz. Dreiecke, Kreise und Quadrate tanzten in wildem Durcheinander auf der Oberfläche der Kuppel. Geschickt berührte meine Gefährtin mal hier mal dort die huschenden Zeichen. Das Wirrwarr verschwand augenblicklich. Ein geordnetes Muster aus Kästchen und

Linien erschien, schön und irgendwie hypnotisierend wie ein Gemälde von Mondrian.

„Aha!", machte Inanna mit angestrengtem Gesichtsausdruck. „Ich glaube ich hab es!"

„Hast du eine Verbindung mit der Anlage?"

„Hm, hm … kognitives Interface", murmelte sie, offensichtlich tief in ihre Aufgabe versunken, und ich trat einen Schritt zurück, um sie nicht zu stören. Es dauerte eine ganze Weile, in der ich nervös mit meinen Fingern spielte. Hoffentlich … , dachte ich, als Inanna aus ihrer Trance erwachte und mich anblickte. Ihre Augen waren voller Furcht.

„Ich glaube, die Menschheit hat in ein Wespennest gestochen!"

„Was …", hast du herausgefunden, wollte ich fragen, aber meine Geliebte fuhr mir über den Mund und fort:

„Dies ist tatsächlich ein Sender, mit dem man Kontakt mit den Ziloten aufnehmen könnte. Aber es gibt noch so viel mehr hier. Informationen, zum Beispiel!

Exsul ist für die Ziloten ein Ort von größter Bedeutung. Ein heiliger Ort sozusagen, denn hierher bringen sie die wichtigsten Denker, Wissenschaftler und Künstler ihrer Kultur. Diese werden hier, auf der Höhe ihres Schaffens, noch bevor sie sterben, in eine Art Tiefschlaf versetzt, um zu späterer Zeit, wohl für die Zeiten der Not, auf ihr Wissen und Können zuzugreifen."

Ich war erstaunt.

„Wir befinden uns also im Gedächtniskern einer ganzen Zivilisation!"

Und mir wurde schlagartig bewusst, was geschehen würde, wenn die Taten der Menschen den Ziloten bekannt würden. Die Menschheit war dabei das Vermächtnis der Ziloten auszulöschen. Die Fremden würden keine Gnade kennen. Mein simuliertes Herz schlug schneller.

„Das ist eine Katastrophe!"

„Wir müssen die Menschen warnen", sagte Inanna.

„Und unser wahres Gesicht zeigen?", wandte ich ein.

„Wir können geschickt vorgehen ...", erwiderte meine Gefährtin in Gedanken versunken.

In diesem Moment jedoch unterbrach eine Stimme aus unseren Kommunikationsgeräten unsere Überlegungen.

„Dr. Schwenn, Dr. Jillen! Sind Sie dort?"

Die Verbindung zur „Edelweiß" war erstaunlich gut. Die Erregung des Sprechers war deutlich wahrzunehmen.

„Schwenn hier!", antwortete ich. „Wir hören."

„Sie müssen sofort zur Station im Orbit zurückkehren. Ihre Mission zu weiteren Datenforschungen auf Exsul ist annulliert."

„Jillen hier!", mischte sich Inanna in das Gespräch. „Was ist der Grund für diesen plötzlichen Sinneswandel?"

Der Kommunikationsoffizier der „Edelweiß" schien in heller Aufregung. Seine Stimme klang gehetzt und voller Furcht, als er antwortete:

„Wir orten siebenundzwanzig Raumschiffe von beträchtlicher Größe. Sie sind aus dem Nichts aufgetaucht und nähern sich rasant unserer Position. Kein Zweifel, dass wir das Ziel dieser Armada sind."

Wir waren zu spät!, war mein erster Gedanke. Die Katastrophe schien unabwendbar. Wilde Fantasien tanzten durch meinen Kopf.

„Wir kommen!", sagte Inanna mit Entschlossenheit und zog mich am Ärmel von der Kuppel fort.

Wortlos rannte ich hinter ihr her, zurück zur Aufzugplattform. Während wir zur Oberfläche Exsuls aufstiegen, erreichte uns eine neue Hiobsbotschaft.

„Dr. Schwenn, Dr. Jillen! Beeilen Sie sich! Die Schiffe haben uns erreicht und die Ingenieure sagen mir, dass in ihrem Innern Energie aufgebaut wird. Ich glaube wir werden angegriffen ..."

„Wir sind bereits im Aufzug", berichtete Inanna, bekam aber keine Antwort.

„Hallo „Edelweiß"!", versuchte ich es. „Bitte melden!"

Aber auch diese Mal blieb das Kommunikationsgerät still.

In diesem Augenblick erreichten wir die Oberfläche.

„Schnell! Vielleicht können wir noch eingreifen!", schrie Inanna beinahe.

Wir rannten so schnell wir es vermochten zu unserem Shuttles, schmissen uns in die Sitze im vorderen Teil des kleinen Raumschiffs und starteten.

„"Edelweiß"!, wir sind jetzt unterwegs zu Ihnen. Auch dieses Mal keine Antwort.

Die Triebwerke des Shuttles heulten auf, als Inanna sie zu Höchstleistungen zwang. Dennoch kamen wir zu spät. An der Stelle im Orbit, wo sich eigentlich die Station befinden sollte, gab es nur eine Wolke aus Trümmern, um die herum die Schiffe der Ziloten lauerten. Wie ein Rudel Wölfe vor der niedergestreckten Beute, war mein erster Gedanke. Dann erst erreichte mich das volle Ausmaß der Katastrophe. An Bord der „Edelweiß" waren hunderte von Menschen gewesen. Sie waren alle ausgelöscht. Staubwölkchen im Leerraum.

„Wir sind zu spät", sagte ich traurig. „Sie sind alle tot."

Inanna neben mir im Shuttle nickte stumm. Auch sie war sehr betroffen.

„Du weißt, was dies bedeutet …?"

„Die Ziloten werden bald herausfinden, wo die Menschen herkamen, die ihr Heiligtum schändeten", antwortete ich betrübt. „Eine Konfrontation zwischen Ziloten und Menschen wird nicht mehr aufzuhalten sein."

Wir schwiegen eine Weile, betrachteten noch immer ungläubig das Trümmerfeld und die gigantischen Schiffe der Ziloten.

„Das wird den Herren der Zeit gar nicht gefallen", durchbrach Inanna die Stille. Wieder einmal ist ihr Plan nicht aufgegangen …"

„Vielleicht war es auch genau so beabsichtigt", wandte ich

ein. „Wir wissen nach all den Jahrtausenden noch immer nicht viel über unsere Herren."

„Wir wissen, dass sie planen selbst das Ende des Universums zu überleben, wie sie es schon einmal taten. Sie wollen also mit allen Mitteln *überleben* ..."

„Und du meinst, dass sich diesem Ziel alles unterzuordnen hat, dass sie dafür ganze Völker ausrotten, ganze Sonnensysteme vernichten."

Ein kalter Schauer lief mir bei dieser Einsicht über den Rücken. Und wir dienten ihnen. „Die Absichten unserer Herren sind also nicht ganz hehr und edel? Zum Vorteil der Menschheit?"

„Ich glaube sie sind nicht besser oder schlechter als die Menschen, deren Schicksal wir nun seit Jahrtausenden begleiten."

„Wie können sie sich dann die Herren der Zeit nennen ..."

Ich fühlte mich in diesem Augenblick so leer, so verwahrlost. Gab es denn nichts, an das ich mich klammern konnte? Einen Sinn, etwas, wofür es sich lohnte zu kämpfen? Vielleicht sogar zu sterben?

Dann fiel mein Blick auf Inanna ... und ich hatte meine Antwort. Ich versuchte ein scheues Lächeln und sah ihr in die Augen. Aber viel Zeit für Wärme und Geborgenheit blieb uns nicht, denn die Schiffe der Ziloten schienen unser kleines Shuttle geortet zu haben. Behäbig setzten sie sich in Bewegung und näherten sich unserem Orbit.

Als sie auf unserer Position waren, blitzte an einem der

vorderen Schiffe ein grelles Licht auf. Kurz bevor Inanna und ich erneut starben und unser Shuttle im Strahl einer Waffe verglühte, dachte ich an die Liebe.

VI

Gestrandet unter fremden Sternen

Die Moira hatte sich mit dem Rumpf regelrecht in den Boden des fremden Planeten gebohrt. Der von der Notlandung aufgewirbelte Staub legte sich nur langsam, als die Sonne des Systems sich über den Horizont schob und auf eine karge Wüstenlandschaft schien. Felsen, schroff und steil, erhoben sich wie ockerfarbene Inseln im weiten, gelblichen Meer von Sand und Geröll, ein ständiger Wind klagte sein Leid über die Trostlosigkeit des Planeten.

„Ein guter Ort zum Stranden", erklärte Liam, der als erster die Moira durch die obere Schleuse verlassen hatte, sarkastisch und ließ einige Drohnen ausschwärmen, die seinem Extrahirn die ersten Daten liefern sollten.

Bea Bolz stand neben ihm auf der oberen Hülle der Moira, die aus dem aufgeworfenen Sandberg herausragte.

„Es ist jedenfalls kein guter Planet, um den Rest des Lebens zu verbringen", sagte sie nachdenklich.

Inzwischen hatte sich auch der Rest der Reisenden um die beiden versammelt. Preeti Prakash war bleich und blickte wortlos zu Boden. Der Kapitän der Moira, Bini Bernson, stemmte die Arme in die Hüfte und seufzte. Mit dem Absturz seines Schiffes fühlte er sich entmachtet, gleichzeitig verantwortlich.

„Wir werden die Moira wieder raumklar bekommen",

meinte er, um den anderen und vor allem sich selbst Hoffnung zu geben. Linda Houbert, die Navigatorin und Ingenieurin des gestrandeten Raumers, stimmte mit grimmigen Nicken zu.

„Es ist schon ein kleines Wunder, dass wir alle diese Notlandung überlebt haben!", erklärte Sio Helmer, der als einziger völlig unberührt und gelassen wirkte. „Wir werden schnell herausfinden, was der mit der Moira geschehen ist. Und vielleicht haben wir wirklich eine Chance diesen unwirtlichen Planeten zu verlassen und unsere Mission fortzuführen."

Sabrine Jeba fügte dem hinzu:

„Wenn wir alle unsere Kräfte einsetzen wird es gelingen."

Auch sie wirkte entschlossen.

„Aber vorerst sind wir hier gestrandet ...", wandte Hokado ein, der direkt hinter ihr stand. „Und wir wissen noch nicht wie groß die Schäden an der Moira sind ... Oder, Kapitän Bernson?"

Der Angesprochene atmete tief durch.

„Noch lässt es sich nicht genau sagen", erwiderte Bini Bernson. „Aber auf den ersten Blick würde ich sagen, dass alle primären Systeme in Ordnung sind. Es ist mir ein Rätsel, was diesen Absturz verursacht haben könnte."

„Aber wir werden es in den nächsten Tagen wohl herausfinden", fügte Linda Houbert hinzu. „Daran jedenfalls gibt es keinerlei Zweifel!"

Unbemerkt von allen anderen zuckte Preeti Prakash

zusammen. Ihre Schultern sackten herab. Ihr war klar, dass es nur eine Frage der Zeit sein konnte, bis man sie als Verursacher der Bruchlandung identifizieren würde. Sie hatte, angetrieben durch ihren religiösen Wahn, hoch gepokert und alles auf eine Karte gesetzt. Das Blatt hatte sich jedoch gewendet. Fliehen war ausgeschlossen.

Wohin hätte sie sich auch wenden können? Genau wie die anderen an Bord der Moira, war sie nun eine Gefangene dieses rauen Planeten. Hier ihrer Verantwortung zu entfliehen, hätte ein lebenslanges Asyl in dieser trostlosen Wüste bedeutet. Sie war den anderen also ausgeliefert.

Einen kurzen Moment überlegte sie, ob ein Geständnis ihr nutzen konnte, ein milderes Urteil ihrer Taten zu begünstigen. Dann aber siegte doch ihr alter Trotz, ließ die Hoffnung ihres ängstlichen Verstandes keimen, eventuell doch nicht entdeckt zu werden. Vorläufig hielt sich sich aus allem heraus, ergab sich ihrem Schicksal.

Der Tag auf dem Planeten war schnell vergangen. Durch seine schnelle Rotation dauerte er nämlich nur sechs Stunden. Die Besatzung und die Passagiere der Moira hatten die Zeit gut genutzt und die nähere Umgebung der Absturzstelle mithilfe von Drohnen in einem Radius von rund hundert Kilometern abgesucht. Die eingegangenen Daten ließen keinen Zweifel. Überall in dem erkundeten Gebiet sah es so aus wie in der Nähe der Moira: Hohe, schroffe Felsformationen in einer See aus Sand. Das trübte natürlich die Stimmung noch mehr, die ohnehin fast auf dem Tiefpunkt war.

In seiner Kabine saß Liam auf seinem Bett, ihm gegenüber in einem Sessel hatte es sich Bea so gemütlich gemacht wie es eben ging. Sie fühlte sich nicht nur körperlich verletzt – die blauen Flecken und Schürfwunden würden sie noch viele Tage an den Absturz erinnern - , sondern auch geistig geknickt. Ihre Gedanken waren wie der Wind, der um die Hülle der Moira pfiff, aufgepeitscht und ziellos.

„Was machen wir nun? Sind wir bis zum Ende unseres Lebens dazu verdammt auf diesem Schiff in der Einöde zu verbringen?"

Liam seufzte, bevor er antwortete:

„So weit wird es schon nicht kommen ..."

Und dieser scheinbare Trost war tatsächlich die Wahrheit, denn er wusste, dass sie schon bald an Hunger und Durst sterben würden, wenn sie es nicht schafften diese Wüste zu verlassen. Ein „ganzes Leben" war ihnen auf diesem Planeten jedenfalls nicht vergönnt.

„Morgen sehen wir weiter ...", fügte er noch mit scheuem Lächeln hinzu. „Wir werden schon eine Lösung finden."

„Hm!", machte die Exo-Linguistin. Die Zweifel standen ihr ins Gesicht geschrieben.

Eine Weile saßen sie da, zu aufgewühlt für zeitweise erlösenden Schlaf, zu apathisch und erschöpft für Worte oder Taten.

Liam ließ die Ereignisse der letzten Tage sich noch einmal durch den Kopf gehen. Wie ein wirrer, noch ungeschnittener Film tanzten die Gedanken zwischen seinem Speicher und seinem Gehirn hin und her. Bis sie an einer Erinnerung haften blieben. Er setzte sich aufrecht aufs Bett.

„Bea?"

„Ja", sagte Bea Bolz wie aus einer Trance erwachend.

„Bevor die Moira abgestürzt ist, habe ich an Bord etwas sehr merkwürdiges beobachtet."

Nur langsam erwachte das Interesse der Exo-Linguistin.

„Was war denn?"

„Ich glaube, das Jeba und Hokado uns etwas vorschwindeln. Sie sind nicht diejenigen, für die sie sich ausgeben."

Bea Bolz zog die Augenbrauen zusammen. Ihre Aufmerksamkeit wuchs.

„Wie kommst du darauf? Was hast du gesehen?"

Liam beschrieb, was er beobachtet und gehört hatte. Nachdem er geendet hatte, sah ihn Bea Bolz ungläubig an.

„Du behauptest also die beiden kennen sich? ... Sind ein Liebespaar?"

Sie schüttelte langsam den Kopf.

„Das ist schwer zu glauben ..."

„Aber doch ist es so", meinte Liam entschlossen. „Wir müssen die beiden zur Rede stellen."

Die Exo-Linguistin seufzte und sagte:

„Das werden wir wohl müssen ... Ob wir aus diesem totalen Schlamassel jemals wieder rauskommen?"

Liam schwieg und sah zu Boden.

Sich vorsichtig umsehend, sichergehend, dass niemand ihn sah, betrat Enki alias Hokado die Kabine von Sabrine Jeba. Inanna saß auf ihrer Koje und schien ihn schon zu erwarten.

„Endlich bist du da!", sagte sie und lächelte. „Ich dachte schon, du kämst nicht mehr."

Enki schloss die Kabinentür hinter sich, setzte sich dann neben Inanna aufs Bett und blickte ihr tief in die Augen.

„Mein Hunger nach dir ist größer als jede Entdeckungsgefahr unserer Identität … Wie hat es soweit kommen können?", meinte er und berührte ihre Hand, die er nicht spürte, wohl aber ergreifen konnte. Ihre Körper waren zwar nur holografische, feste Hüllen, aber ihre Seelen waren alt und erhaben. „Vergessen wir unseren Auftrag? Den Sinn unseres Daseins?"

Inanna streichelte sein Haar, das wohl auch nur eine – wenn auch fast perfekte – Illusion war.

„Wir leben schon so lange, haben so viel gesehen, so viel erlebt, und doch … stehen wir immer noch staunend vor dem Universum. Wissen nicht und ahnen nur. Aber eine Gewissheit besteht, wird sogar mit der verstreichenden Zeit immer stärker: Ich liebe dich."

Enki nickte und lehnte seinen Kopf gegen ihre Schulter ohne sie zu fühlen.

„Ich liebe dich", hauchte er.

Eine ganze Weile saßen sie so gemeinsam auf der Koje, bis Inanna das Schweigen brach:

„Wir müssen es den anderen sagen."

Enki tat als verstehe er nicht.

„Was sagen?"

„Du weißt genau, was ich meine", sagte sie sanft und strich wieder über seine Haare. „Warum wir hier sind. Was es mit der sogenannten Nachricht der Ziloten auf sich hat."

„Am Ziel werden wir uns sowieso zu erkennen geben müssen und den wahren Grund dieser Expedition erklären."

„Nein." Inanna klang entschlossen. „Wir werden es ihnen hier schon sagen."

„Warum?", fragte Enki leicht verwirrt.

Sie nahm seinen Kopf in ihre Hände und drehte ihn so, dass sie ihm direkt in die Augen sah.

„Sie haben ein Recht darauf … Sie haben ein Recht zu entscheiden. Die Zeit, dass wir im Hintergrund Entscheidungen treffen und die Menschen beeinflussen *muss* ab jetzt vorbei sein.

Enki! Wir haben es geschworen. Wir werden endgültig mit den Meistern der Zeit brechen. Die Expedition der Moira ist unsere letzte Blasphemie.

Die Menschen verdienen ein wenig Wahrheit in diesem Chaos."

„Du meinst also, wir haben sie lange genug an der Nase

herumgeführt."

Enki machte ein grunzendes Geräusch. Alte Gewohnheiten sterben nicht so schnell. Schließlich atmete er tief ein und aus.

„Aber du hast recht. Wir können es ebenso gut hinter uns bringen."

„Gleich Morgen?"

„Morgen ... sicher", bestätigte er und küsste ihre holografische Stirn.

Bini Bernson seufzte und lehnte sich im Pilotensessel der Moira zurück. Seine Hände zitterten leicht, als er sie von der holografischen Tastatur vor sich nahm. Linda Houbert im Sessel neben ihm sah ihn fragend an.

„Ich denke, ich habe den Grund für unseren Absturz ausgemacht", meinte der Kapitän der Moira und presste die Lippen aufeinander.

Die Navigatorin zuckte zusammen.

„Was?", brachte sie hervor. Bernson nickte mit ernstem Gesicht.

„Sieht ganz so aus, als hätte jemand versucht den Bordrechner der Moira zu infizieren ... Das ist allerdings gründlich schief gelaufen. Das Schadprogramm war nicht sehr gut gemacht. Der Bordrechner hat den Virus sofort erkannt und isoliert. Ein Reboot wurde eingeleitet und schaltete damit die Systeme des Schiffes herunter. Das hat uns diese Notlandung eingebracht."

Linda Houbert mochte es noch immer nicht glauben.

„Bist du dir ganz sicher?"

Sie wusste, was dies bedeutete.

„Wir haben einen Saboteur unter uns", bestätigte Bini Bernson ihre Befürchtungen. „Oder zumindest jemanden, der Einfluss auf den Bordrechner haben wollte."

Die Navigatorin atmete tief durch, während ihr Gehirn, gemeinsam mit dem Zusatzhirn die Informationen und ihre Bedeutung verarbeitete.

„Das ist ganz und gar nicht gut. Jemand an Bord der Moira wollte also unseren Tod?"

Bernson schüttelte den Kopf.

„So weit würde ich nicht gehen. Das Schadprogramm war nur darauf ausgelegt einen neuen Kommandobefehl über die Standardstruktur des Rechners zu legen. Der Virus sollte unserem Unbekannten Befehlsgewalt über das Schiff geben. Ich glaube nicht, dass die Absicht war das Schiff zur Notlandung zu zwingen."

„Dann war die eingebrachte Software also selbst fehlerhaft?", wollte Linda Houbert wissen.

„Nicht gerade fehlerhaft", erwiderte der Kapitän der Moira. „Nur sehr stümperhaft! Sie war den Selbstverteidigungsmechanismen unseres Schiffes nicht gewachsen. Unser Gegner im Nebel ist zumindest was dem Umgang mit Rechnern angeht nicht sehr behände. Dennoch hätte diese Scharade uns beinahe das Leben gekostet."

Die Navigatorin stieß Luft zwischen den Zähnen hervor. Ihre Stimme war erfüllt von unterdrückter Wut.

„Wir müssen den- oder diejenige finden, die oder der dafür verantwortlich ist."

„Das empfiehlt sich von selbst", meinte Kapitän Bernson, der den Zorn seiner Navigatorin nachempfinden konnte. Es fraß ihn innerlich auf, dass sich unter der Besatzung ein Verräter befand. Und gerade auf dieser Mission, die von solcher Bedeutung war.

„Wir werden den Hacker finden. Der Kreis der Verdächtigen ist sehr klein."

„Ist der Schaden reparabel?", fragte Houbert. Oder sitzen wir hier auf diesem unwirtlichen Felsbrocken für immer fest, dachte sie.

Kapitän Bernson grinste.

„Das ist der Lichtpunkt. Schon in ein paar Tagen wird sich der Rechner selbst neu initiiert und das Schadprogramm vollständig isoliert und ausgelöscht haben. Wir sind also in ein paar Tagen wieder raumklar."

Houbert lehnte sich in ihrem Sessel zurück. Sie würden also nicht auf diesem Planeten sterben.

Mit gnadenlosem Gleißen am Horizont begann ein neuer Tag auf dem Wüstenplaneten. Ein heißer Wind blies um die Hülle der Moira, wo sich die Besatzung nach einer malträtierenden Nacht auf Wunsch Bernsons in der Messe des Schiffes traf.

„Einen guten Morgen wünsche ich allerseits", begrüßte Bini Bernson die Anwesenden, die ihn aus müden Augen, ob seiner aufgeweckten Stimmung, verwirrt ansahen.

„Wer weiß, ob dies ein guter Morgen ist", sagte Helmer leise vor sich hin. Seine Stirn lag in Falten und in seinen rotgeränderten Augen lag ein aufziehendes Gewitter. Dass sein Schicksal nicht in seiner Hand lag, war er nicht gewohnt. Aber niemand schenkte ihm Beachtung. Alle Blicke waren auf Bernson gerichtet.

„Ich habe sehr gute und auch sehr schlechte Nachrichten!", eröffnete er die morgendliche Versammlung.

„Zuerst einmal möchte ich Ihnen mitteilen, dass wir schon bald wieder starten und unsere Mission fortsetzen können."

Ein erleichtertes Aufatmen ging durch den kleinen Raum der Messe.

„Aber es gibt auch Grund zur Beunruhigung", fuhr er fast nahtlos fort.

„Es ist nämlich so, dass ich die Ursache unserer Notlandung gefunden habe … Es war Sabotage."

Eine geschlagene Stille erfüllte den kleinen Raum.

„Was haben sie feststellen können, Kapitän Bernson?"

Bea Bolz fand als erste ihre Stimme, und Bini Bernson berichtete davon, was er entdeckt hatte.

„Das Schadprogramm wurde also an Bord der Moira

eingegeben?", wollte Liam Sevnico wissen, nachdem der Kapitän der Moira geendet hatte.

Bini Bernson nickte mit ernsthaftem Gesicht.

„Es ist wohl wahr! Wir haben einen Saboteur unter uns."

Mit diesem Worten schweifte sein Blick über die Anwesenden.

Preeti Prakash konnte nicht verhindern, dass sie errötete. In ihrem Kopf tobte ein Sturm, der Gedankenfetzen durcheinander wirbelte. Sie würden es sowieso herausfinden, sagte plötzlich eine Stimme in all dem Durcheinander in ihrem Innern.

„Ich war es!", hörte sie sich laut sagen. Wie Magnete hafteten die Blicke der anderen an ihr. Keiner wusste, was er sagen sollte. Also fuhr Preeti Prakash fort:

„Ich hatte jedoch keine bösen Absichten … Ich wollte sicher nicht, dass wir in dieser Einöde stranden!"

„Warum also dann?", fragte Bernson und biss die Zähne zusammen, so dass seine Wangenknochen deutlich hervortraten. Auch die anderen spürten aufkommenden Zorn. Preeti Prakash räusperte sich. Sie fühlte sich plötzlich ausgeliefert und bedroht. Sie musste sich verteidigen.

„Diese Mission ist zu wichtig, als dass ich alles dem Zufall überlassen konnte. Ich brauchte – für den Notfall – Zugriff auf die Moira."

Dann brach es aus ihr heraus. Niemand unterbrach sie, während Prakash von ihrem festen Glauben und der Überzeugung sprach, dass der Menschheit im Laufe der

Jahrtausende die Ehrfurcht vor dem Göttlichen verloren gegangen war. Sie erläuterte ihre Motivation.

„Wir werden den Ziloten begegnen und vielleicht sogar Spuren der Götter finden. Das ist zu wichtig, um es einzig und allein ignoranten Ungläubigen zu überlassen ...“

„Sie haben uns alle in Gefahr gebracht!“, wurde sie nun doch vom Kapitän unterbrochen. „Sie haben unser Leben für Ihre verschrobene Ideologie riskiert.“

„Das wird nachdrückliche Folgen für Sie haben!“, drohte Sio Helmer, während er sich erhob. „Sie werden dafür büßen ... Es wird Ihnen noch Leid tun.“

„Beruhigen Sie sich, Hochrat“, schritt Bernson ein. „Vorläufig wird hier niemand abgeurteilt. Wir sind Tausende von Lichtjahren außerhalb des Imperium Humanum ... und noch immer – auch wenn es einige unter Ihnen vergessen haben sollten – aufeinander angewiesen.“

Helmer ließ sich mit einem wütenden Grunzen wieder in seinen Sessel fallen und murmelte etwas Unverständliches.

„Sie werden Ihrer Strafe sicher nicht entgehen“, wandte sich der Kapitän der Moira direkt an Preeti Prakash. „Auch wenn unser System milder ist im Vergleich zur Prä-Ratio, werden Sie noch bereuen, was Sie getan haben.“

Bernson atmete tief durch.

„Inzwischen jedoch werde ich mich weder als Richter noch als Henker aufführen. Dazu ist unsere Mission – wie Sie bereits erwähnten – viel zu wichtig. Wir haben keine Zeit oder auch nur die Kraft übrig uns Ihnen zu widmen.

Sie werden den Rest unserer Reise in Ihrer verschlossenen Kabine verbringen, dafür allerdings werde ich garantieren. Sie werden uns nicht noch einmal mit ihren irren Ideen in Gefahr bringen."

Preeti Prakash kniff die Lippen zusammen. Was hätte sie auch erwidern sollen?

„Linda? Würden Sie bitte dafür sorgen, dass Prakash nach Beendigung unserer Sitzung zu Ihrer Kabine begleitet wird?"

Die Navigatorin schickte hasserfüllte Blicke an Preeti Prakash` Adresse.

„Sie können sicher sein, Kapitän Bernson, dass diese … Person ihre Kabine nicht mehr verlassen wird."

„Wenn es sonst nichts mehr zu besprechen gibt, schlage ich vor wir machen uns an die Arbeit, so dass wir bald wieder aufbrechen …"

In diesem Moment erhob sich Netza-Ge Hokado, nachdem er Sabrine Jeba einen fragenden Blick zugeworfen hatte, und sagte:

„Es gibt noch etwas Wichtiges zu besprechen … Wichtiger als sie alle es sich vorstellen können! Weitreichender als alles, was Sie in ihrem Leben bisher erfahren haben … fürchte ich."

„Hokado und ich haben etwas weltbewegendes zu berichten!", fügte Sabrine Jeba hinzu. Ein Raunen ging durch die Messe. Liam und Bea warfen sich einen vielsagenden Blick zu. Sie wussten, dass die folgende

Beichte etwas mit dem belauschten Gespräch der beiden auf der Moira zu tun hatte.

„Wir hören!", forderte Bernson Jeba und Hokado auf.

Hokado räusperte sich und begann:

„Was ich zu berichten habe, ist nicht einfach zu erzählen. Fangen wir vielleicht damit an, dass ich und Sabrine nicht die Menschen sind für die Sie uns alle halten.

Mein wirklicher Name ist nicht Hokado, sondern Enki. Sabrines Name ist Inanna."

„Noch mehr Verräter!", schimpfte Helmer und wollte sich erneut erheben. Der Kapitän der Moira beschwichtigte ihn jedoch mit einer Geste seiner Hand.

„Lassen wir die beiden erst einmal zu Wort kommen."

„Ich danke Ihnen!"

Ich überlegte, wo ich anfangen sollte. Es war gar nicht so einfach. Würden die anderen mir überhaupt glauben? Ich musste es darauf ankommen lassen. Die Menschen hatten es verdient.

„Ich und Inanna sind keine Menschen … Jedenfalls nicht so wie Sie!"

Ich erzählte von unserer wahren Art, dass wir nur Hologramme sind, dass wir für die Meister der Zeit arbeiteten und seit Jahrtausenden immer wieder erwachten, um uns in die Geschicke der Geschichte einzumischen oder zu beobachten. Niemand unterbrach mich, aber ich sah ihren Gesichtern an, dass sie mich für irre hielten.

„ … Und diese Mission ist von besonderer Bedeutung … Gerade für Inanna und mich …"

„Das ist der größte Unsinn, den ich je gehört habe!", echauffierte sich Helmer. Zornesröte stand auf seinen Wangen. „Warum tischen Sie uns diese absurde Lügengeschichte auf?"

„Es klingt tatsächlich ein bisschen an den Haaren herbeigezogen!", sprang ihm Linda Houbert bei. „Es macht für mich gar keinen Sinn!"

„Warum sollten uns Jeba und Hokado ein solch irres Geständnis machen?", wunderte sich dahingegen der Kapitän der Moira. „Welchen Grund hätten sie für derartige Behauptungen?"

„Es ist einfach zu fantastisch!", mischte sich auch Bea Bolz ein. „Das kann man doch nicht glauben."

Ich atmete tief durch. Natürlich hatten Inanna und ich damit gerechnet auf heftigen Widerstand zu treffen. Das war zu erwarten gewesen. Schließlich brachten wir mit unserer Geschichte die grundlegendsten Auffassungen der Menschen in Zweifel. Das ließ sich niemand so einfach gefallen, hatte ich jedenfalls im Laufe meines langen Lebens gelernt.

„Zumindest für meinen körperlichen Zustand habe ich einen Beweis!", unterbrach ich das allgemeine Gemurmel in der Messe. Sofort kehrte Ruhe ein und alle Augen richteten sich auf mich. Ich erhob meine Hand und … ließ sie verschwinden, was ein leises Raunen unter den

Anwesenden auslöste. Meine Hand erschien wieder, und ich legte sie neben die andere auf den Tisch vor mir.

„Warum ist das niemanden aufgefallen!", mischte sich Liam Sevnico ein. „Selten wurde eine Mission so gut vorbereitet wie diese!"

„Unsere Holografien sind viel weiter entwickelt als alles, was Sie darunter verstehen", erklärte Inanna und lächelte mir seltsamerweise zu. „Unsere Herren können sich auf eine über Äonen entwickelte Technik berufen. Sie werden wohl Holografien schaffen können, die perfekt sind, zumindest beinahe. Diese Tatsache bestätigt auf jeden Fall unsere Geschichte."

„Ich glaube es immer noch nicht", sagte Bea Bolz und strich sich durch die Haare.

Ich nickte.

„Ich verstehe Ihre Verwirrung", sagte ich. „Es ist schwer zu glauben ... ich zweifle selbst manchmal an mir."

Ich hoffte die letzte Bemerkung würde die Atmosphäre im Raum etwas entspannen, aber ich erkannte nur ratlose Mienen, bis auf eine. Preeti Prakash, die sich sehr still verhalten hatte – immerhin war sie gerade des Verrats überführt worden -, zeigte einen verträumten, irgendwie auch aufgeregten Gesichtsausdruck. Sie schien die Enthüllungen meinerseits weitaus gelassener zu nehmen als die anderen.

„Lassen wir Hokado ... ich meine: Enki ... doch einfach weiter ausreden!"

Böse und verwirrte Blicke trafen sie.

„Prakash hat recht!", verteidigte sie Bini Bernson. „Enki und … Inanna haben sicher einen guten Grund gerade jetzt ihr Geheimnis zu lüften. Eines, das sie übrigens – sollte man ihnen glauben – seit Jahrtausenden gehütet haben. Warum also gerade jetzt?"

„Das ist eine gute Frage", sagte ich. Und überlegte einen Moment wie ich dies am besten beantwortete.

„Ich glaube zum ersten Mal brauchen wir Verbündete, denn wir sind auf dem Weg unseren Herren deftig in die Suppe zu spucken."

Schweigen folgte dieser Aussage. Also fuhr ich fort:

„Unsere Mission ist wirklich von großer Bedeutung. Anders jedoch als sie bisher zu glauben dachten. Am Zielort erwarten uns nämlich nicht Ziloten, … sondern die Herren der Zeit."

Ein Leuchten trat in Preeti Prakashs Augen. Alle anderen sahen mich mich mit einer Mischung aus Abscheu, Angst und Unglaube an. Ich ahnte, dass es wohl eine Weile dauern würde, bis sie all diese neuen Erkenntnisse verarbeitet hatten. Bei dem Umfang dieser Wahrheit würde es wohl Jahre in Beschlag nehmen. Vielleicht würden meine Worte niemals zu ihnen durchdringen.

„Absurd!"

Sio Helmer war erneut aufgesprungen. Sein Kopf hatte eine ungesunde Röte erreicht.

„Wie lange wollen wir diesem Lügenbaron noch unsere

Ohren leihen. Wir werden hier vergiftet … Das kann doch alles gar nicht wahr sein. Hokado und Jeba sind einfach verrückt geworden."

„Ich wünschte es wäre so", erwiderte ich. „Hochrat Helmer, es wäre eine große Erleichterung für mich und Inanna, wenn sich herausstellen würde, dass wir einfach nur geistesgestört sind … Aber leider ist alles, was ich ihnen allen heute erzähle wahr. Sie können zweifeln, uns Lügner schimpfen, wegsperren oder sogar auslöschen, aber die Gewissheit wird sie eines Tages einholen, denn es gibt sie: die unerschütterliche Gesetzmäßigkeit, die reine Wahrheit.

Und wenn sie mich ausreden lassen. Machen sie es für sich *und* für mich wesentlich einfacher. Denn was ich hier zu sagen habe, fällt auch mir nach all der Zeit des Schweigens, des Verbergens nicht gerade leicht."

„Nun gut!", sagte Bernson. „Wir hören … Wenn es auch schwerfällt zu glauben, was wir heute hier hören."

Er lachte kurz.

„Es ist einfach zu viel auf einem Mal!"

„Also", begann ich erneut; Und berichtete von den ersten Kulturen im fruchtbaren Halbmond, von Pyramiden, die golden im Sonnenlicht vergangener Tage glitzerten, von Palästen als Beweise für Eitelkeit, von Kriegen, Königen, Schlachten und Taten, deren Zeugen Inanna und ich geworden waren.

Die Gesichter der Anwesenden waren erst spöttisch, dann interessiert, und nach einer Weile waren Anzeichen von Glauben in ihren Zügen. Mit der Ausnahme des Netza-Ge

Helmer.

Ich schweifte durch die Jahrhunderte, erzählte von meiner und Inannas Aufgabe und den Meistern der Zeit. Hier jedoch wurde ich von Sio Helmer unterbrochen, der vor Zorn rot angelaufen war:

„Was für eine Geschichte!", spuckte er. „Warum tischen Sie uns einen solchen Blödsinn auf? Das kann doch kein Mensch auch nur in Erwähnung ziehen zu glauben! Sie, Hokado und Jeba, sollen also Jahrtausende alt sein? Und Sie unterstehen den sogenannten Herren der Zeit?

Was denken Sie eigentlich, wen Sie hier vor sich haben? Eine Gruppe von Schwachköpfen?"

Ich seufzte innerlich und zeigte Haltung nach außen. Selbstverständlich war unsere Geschichte nur schwerlich zu verdauen, aber das war mir und Inanna auch vorher bewusst gewesen. Zweifel sind immer angemessen. Sie sind gesund und haben ihre Berechtigung.

Doch Helmer war von einem ganz anderen Kaliber. In meiner Existenz waren mir viele Menschen wie er begegnet. Sie waren keine Zweifler, sie waren Leugner. Wie sehr sich auch die Fakten aufdrängten, wie sehr auch der Verstand an ihre Tür klopfte, sie waren in ihrer Vorstellungswelt gefangen, Sklaven ihrer Ängste. Was nicht wahr sein durfte, weil es ihnen Angst machte, weil es gegen ihre Glaubensgrundsätze verstieß oder ihre Privilegien in Frage stellte, war eben einfach nicht wahr. Helmer gehörte scheinbar in diese Kategorie.

„Sie können mir … *uns* … glauben, Helmer, … oder es sein

lassen. Das ändert wenig an den Tatsachen", sagte ich freundlich und ruhig. „Selbst wenn ich verrückt wäre, würde Inanna meinen Wahn Wort für Wort teilen? Warum sollten wir uns all die Mühen gemacht haben und uns eine solche Geschichte ausdenken. Welcher Vorteil würde sich daraus für uns ergeben?"

Helmer schnaufte, ballte die Hände zu Fäusten, schwieg aber.

„Ja, welchen Vorteil versprechen Sie sich davon?", ließ sich Bea Bolz vernehmen. „Angenommen wir glauben Ihnen … Herr Enki … - und dafür ist an sich schon eine gewaltige Anstrengung nötig - , angenommen alles was Sie uns hier eröffnet haben ist tatsächlich so wie Sie es sagen. Dann bleibt eine wichtige Frage …

Warum lüften Sie dieses seit Jahrhunderten höchst geheim gehütete Rätsel gerade jetzt, gerade hier … gerade uns?"

Ich nickte ihr zu.

„Das ist wirklich die entscheidende Frage!", erwiderte ich und antwortete nach einer kurzen Pause: „Weil uns die Umstände geradezu zwingen, uns zu offenbaren, denn wir brauchen Ihre Hilfe."

„Jetzt haben Sie mich ganz verloren", warf Liam Sevnico ein. „Sind ihre Herren nicht beinahe allmächtig? Was für einen Nutzen könnten Sie an uns haben?"

„Es stimmt", mischte sich Inanna ein, „Die Herren der Zeit sind mächtig, wenn auch bei weitem nicht allmächtig. Sie sind keine Götter! Und wir haben uns mit Ihnen überworfen. Wir sind sozusagen in den Widerstand gegangen.

Wir brauchen Sie als Verbündete, weil wir sonst keine haben."

„Interessant das alles", sagte Kapitän Bernson. „Aber warum haben Sie sich mit ihren Schöpfern – wenn ich das so sagen darf und richtig verstanden habe – überworfen? Und welche Allianz können wir Ihnen bieten? Sind wir – wenn man Ihren Bericht glauben darf – nicht nur Spielfiguren auf dem Feld der Herren der Zeit?"

„Das mag vielleicht so aussehen", bestätigte ich. „Aber unser Geheimnis und die Enthüllung desselben machen Sie zu starken Verbündeten. Wenn die Menschheit endlich erkennt, dass sie von unsichtbaren Fäden wie eine Marionette geführt wird, kann sie sich befreien. Die Herren der Zeit werden jede Macht über die Menschen verlieren. Denn sie sind – wie bereits erwähnt – keine Götter, sondern im Grunde auch nur Wesen, die den Tod fürchten und deshalb ein kosmisches Komplott spannten, um ihr Überleben zu sichern. Die Aufdeckung ihrer Einmischungen in die Geschicke der Menschheit, wird ihre Bemühungen zunichte machen. Natürlich nicht vollständig. Die Menschheit ist nur ein kleines Puzzelteil in ihren großen Plan … aber ein nicht unwesentlicher Faktor.

Wenn nur einer von ihnen uns genug Glauben schenkt, macht dies die Herren der Zeit, oder die Ewig Lebenden wie die Menschen sie nennen, angreifbar, ja sogar vielleicht erpressbar.

Und deshalb brauchen wir Sie."

„Sie haben uns also durch die Wahrheit zu Geiseln gemacht", brummte Bini Bernson. „Und nun müssen Sie uns bitte noch erklären warum."

„Es geht um die Liebe.", ließ sich Inanna vernehmen, und alle Blicke richteten sich fragend auf sie.

„Es geht tatsächlich um uns", begann ich zu erklären. „Es ist persönlich."

Dann berichtete ich von unserer Liebe, von der Strafe der Herren für unsere Einmischung.

„Wir sind irgendwie auch Menschen, denn die Menschen haben uns dazu gemacht", fuhr ich fort. „Auch wir verlangen nach Freiheit und Selbstbestimmung! Wir wollen keine Figuren im Spiel der Herren der Zeit mehr sein. Nach all den Jahrtausenden ergebener Dienste haben wir uns ein wenig Glück verdient. Persönliches Glück!"

Ich lächelte Inanna zu, und sie erwiderte es.

Die anderen Anwesenden sahen sich verloren an. An ihren Gesichtern konnte ich ablesen, dass sie verwirrt und verängstigt waren. Kein Wunder bei den Dingen, die sie erfahren hatten. Die Menschheit würde Jahre, wenn nicht gar Jahrhunderte brauchen, um unsere Enthüllungen zu verarbeiten, zu verstehen.

Eine kurze Weile blieb es still in der Messe der Moira, dann erhob Kapitän Bernson seine Stimme.

„Warum gerade auf dieser Mission?", fragte er. „Warum jetzt?"

„Eine gute Frage", erwiderte ich. „Diese Mission wurde von uns eingefädelt. Es gibt keine Spur von den Ziloten. Inanna und ich haben Sie manipuliert, um das Interesse der

Menschen zu wecken. Wir brauchten ein Raumschiff und die Gelegenheit einer kleinen Gruppe, um unser Geheimnis zu teilen."

Ein Raunen ging durch die Messe. Helmer hielt es nur mit hoher Selbstkontrolle auf seinem Sitz.

„Was wird uns am unserem Zielort erwarten?", fragte Linda Houbert betont sachlich.

„Die Herren der Zeit", antwortete Inanna durch zusammengepresste Lippen. Und erneut wurde es laut.

„Das kann nicht wahr sein!", rief Helmer aus.

Liam Sevnico stöhnte laut auf, und Bernson stieß einen Fluch aus.

„Ein schöner Mist, der uns da eingebrockt wurde", meinte die Navigatorin.

Nur Preeti Prakash war seltsam still. Auf ihrem Antlitz lag ein verträumtes Lächeln.

Ich ergriff wieder das Wort, als sich die Anwesenden ein wenig beruhigt hatten.

„Es tut uns leid, wenn wir Sie so benutzt und in die Enge getrieben haben."

Es war wirklich nicht einfach für mich und Inanna gewesen, diesen Teil unseres lang angelegten Plans durchzuführen. Immerhin wussten wir aus eigener Erfahrung nur zu gut, wie es sich anfühlte ein Spielball größerer Gewalten zu sein.

„Aber wir mussten es einfach tun. Die Herren der Zeit haben kein Recht sich als Götter aufzuspielen. Das Verlangen, die

Liebe zwischen Inanna und mir ist zu groß, zu stark."

„Außerdem", fuhr ich fort, „hat sich die Menschheit ein Recht verdient, ihre Zukunft selbst zu bestimmen. Jedenfalls in dem Rahmen, den das Chaos und der Zufall zulassen. Sie werden ihren Beobachtern und Manipulatoren gegenübertreten. Es ist die Gelegenheit Freiheit und Selbstbestimmung einzufordern. Das wollen Sie sich sicherlich nicht entgehen lassen … Jedenfalls soweit ich die Menschen einschätze.

Und glauben Sie mir: Ich und Inanna haben uns in den vergangenen tausenden von Jahren und gutes Bild machen können. Wir haben alle Facetten der Menschheit kennengelernt."

„Es bleibt uns wohl nichts anderes übrig, als unsere Mission fortzuführen", sagte Bernson mit grimmiger Stimme, und wollte fortfahren, als er von Netza-Ge Helmer unterbrochen wurde.

„Das können wir auf keinen Fall! Wir werden umkehren und dem Netz Bericht erstatten. Ich schlage vor, dass wir neben Prakash auch Jeba und Hokado in Gewahrsam nehmen. Soll das Netz über sie und ihre verworrenen Absichten urteilen!"

„Ich meinte, dass wir nicht umkehren *können*", entgegnete Bini Bernson jetzt völlig ruhig. Er atmete tief ein und aus. „Die Moira hat durch unsere Notlandung größeren Schaden genommen, als wir zuerst vermutet hatten. Einige Plasmabatterien haben Schaden genommen.

Linda Houbert wird es Ihnen bestätigen können: Wir

werden unser Ziel noch erreichen ... mit großer Anstrengung. Für eine Rückkehr ins Imperium Humanum wird es nicht reichen. Wir sind also dazu verdammt unsere Mission zu Ende durchzuführen. Für einen Rückflug sind wir auf Hilfe angewiesen ... Wohl auf die Hilfe der Ewig Lebenden ... So wie es aussieht.

Und um ihren Fragen zuvorzukommen: Wir wollten uns diese Nachricht eigentlich für einen späteren Moment aufbewahren ...“

Ein weiterer Schock für Sevnico, Bolz und Helmer.

„Außerdem bin ich persönlich sehr neugierig geworden“, sagte der Kapitän der Moira. „Sie nicht? Wir werden den Ewig Lebenden gegenübertreten! Was für eine Chance ...

Ich schlage vor, Sie überlegen sich schon mal ein paar gute Fragen, die Sie den Göttern stellen wollen.“

„Sie sind keine Götter!“, korrigierte ihn Inanna.

„Wie dem auch sei“, fuhr Bernson unbeirrt fort. „Wir werden uns wohl unserem Schicksal ergeben müssen ... Und ich beginne zu denken, dass es vielleicht auch gut so ist.“

Eine ganze Weile noch diskutierten Bea Bolz, Liam Sevnico, Linda Houbert, Kapitän Bernson und der zur Höchstform auffahrende Sio Helmer, während sowohl Inanna und ich als auch Preeti Prakash sich zurückhielten.

Es mochten Stunden vergangen ein, und die Diskussion drehte sich schon seit einiger Zeit im Kreis. Alle Argumente waren vorgetragen, alle Bedenken gesetzt.

Letztendlich blieb Ihnen nichts anderes mehr übrig als ihr Schicksal zu akzeptieren.

Bernson beendete dann auch die Besprechung und forderte alle Besatzungsmitglieder auf, sich in ihre Kabinen zu begeben.

„Es ist spät und wir sind alle müde. Lösungen werden wir heute nicht mehr finden", sagte er und lächelte sogar ein wenig.

Während Houbert und Bernson beinahe unermüdlich an der Wiederherstellung der Bordsysteme der Moira arbeiteten und versuchten auch die minimalen Schäden an der Hülle des Schiffes zu reparieren, lag Preeti Prakash auf der Koje ihrer Kabine und blickte gedankenverloren an die Decke.

Auf ihren Lippen lag ein hoffnungsvolles Lächeln, obwohl sie als Saboteurin von den anderen geachtet und in ihrer Kabine eingeschlossen worden war. Sie würde tatsächlich den Ewig Lebenden begegnen, welche die Menschheit schon ins Reich der Legenden verbannt hatte!

Eine tiefe Freude erfüllte sie. Es war ihr, als würde sie endlich heimkehren können. Denn das Imperium Humanum ängstigte sie in seinen Ausmaßen und seiner Vielfalt. Eine Welt zu groß für ihr kleines Herz, das in der Prä-Ratio zu schlagen begonnen hatte. Sie sehnte sich geradezu nach einfachen Formeln und Übersicht. Preeti Prakash verlangte nach Ordnung im Chaos, nach einem ordnendem Gott, da sie es nicht ertragen konnte Spielball des Zufalls zu sein.

Mochte es sein, dass sie aus ihrer Zeit herausgerissen, in neues Leben im weitläufigen und unübersichtlichen Imperium Humanum hatte aufbauen müssen. Mochte es auch sein, dass sie schon immer ein unsicherer Mensch mit großen Sehnsüchten und Ambitionen gewesen war: Sie wollte nicht ohne Führung in einer Welt ohne Gewissheiten leben.

Sie drehte sich auf ihrer Koje auf die Seite und zog die Beine eng an den Körper. Ein breites, sattes Lächeln lag auf ihren Lippen. Vielleicht würden ihre Träume jetzt Gestalt annehmen, ihre lebenslange Suche endlich zu einem Ende kommen. Sie war voller Vorfreude auf die Begegnung mit den Göttern, auch wenn Enki und Inanna diese zu diskreditieren versucht hatten. Ein Frevel in ihren Augen.

Wie konnten die beiden behaupten die Götter wären den Menschen in ihrer Furcht und ihrem Unwissen über das wahre Sein gleichgestellt! Blasphemie!

Sie wollte weiterhin an eine göttliche Ordnung, an einen Sinn des Lebens, des Handelns und des Denkens glauben. Preeti Prakash war der Gedanke unerträglich eine unbedeutende Figur im regellosen Nichts zu sein, ohne Hoffnung auf Reinheit oder langfristige Gerechtigkeit. Es musste diese Götter einfach geben!

Guter Hoffnung, alles möge doch Sinn und Abschluss haben, schloss sie die Augen und versuchte ein wenig zu schlafen.

Liam nahm Beas Hand in die seine. Seine Finger strichen

zögerlich zärtlich über ihre warme Haut. Er sah sie an und sagte:

„Was für neue Ansichten dieser Tag gebracht hat!"

Bea Bolz ruhig und irgendwie willenlos ließ Liams Sanftheit über sich ergehen. Abwesend erwiderte sie:

„Ja, tatsächlich! ... wenn Inanna und Enki die Wahrheit erzählt haben sollten."

Liam Sevnico nickte bedeutend.

„Ich sehe keinen Grund ihnen ihr Geständnis – ihre Offenbarung wohl wahr! - nicht abzunehmen. Sie hatten nicht den geringsten Grund uns zu belügen ..."

Bea Bolz erwiderte nichts, blickte starr auf die Wand gegenüber ihrer Koje. Lange Zeit schwiegen beide, und Liam kam sich plötzlich komisch vor ihre Hand noch immer zu halten, obwohl sie offensichtlich geistig völlig abwesend war. Er ließ sie los und ihre Hand fiel schlaff auf die Koje.

Dadurch schien Bea aus ihrer inneren Welt zu erwachen. Ihre Augen leuchteten auf, als betrachte sie Liam das erste Mal. Sie nahm seine Hand wieder auf und flüsterte beinahe:

„Ich bin froh, dass du hier an meiner Seite bist."

Liam nickte ihr zu und presste die Lippen aufeinander.

„Wir haben uns gefunden ... wie Inanna und Enki."

Innerlich schreckte Liam Sevnico auf. Meinte sie etwa ...?

Er ließ es auf einen Versuch ankommen. Was hatte er jetzt schon zu verlieren? Er näherte sich ihrem Gesicht und drückte ihr einen Kuss auf die Lippen. Sein Lächeln danach war eine Mischung aus Frage und Angst.

Aber Bea ließ ihn nicht lange im Ungewissen schmoren, neigte sich ihm ebenfalls zu und erwiderte seinen Kuss.

Liams Herz tat einen Sprung, sein Atem schien still zu stehen. Und er war glücklich. So unfassbar glücklich. Ein lange verborgener, vermuteter Schatz war endlich geborgen und zeigte sich in seiner ganzen Pracht dem hellen Tageslicht.

Die folgenden Stunden ergaben sie sich der Wonne der neugewonnenen Intimität. Und in dieser Blase des Verlangens und des erreichbaren Glücks vergaßen sie eine Weile den Sturm der um sie herum tobte, den Strudel in dessen erstickenden Abgrund sie zu stürzen drohten. Wie im Auge des Orkans liebten sie sich, ertasteten die neue Welt des anderen und schmeckten die Süße des kurzweiligen Vergessens. Nichts zählte mehr als sie und ihre ineinander verschlungenen Körper. Ein verbundenes Bewusstsein für den Augenblick, jede Frage nach Sinn oder Hoffnung verdrängend.

Befriedigt und Versöhnt mit dem Kosmos schliefen sie in den Armen des anderen ein. Zukunft und der Tod spielten keine Rolle. Sie waren für eine Weile unsterblich, ja, selbst zu Göttern erhoben. Der eine die Legitimierung des anderen.

Kapitän Houbert nahm einen großen Schluck aus seinem Becher und steckte die Füße unter dem Tisch in der Kantine der Moira.

„Was für ein Tag!", sagte er und seufzte.

Sio Helmer, der ihm gegenüber saß, nickte zustimmend.

„Fürwahr ein Tag fürs Geschichtsbuch ... Wer hätte gedacht, dass die Menschheit so manipuliert worden ist! Diese Ewig Lebenden denken wohl wirklich, dass sie Götter sind ... Diese Überheblichkeit!"

„Vielleicht sind ihre Absichten gar nicht schlecht. Immerhin scheint das Imperium Humanum ihnen sehr am Herzen zu liegen."

„Wie kommen Sie denn darauf, Kapitän?"

Helmers Gesicht verzog sich, als hätte er etwas ekelerregendes berührt.

„Na, es sieht doch so aus, als hätten sie uns sehr genau beobachtet. Sie waren immer bei uns – ja, sogar unter uns. Sie haben unsere Geschichte vielleicht beeinflusst, aber nach der Entwicklung, welche die Menschheit seit der Prä-Ratio genommen hat, kann man nur feststellen, dass es nur zu unserem Besten war. Jedenfalls, wenn man betrachtet, wo die Menschheit heute steht. Sind wir nicht besser, sanfter und verzeihender geworden?"

„Das mag vielleicht so sein", erwiderte der Netza-Ge. „Aber ist dies ein Verdienst dieser Ewig Lebenden? Oder eben trotz ihrer Einmischung unser Verdienst? Und stimmt das überhaupt?"

Helmer räusperte sich und ergänzte:

„Sind wir besser, als die Menschen der Vergangenheit?"

„Wir schlagen uns nicht mehr so oft gegenseitig die Köpfe ein", wandte Houbert ein.

„Dennoch geschieht es hin und wieder ... Nein, nein, die Grausamkeit ist dem Menschen genauso inhärent wie die Nächstenliebe. Das war schon immer so, das wird immer so sein. Mit dem Netz und dem Galaxisweiten Datenaustausch haben wir nur Mittel geschaffen, diese uralten Triebe und Ängste erfolgreich zu unterdrücken."

„Vielleicht brauchen wir gerade deshalb die Unterstützung der Ewig Lebenden", sagte der Kapitän der Moira. „Der Mensch ist eben unvollkommen!"

„Nein!", widersprach Sio Helmer energisch. „Die Menschheit ist ihren natürlichen Weg gegangen. Wir konnten gar nicht anders, als das zu sein, was wir sind. Kriege und Konflikte haben die Menschen voran gebracht, aber auch ihre Liebe und das Wissen mit Kooperation weiter zu kommen. Das alles ist der Mensch. Und es ist gut so!"

„Sie meinen also, alle Kriege, die Milliarden von Menschen das Leben kosteten, wären die Basis für den heutig existierenden Frieden. Sie glauben, das nur durch Leiden Fortschritt und Wohlstand zu erreichen sind?"

Bevor Helmer etwas erwidern konnte fuhr Houbert fort:

„Dieser Wahnsinn der Vergangenheit, der unseren Heimatplaneten und seine Bewohner fast zerstört hätte – und es war wirklich um ein Haar! -, kann doch nicht der Grundstock für das Imperium Humanum sein! Ich möchte sogar behaupten, dass die Ewig Lebenden uns das Fortbestehen erst gesichert haben. Aus eigenem Antrieb wären wir wohl kaum in der Lage gewesen dieses gigantische Imperium zu erschaffen.

Sehen sie sich die Menschen doch nur an. Ihre niedrigen Motive, tief verwurzelte Ängste und die Gier nach Daten, Macht und Selbstliebe ... Nichts hat sich seit dem ersten Tag unserer Geschichte geändert.

Ich glaube, wir brauchen die Ewig Lebenden. Und nein, Götter sind sie nicht. Ein Gott zeigt sich, lässt seine Gesetze erkennen. Tue Gutes und sprich darüber!

Die Ewig Lebenden aber, waren immer im Schatten, immer bemüht uns unsere Zukunft zu sichern. Trotz unseres ... sagen wir mal „Schlechten Charakters"."

„Unsinn!", wischte Helmer die Worte des Kapitäns hinfort. „Der Mensch ist wie er ist. Nur seinem Sein verdankt er seine Geschichte, seine Zukunft, das Imperium Humanum."

Houbert seufzte und nahm einen erneuten Schluck aus seinem Becher. Dann sagte er:

„Was für eine hochtrabende Diskussion für die Umstände, in den wir stecken! Hier sitzen wir nun und diskutieren, ob die Menschheit aus eigener Kraft der Selbstvernichtung entgangen ist, oder ob es der Verdienst gottgleicher Strippenzieher im Hintergrund war.

Dabei haben wir keine andere Wahl. Die Moira ist durch Sabotage derart beschädigt, dass wir nur noch einen Ausweg haben. Nicht wir bestimmen, nicht die Ewig Lebenden, sondern die Umstände. Noch immer ist das Universum größer als der Mensch, und sogar größer als die Ewig Lebenden. Und doch sind wir verantwortlich für unser Handeln."

Helmer machte eine wischende Geste mit seiner Hand.

„Wie dem auch sei. Wir werden hier und jetzt keine Antwort auf diese Fragen finden … und vielleicht auch nicht in der Zukunft. Wir könnten am Ende beide Recht behalten", er zuckte mit den Schultern, „Wer weiß das schon?

Ich jedenfalls bin müde, vom Denken erschöpft sozusagen."

Sio Helmer lächelte.

„Gehen wir ein wenig schlafen!"

„Gute Idee", bestätigte Houbert und erhob sich.

Liam und Bea lagen einige Tage später nebeneinander auf der Koje, als die Maschinen der Moira anliefen. Ein sanftes Brummen durchlief den Schiffskörper, und Liam drückte fest die Hand seiner Geliebten.

„Hoffentlich geht alles gut", sagte er leise.

Bea erwiderte den Druck seiner Hand.

„Es wird schon alles gut gehen", flüsterte sie zärtlich in sein Ohr.

Dann gab es einen kleinen Ruck. Der Antrieb des Schiffes heulte auf, stemmte sich gegen die Gravitation des Planeten. Und die Moira bohrte sich durch die Atmosphäre hinaus in den Raum.

„Sieht so aus, als hätte Houbert die Moira wieder raumtüchtig bekommen", meinte Liam Sevnico nach einer Weile erleichtert. „Wir haben es geschafft!"

„Bis hierher", erinnerte Bea ihn an ihre noch immer prekäre Situation. „Wir wissen noch nicht, ob wir jemals ins Imperium zurückkehren werden, geschweige denn wie die

Ewig Lebenden uns empfangen werden."

„Vertrauen wir auf ihre Güte!", sagte Liam. „Denn wenn sie keine Götter sind, haben sie vielleicht Mitleid mit uns."

Dann lachte er, als nähme er seine Worte selbst nicht ernst.

Bea Bolz drehte ihren Kopf und sah ihm in die Augen.

„Wir werden alles schaffen, mein Liebster", tröstete sie. „Denn wir haben uns jetzt gefunden … ein starkes Bündnis, wie ich finde."

Er setzte ihr einen Kuss auf die Lippen.

„Ich danke dir!"

„Wofür?", wollte sie wissen.

„Dafür, dass es dich gibt!"

Sie lächelte ihn an.

Die Moira verließ unterdessen den Orbit um ihren unfreiwilligen Aufenthaltsort und nahm Kurs auf schicksalhafte Koordinaten, brachte ihre Passagiere zu einem Ort der Begegnung. Einer Begegnung der besonderen Art.

VII

Das Buch der guten Hoffnung

Vieles haben ich und Inanna erlebt. Fast fühlt es sich an, als hätten wir die Geschichte der Menschheit selbst aufgeführt, ein episches Theaterstück im kosmischen Rahmen. Nicht alles war gut, vieles ekelerregend schlecht. Aber es gab auch Momente, selbst Epochen die Hoffnung gaben. Und oft, sehr oft sogar, waren Inanna und ich nur Beobachter für die Herren der Zeit.

Ich erinnere mich an die Sonnenbürger des Aristonikos.

In einer Zeit, da das römische Reich sich über die gesamte Mittelmeerregion ausbreitete, organisierte er den Widerstand von Pergamon aus, welches der letzte Verbliebene des Königshauses dort dem römischen Reich vererbt hatte. Er befreite Sklaven und ließ verkünden, dass ein jeder gleiche Rechte vor dem Staat hat.

Er war ein guter Mensch. Ich erinnere mich an ein Gespräch mit ihm.

Der Mond haftete auf der Flanke des Berges und warf lange Schatten in das Amphitheater. Wir saßen vor der Scaenae auf dem Boden, keinen Meter voneinander entfernt.

„Ich hoffe meine Taten werden Bestand haben", meinte

Aristonikos und blickte mich an, als frage er gerade mich nach meiner Meinung.

„Nichts hat Bestand in einer Welt, die ständig fließt, mein Freund", entgegnete ich und bemerkte sofort seinen Ärger über meine Verallgemeinerung.

„Das ist allen bekannt, mein guter Persephos!", sagte der Anführer der Aufständischen gegen Rom zu mir gewandt. „Aber ich frage dich nicht als Orakel, sondern als einen Freund, dem ich vertraue. Du weißt was mein Herz dich fragt ..."

„Haben deine Taten bestand ... Oder ist dein Opfer sinnlos."

Er deutete mit dem Finger auf meine Brust.

„Genau, mein Freund! ... Wird all dies von den Göttern mit Wohlwollen betrachtet! Oder verdienen die Menschen es nicht frei zu sein? Gehen sie daran sogar zu Grunde. Frisst Hades die Menschen, deren Herz aufbegehrt?"

„Nein, bester Aristonikos, das glaube ich nicht", antwortete ich mit Überzeugung. „Du hast die Sklaven befreit und sie zu Bürgern gemacht. Alle Einwohner des prächtigen Pergamons denken frei und sind dir mit ganzer Seele verschrieben. Sie stehen hinter dir, so wie die Götter. Deine Taten werden das Vergessen überdauern, daran darf es keinen Zweifel geben.

Freiheit ist die sprudelnde Quelle der Veränderung. Die Menschen blühen auf, viele Ideen können entstehen. Wo die Schwachen und Stummen endlich eine Stimme bekommen, entstehen die sanften Töne, die Versöhnung. Wer alle niederschreit ist ein Verräter an der Zukunft."

Aristonikos schien über meine Worte nachzudenken, schlug sich dann aufs Knie und lachte.

„Du bist Balsam für gequälte Seelen, Persephos, alter Freund. Ich denke auch, dass Freiheit und Gleichheit für alle das Gebot sind. Je mehr Ideen, desto größer die Auswahl, desto größer die Ernte für alle."

Er grinste. Das Mondlicht leuchtet in seinen hellen Augen. Wenn nur alle Menschen sein Feuer teilen würden, dachte ich damals.

Ich erinnere mich an König Ur-Nammu der Gesetze auferlegte und versuchte Ordnung ins irdische Chaos zu bringen.

Die Feuerschalen flackerten, selbst unter der Mittagssonne, um die Herrlichkeit des umfangreichen Raumes zu betonen. Baumhohe, buntbemalte Säulen umringten ein Atrium, in dessen Mitte ein Springbrunnen die Luft der Halle erfrischte. Sonnenlicht fiel durch die große Öffnung im Dach und glitzerte in den spritzenden Tropfen des Wassers.

Ich saß gebeugt wie alle hier und richtete den Blick gen Boden wie es sich in Anwesenheit des göttlichen Königs gezierte, als vier Soldaten den Thronsaal betraten. Auf einer goldenen Bahre in ihrer Mitte trugen sie eine

Tontafel. Gesetzten Schrittes und mit zu Boden geneigten Köpfen näherten sie sich Ur-Nammu auf seinem Thron. Dort angekommen, stellten sie die Bahre ab und entfernten sich rückwärts gehend. Der Herrscher, in prächtige mit Gold bestückten Kleider gehüllt, erhob sich, ging drei Schritte vor und ergriff mit beiden Händen die Tontafel. Er hielt sie über seinen Kopf wie eine Trophäe und sprach mit gefasster, dunkler Stimme, die von den Wänden des Thronsaals widerhallte:

„Götter des Reiches, Gute Bürger von Ur, die Herrlichkeit unter der Sonne! Schaut an das Vermächtnis eures Königs der Könige, das Wunder einer neuen Zeit."

Ein ehrfürchtiges Raunen ging durch die Reihen der anwesenden Priester, Krieger, Händler und Bürger. Alle geladen zu diesem bedeutendem Ereignis. Unbeirrt davon fuhr Ur-Nammu fort:

„Möge dies der fruchtbare Boden sein, auf dem das Glück der gesegneten Stadt von Ur gedeihe. Schaut an die Gesetze, welche die Welt der Menschen ordnen, und die Vernunft der Götter unter uns bringen wird. Diese Tafel der Gesetze möge im ganzen Reich verteilt werden und Anleitung sein die Geschäfte unter den Bürgern zu regeln. So werden Ordnung und Frieden unter den Menschen herrschen! Unter meiner erhabenen Führung!"

„Heil den Göttern und ihrem gesandten König!", kam der inszenierte Ruf aus den Kehlen der Anwesenden.

Ur-Nammu legte die Tontafel, vorsichtig wie einen wertvollen Schatz, zurück auf das rote Kissen auf der Bahre und setzte sich wieder auf seinen Thron. Die Träger der Bahre erschienen wie aus dem Nichts und trugen sie hinaus. Priester im Hintergrund der Halle stimmten einen fröhlichen Gesang an, aber als der König die rechte Hand hob wurde es schlagartig still.

„Noch etwas wurde mir von den Göttern aufgetragen … Es sind zwei unter euch, die eine besondere Ehre verdienen, da sie Ur in schwerer Zeit ihre helfenden Hände reichten. Ich bitte die beiden Gesalbten nun in mein Augenlicht zu treten."

Natürlich wusste ich, dass nur ich selbst und Inanna gemeint waren. Diese ganze Sache war von vornherein geplant worden wie ein Theaterstück. Wir erhoben uns also und traten gebeugt vor den König von Ur.

„Ihr habt dem Reich in schwierigen Zeiten mit Schwert und Wort zur Seite gestanden. Darum ehren euch die Götter mit ihren Namen.

Du", Ur-Nammu richtet seine Blick auf mich, „sollst von nun an bekannt sein unter dem Namen Enki! Nimmst du Unwürdiger dieses Geschenk an?"

„Ich nehme diesen Namen zu Herzen und trage in fortan in meiner unsterblichen Seele, oh großer König, Segen auf Erden unter der Gnade der Götter", führte ich die einstudierte Szene fort. Und so sollte ich Enki sein. Dieselbe Prozedur musste Inanna über sich ergehen lassen, bevor der König uns aus seinem „Augenlicht" entließ.

„Das ist eine große Ehre", sagte Inanna später zu mir, als wir in unserem Lehmhaus etwas außerhalb des Tempelbezirks ein bescheidenes Abendmahl zu uns nahmen. Kauend fügte sie hinzu:

„Ich werde diesen Namen in Zukunft behalten, egal welchen Deckmantel die Herren der Zeit auch bereithalten. Inanna! Das soll von nun an mein echter Name sein … Inanna war eine Schönheit und ihr Geliebter war Enki!"

Ich nickte und lachte.

Welch eine Vorstellung damals, denn wir waren noch kein Paar. Aber auch ich war beeindruckt von meinem neuen Namen. Es war das erste Mal, dass ein Mensch mir einen Namen gegeben hatte, und ich nahm mir vor ihn mit Stolz zu tragen, denn es machte mich irgendwie zu einem von ihnen. Ich war aufgenommen und benannt. Eine tiefe Zufriedenheit ergriff mich.

Ich erinnere mich auch an einen Besuch im Museum auf dem Mond.

Meine Schritte führten mich über Plastikbetonbahnen ganz nah an das zentrale Ausstellungsstück heran, welches hinter Plastikglas geschützt seit einer kleinen Ewigkeit unberührt dalag.

Ich trat an das Glas heran. Sofort begann eine sanfte Stimme mit einer Erklärung des Dargebotenen.

Doch ich hörte nicht zu, drückte stattdessen die Hand Inannas, die mich begleitete, und sah hinab auf dieses einzigartige Zeugnis menschlichen Willens, verewigt auf dem Trabanten der Erde.

Vor mir im Regolith waren deutlich die Stiefelspuren

Armstrongs und Aldrins im scharfen Licht zu sehen. Spuren, die selbst dann noch hier zu sehen sein würden, wenn alle Zeugnisse der Menschheit auf der Erde, die als blau-grüner Ball am Himmel hing, längst erloschen sein würden. Im Hintergrund stand das Landegestell der Mondlandefähre, der Eagle.

Große Ehrfurcht ergriff mich vor den Zeugen des Delta-Punktes der menschlichen Geschichte. Hier stand gedruckt in den Staub des Mondes der Beginn einer neuen Zeitepoche. Zum ersten Mal hatten Menschen die Erde verlassen und einen anderen Himmelskörper betreten, dort ihre Spuren hinterlassen.

„Es stimmt, die Erde ist die Wiege der Menschheit, aber der Mensch kann nicht ewig in der Wiege bleiben", sagte einst Ziolkowski und traf damit die Sache auf den Punkt. Die Mondlandung war der erste Schritt zur Emanzipation der Menschheit, der Schritt hinaus in ein neues Grenzgebiet. Danach schien alles, was als Geschichte vorangegangen war, nur als Vorbereitung auf diese große Sternstunde geschehen zu sein.

Und mit diesem Ereignis begann auch der stille Widerstand gegen die Pläne der Meister, das unbewusste Aufbegehren gegen die Arroganz der Spieler im Hintergrund.

Ich seufzte und zog Inanna in meine Umarmung. Sie verstand. Ich sah hinauf durch die Plexiglaskuppel zum Firmament, wo die Erde als Verlockung in der Wüste, als einziger Farbtupfer in einer ergrauten Welt stand. Dort war die Wiege des Imperium Humanum, das schon immer am Scheideweg gestanden hatte. Jeder Tag eine Wanderung am

Abgrund.

Und doch war es da, blühte in Milliarden Farben, Ereignissen und Ausdrücken, schien stark und unbeeinflussbar wie ein Tsunami, und war doch so zerbrechlich wie eine zarte Blüte im Frühjahresfrost. Ein Ding, das es gar nicht geben sollte. Das Imperium Humanum, ein Paradox.

Inanna hatte zu mir aufgesehen und gelächelt.

„Ein wirklich nachdenklich stimmender Ort", hatte sie gesagt.

VIII

Alma Mater

Die gesamte Besatzung war in der Zentrale der Moira versammelt. Kapitän Bernson ließ seine Hand über die holografischen Kontrollen gleiten und vergrößerte damit den Ausschnitt des Raums vor ihnen auf dem Hauptbildschirm. Die Sterne leuchteten aus weiter Entfernung, ein grün-roter Nebel lag als bezaubernde Skulptur auf einem Teppich aus schwarzem Samt.

„Wir haben die Zielkoordinaten erreicht", sagte Bini Bernson.

Alle Blicke waren auf den Bildschirm gerichtet. Die Spannung in der Enge des Raumes war spürbar.

„Und? ... Haben die Sensoren des Schiffes schon etwas entdeckt?"

Preeti Prakash drängte sich nach vorn. Die anderen hatten beschlossen sie nicht länger in ihrer Kabine festzuhalten. Was machte es schließlich aus? Sollten sie *jemals* ins Imperium Humanum zurückkehren würde Jura-Netz ihr Vergehen verhandeln und eine Strafe gegen sie aussprechen. Solange – so waren sich alle einig gewesen – konnte sie niemanden mehr gefährlich werden.

„Einen Augenblick noch, dann müssten die Scanner-Ergebnisse berechnet sein", sagte Linda Houbert mit zitternder Stimme über eine der Konsolen gebeugt. „Jetzt ..."

Einige Sekunden der Ewigkeit verstrichen, dann war es für alle Anwesenden deutlich.

„Vor uns befindet sich ein planetarer Körper!", rief Netza-Ge Helmer.

„Ich werde versuchen ihn auf den Schirm zu bekommen", ließ sich Kapitän Bernson von der Hauptkonsole vernehmen.

Einen Moment später erschien auf dem Hauptbildschirm eine große Kugel, die sich durch das Fehlen einer Sonne nur undeutlich im fernen Sternenlicht abzeichnete. Sie zeigte keinerlei Konturen oder Schatten.

„Eine vollkommen glatte Oberfläche. Keine Farbtönungen", resümierte Bea Bolz. „Erstaunlich!"

„Ein künstlicher Himmelskörper … ohne Zweifel!", sagte Bini Bernson. „Größe? Entfernung?"

Die letzten Worte waren an den Zentralcomputer der Moira gerichtet. Und es dauerte nicht lange bis eine neutrale Stimme Bericht erstattete:

„Entfernung: 0,05 AE, Größe: 20.562,0239 km Durchmesser über Äquator."

Diese Mitteilung verschlug den Anwesenden für einige Augenblicke die Sprache.

„Wauw!", meinte Liam Sevnico. „Das Ding ist größer als die Erde!"

„Die Herren der Zeit lieben wohl theatralische Auftritte", sagte Inanna. Enki stimmte ihr nickend zu.

„Wir nehmen Kurs auf das Objekt", beschloss Bernson. „Zeit

bis zur Ankunft?"

„Orbit um planetares Objekt kann ihn zehn Minuten mit maximaler Antriebsleistung erreicht werden", meldete die Kunststimme der Moira.

Mit einigen Bewegungen seiner Hand führte der Kapitän die nötigen Befehle aus. In den nächsten Minuten wurde kein Wort gesprochen. Gebannt starrten die Menschen in der Zentrale auf den Hauptbildschirm, auf dem die Kugel mehr und mehr anwuchs bis sie den Schirm vollständig ausfüllte.

Viele Hoffnungen, Wünsche und auch Ängste verbanden die Anwesenden mit diesem seltsamen Planeten. Jeder jedoch auf seine eigene Art.

„Stabiler Geosynchroner Orbit erreicht", durchbrach die neutrale Computerstimme die Stille.

„Und jetzt?", fragte Enki.

„Wir landen natürlich!", sagte Bini Bernson und lachte. Ob es Wagemut, Draufgängertum aus Verzweiflung oder tatsächlich Vorfreude war, wusste nur der Kapitän zu beantworten. Und dieser schwieg, während er den Landeanflug einleitete.

Die Moira neigte sich der konturlosen Oberfläche des Planten zu und begann mit ihrem Abstieg. Nur wenig später landete das Schiff sanft auf dem künstlichen Himmelskörper.

Natürlich wollte niemand im Schiff bleiben. Ausgerüstet mit Raumanzügen betraten die sieben Besatzungsmitglieder der Moira die Oberfläche des künstlichen Planeten.

„Das ist ein sehr merkwürdige Planet", erklang die Stimme des Kapitäns über ihre Helmlautsprecher. Und dem stimmten alle zu.

Der Horizont war ein silberner Strich, der den dunklen Raum von der matten grauen, und völlig leeren Oberfläche trennte. Der Boden unter ihren Stiefeln war fest und hatte nicht die kleinste Unebenheit.

„Und jetzt?", fragte Liam Sevnico für alle hörbar.

„Sich umsehen hat wohl wenig Sinn?", sagte Linda Houbert scherzend. „Wir werden woanders auf der Oberfläche nicht mehr finden als hier unter unseren Füssen."

„Vielleicht gibt es irgendwo einen Eingang zum Untergrund", schlug Helmer vor.

„Bestimmt!", meinte Bea Bolz. „Aber wie sollen wir ihn nur finden? Es braucht Jahre um den ganzen Planeten abzusuchen."

„Zeit die wir nicht haben", stimmte Bernson zu. „Unsere Vorräte sind begrenzt."

In diesem Augenblick veränderte sich alles. Die dunkle, bis zum Horizont reichende Fläche des einsamen Planeten füllte sich von einer Sekunde zur anderen. Die sieben Menschen standen plötzlich auf einer weiten Grassteppe, die mit tausenden Blumenfarben gespickt war. Weiter entfernt ragte eine hohe Gebirgskette auf, und sogar eine Sonne und vereinzelte Wolken ersetzten den finsteren, fast sternlosen Himmel.

„Was zum Sternnebel ist hier los?", rief Kapitän Bernson aus.

„Was ...?"

Aber weiter kam er nicht, denn er wurde von einer hellen Stimme unterbrochen, die von überall her zu kommen schien.

„Willkommen, Menschen, Ursprungsplanet Erde!"

Erschrocken sahen sich die sieben Besatzungsmitglieder der Moira um, aber niemand zeigte sich.

„Die Illusion um euch herum ist physisch real. Ihr könnt die Helme abnehmen. Die Luft um euch herum ist für Menschen geeignet."

„Wer ist dort?", hörten die anderen Helmer über die Helmlautsprecher fragen, aber es kam nicht direkt eine Antwort. Es dauerte einige Sekunden, bis die Stimme sie erneut aufforderte ihre Helme abzunehmen.

„Wir können ihnen vertrauen", meinte Liam Sevnico und tat es den anderen vor. Er nahm den Helm ab und sagte: „Wenn die Herren der Zeit uns umbringen wollten, hätten sie es schon längst getan."

Die Luft fühlte sich frisch an und roch nach Gras und Blüten. Ein leichter Wind streifte seine Wangen. Er tat einen tiefen Atemzug, während der Rest der Gruppe ebenfalls ihre Helme ablegte.

„So lässt es sich besser reden", meldete sich die Stimme erneut. „Vielleicht braucht ihr noch ein Gegenüber ... Jemanden, mit dem ihr reden könnt."

Angekündigt. Getan.

Aus dem Nichts erschien im Kreis der Gruppe der Menschen eine Gestalt in weißen Hosen und weißem Hemd. Das Gesicht, weder männlich noch weiblich, hatte weiche Züge, die Augen hell, und mit einem einladendem Lächeln.

„Ihr dürft mich Aja nennen."

Verblüfft betrachteten sie Aja. Es stand barfuß im knöchelhohen Gras und betrachtete sie mit interessiertem Blick.

„Ich bin Aja. Botschafter der Herren der Zeit, der Ewig Lebenden."

Preeti Prakash ging auf die Knie senkte den Kopf und faltete die Hände. Ein wohltuender Schauer ging durch ihren Körper.

Aja ging auf sie zu und berührte sie an der Schulter.

„Es gibt keinen Grund vor mir zu Knien. Ich bin mit Demut nicht zu beeinflussen."

Deutlich verwirrt erhob sich Preeti. Ihre Hände jedoch hielt sie gefaltet.

„So stehen wir uns also endlich gegenüber. Ihr habt die Herren der Zeit herausgefordert. Was ist euer Begehr?"

Die weißgekleidete Gestalt blickte die Gruppe Menschen wartend an.

„Wer seid ihr? Und was wollt ihr von uns? Warum mischt ihr euch in die Geschicke der Menschheit ein?", wagte es Sio Helmer als erster das betretende Schweigen zu durchbrechen.

Der Botschafter der Ewig Lebenden lächelte.

„Das sind viele und wichtige Fragen ... Ich werde versuchen sie so verständlich und ausführlich wie möglich zu beantworten."

Alle Augen waren auf den Botschafter gerichtet, als dieser begann:

„Wir sind die Ewig Lebenden, die Meister der Zeit für andere. Wir haben noch viele Millionen anderer Namen, aber die Benennung führt zu keiner Definition.

Deshalb sage ich euch: Wir sind die Überlebenden, Milliarden von Jahren alt. Wir erhielten Bewusstsein in dem Universum vor dem jetzigen. Mithilfe von in der Zeit verkapselten Datenpaketen überlebten wir das Ende der Raumzeit uns schlüpften bei der Geburt diese Universums erneut. Unsere Geschichte lehrte uns viele Einsichten, wir sahen Zivilisationen und ganze galaktische Imperien kommen und gehen, während wir ihre Geschichte aufzeichneten und Daten sammelten, denn am Ende dieses Universums, viele Milliarden Jahre entfernt, werden wir erneut gewaltige Datenmengen brauchen, um dem endgültigen Tod zu entgehen.

Um Zuge unserer Datengier säten wir auf vielversprechenden Planeten die Saat des Aufstiegs, in der Hoffnung eines Tages die Datenfrüchte unserer Bemühungen zu ernten. Die Erde war einer dieser Planeten. Und tatsächlich entstand dort intelligentes Leben, eine planetare Zivilisation. Wir waren äußerst erfreut als die Menschheit den Delta-Punkt erreichte, denn dies bedeutete für uns eine Explosion der Datenmenge durch die

Verbreitung der Menschen zwischen den Sternen.

Aber als die Menschen auf Spes begannen ein anderes erfolgversprechendes Projekt ernsthaft zu stören, meinten wir irrigerweise, dass es besser sei, die Menschheit zu bremsen, sie zumindest auf Spes auszuradieren, um die Mission der Mammuk, die sehr ungewöhnliche Daten abzuwerfen versprach, zu retten.

Wir haben uns geirrt, denn auch die Herren der Zeit sind nicht unfehlbar. Wir möchten dafür unsere Entschuldigung anbieten."

Ein einfacher Satz für milliardenfaches Leid, dachte ich.

„Danach hielten wir uns zurück und die Menschheit erschaffte das Imperium Humanum, welches bis heute eine unserer ergiebigsten Quellen ist."

Der Botschafter machte eine Pause, fuhr dann fort:

„Das also sind unsere Absichten. Das ist, wer wir sind und warum wir uns in der Vergangenheit in eure Geschichte eingeschaltet haben. Unter anderem mit leiblichen Agenten wie Inanna und Enki. Ich glaube nicht, dass damit alle eure Fragen beantwortet sind ... oder?"

Bei Weitem nicht, dachte Liam, aber laut fragte er:

„Wie sieht es nun aus? Manipuliert ihr noch stets die Geschicke der Menschheit?"

Aja setzte ein freundliches Lächeln auf.

„Nein! Das sogenannte Imperium Humanum hat eine gewaltige Dynamik entwickelt, die uns nur zugute kommt.

Wir erhalten eine reiche Datenflut, die alle unsere Erwartungen übertrifft.

Wir haben natürlich weiterhin Augen und Ohren geöffnet. Den Herren der Zeit entgeht nichts. Das Schicksal jedes Einzelnen ist uns bekannt. Jedes Detail. Unser Überleben in der Zukunft hängt davon ab."

Die Anwesenden ließen eine Weile verstreichen. Sie hatten einiges zu verdauen. Dann meldete sich Bea Bolz zu Wort. Ihr scharfer Blick fiel dabei auf Inanna und Enki.

„Was genau haben eure Agenten denn in der Vergangenheit ausgeführt, um Einfluss auf unsere Geschichte auszuüben?"

Hatten sich die beiden vormals als Jeba und Hokado bekannten als Agenten der Ewig Lebenden schuldig gemacht? Der Exo-Linguistin kam ein Verdacht.

„Die Einflussnahme hatte verschiedene Facetten", begann Aja bereitwillig zu erklären. „Unsere Agenten waren nur ein kleiner Teil davon. Sie versuchten unsere Anwesenheit zu decken, bedeutenden Menschen zu helfen ihr Ziel zu erreichen, oder andere daran zu hindern ihres durchzusetzen. Oft konnten wir dabei auf harmlose Methoden zurückgreifen, manchmal aber war auch Gewaltanwendung vonnöten.

Zum größten Teil jedoch waren Enki und Inanna und all die anderen nur Beobachter, Lauscher im Strom der Zeit. Chronisten menschlicher Geschichte und unser direkter Kontakt zu eurer Spezies.

Die größten Einmischungen geschahen aber durch andere Anwendungen: Veränderung des Wetters, Nanopartikel im

Trinkwasser, Vulkanausbrüche und Erdbeben durch Einflussnahme auf die Tektonik der Erde, Epidemien ... und noch vieles mehr."

„Diese Ewig Lebenden sind also die Meister des Todes?", fuhr Sio Helmer dazwischen. In seinem sowieso schon hart gezeichnetem Gesicht stand nackte Wut, nur mithilfe großer Anstrengung und durch jahrelanges Training unterdrückt.

„Und des Lebens", fügte Aja mit milder Stimme hinzu. „Ich versichere, dass wir bei all diesen Vorgängen nach unserem Ermessen nur das Beste für die Menschheit wollten. Rückschläge können enormen Fortschritt erzeugen ... und auch umgekehrt. Es ist nicht immer einfach alles richtig abzuwägen.

Dennoch wollten wir nur behüten, pflegen und beschützen, denn vergesst nicht: das Schicksal der Menschheit bestimmt zu einem Teil auch unseres!

Ihr solltet also Enki und Inanna vergeben. Sie waren nur unsere Sinne und unsere Hände. Wir haben unzählige Agenten auf unzähligen Planeten, und keiner kann von ihnen kann sich unserem Willen widersetzen. Sie sind also nicht verantwortlich."

„Und doch haben wir es geschafft", jubilierte Inanna und sah zu Enki herüber. „Wir haben uns euch widersetzt."

„Und damit seid ihr einmalig", erwiderte Aja gelassen. „Es war tatsächlich nicht vorgesehen. Ein Fehler im System, ein Bug im Programm. Und es zeigt, das die Herren der Zeit keine Allmacht besitzen.

Wir haben versucht euch mit Entzug des Körpers wieder auf

Linie zu bringen, aber scheinbar – denn ihr steht ja hier als Rebellen vor uns – hat dieser Ansatz versagt. Es gibt wohl eine Kraft, die wir außer acht gelassen haben ..."

„Es ist die Liebe!", bemerkte Enki lächelnd.

Zum ersten Mal brauchte Aja eine Weile, bevor es etwas entgegnen konnte.

„Vielleicht ist es diese sogenannte Liebe, ja. Wir arbeiten noch an einer genauen Analyse der Vorgänge und werden zu geeigneter ..."

„Gebt uns unsere Körper zurück!", unterbrach Inanna mit lauter Stimme und brachte damit Aja zum Schweigen.

„Wir bitten darum", fügte Enki etwas sanfter hinzu.

Wiederrum schien es Aja die Sprache verschlagen zu haben. Es stand dort uns grinste dümmlich, seine Augen starr geradeaus gerichtet. Es war, als wäre es nicht anwesend, als wäre sein Geist aus seinem Leib gefahren.

Dann – alle Blicke waren jetzt auf es gerichtet – kehrte Leben in sein Gesicht zurück und es sagte:

„Natürlich."

Nur dieses eine Wort. Aber es ließ die Herzen von Inanna und Enki in der Brust klopfen wie ein großer Schmiedehammer. Blut rauschte wieder hörbar durch ihre Ohren, und als sie sich bei den Händen fassten spürten sie die Wärme des anderen.

Es war ein Wunder und es war einfach so geschehen. Tränen rollten über ihre Wangen, Tränen, welche sie echt fühlten.

Wie durch einen Nebel hindurch fanden sich ihre Lippen, und der aufgestaute Schmerz der letzten Jahre entzündete sich als süßes Feuer, das so wohltuend brannte. Und niemals verlöschen würde. So sicher waren sie einander.

Die Blicke der anderen waren auf sie gerichtet, sahen dieses eng umschlungene Paar, das scheinbar unbeeindruckt, abgekoppelt von der Umgebung, dem Universum, für ewig dort hingemeißelt stand.

Es dauerte, aber nach ein paar Augenblicken schafften es Inanna und Enki sich aus ihrer Umklammerung zu befreien und zu den anderen zurückzukehren. Ihre Hände hielten sie weiterhin fest. Ein Minimum den Drang sich nur noch mit sich selbst zu beschäftigen, regelrecht übereinander herzufallen, wenigstens gemäßigt zu kanalisieren.

Bea Bolz schmunzelte. Ihre Augen richteten sich auf Liam, und er erwiderte ihren Blick. Sie lächelten ... und verstanden. Partner in Gedanken.

Bini Bernson fand als erster seine Fassung wieder. Er beherbergte einen logischen Geist, wusste, dass sie die Zeit, die fast unglaubliche Anwesenheit Ajas nutzen mussten, bevor der Moment der Gelegenheit verstrichen war.

„Ihr sagtet, ihr hättet auf der Erde eure Saat hinterlassen?", fragte er. Seine Stimme zerbrach das Zuckerglas. „Wären Menschen nie entstanden, wenn das nicht geschehen wäre?"

„Das lässt sich nicht beantworten", wandte sich ihm Aja zu. „Die Chance, dass auf der Erde intelligentes Leben entstand war von Beginn an groß. Wir beabsichtigten lediglich diese Wahrscheinlichkeit zu erhöhen. Die Erde hatte ein naturgegebenes Potential. Deshalb wurde sie von den Herren der Zeit ausgewählt."

„Hm", machte Bernson. Die Antwort war nicht wirklich befriedigend, aber mehr ließ sich hier wohl nicht erfahren.

Jetzt drängte sich Preeti Prakash nach vorn. Ihre Stimme klang aufgeregt, als sie fragte:

„Es ist aber möglich, dass ihr die Menschheit erst geschaffen habt?"

„Nein", antwortete Aja. „Die Erde hat den Menschen geschaffen, die Natur, die Bewusstsein aus sich selbst heraus schöpft. Wir haben nur ein wenig nachgeholfen, wenn man das so vereinfacht sagen kann.

Wir haben manchmal geleitet, wie man einen Baum beschneidet. Aber wo und wie die Äste wachsen haben wir nicht unter Kontrolle. Wir sind keine Götter."

Prakash schluckte. Ihre Hoffnung zerplatzte. Wie sehr hatte sie sich in ihrem erlebten Chaos eine führende Ordnung gewünscht, aber die Ewig Lebenden waren als Götter wohl nicht geeignet. Das musste sie sich eingestehen. Ein Eingeständnis begleitet von großem Verlust.

Ein Gefühl großer Enttäuschung ergriff und füllte sie. Fast hätte sie geweint. Alles, woran sie in ihrem Leben geglaubt hatte, löste sich auf wie ein verbranntes Papier. Zu Asche.

Nur mit Mühe bewahrte sie ihre Fassung, die sie vor den anderen auf keinen Fall verlieren wollte, und trat einen paar Schritte zurück.

Dabei stieß sie beinahe mit Inanna und Enki zusammen, die

einander fest umschlungen hielten und dem weiteren Geschehen nicht mehr viel Aufmerksamkeit zu schenken schienen.

„Wie geht es nun weiter?", fragte Liam.

„Es geht so weiter wie bisher."

Aja wirkte mit einem Mal etwas größer, stattlicher. Es fuhr fort:

„Unser Zusammentreffen hier, wurde von euch erzwungen. Niemals hätten die Herren der Zeit sich euch offenbart. Und das wird sich im Weiteren auch nicht ändern. In dieser Epoche wird die Menschheit von uns nur beobachtet. Die Zukunft ist allerdings offen."

„Es gibt also keine Versprechungen, keine Garantien auf Nichteinmischung?", wollte Liam wissen.

Aja lächelte freundlich und schwieg. Erst nach ein paar Sekunden sagte es:

„Euer Schiff, die Moira ist, während wir hier miteinander geredet haben, soweit repariert worden, dass ihr es zurück ins Imperium Humanum schaffen werdet …

Ihr hoffe auf eine für alle gesegnete Zukunft … Lebt wohl!"

Mit diesen, seinen letzten Worten, löste sich Aja langsam auf und war schließlich gänzlich verschwunden. Dabei waren noch so viele Fragen unbeantwortet geblieben.

Addendum

Alle Ereignisse geschehen aus sich heraus, finden statt, geboren aus Chaos, das die Regeln vorgibt. Im Imperium Humanum ging alles seinen gewohnten Gang. Raumschiffe transportierten Waren, Güter und Passagiere, verbanden die Welten, zerstreut in der Galaxis. Menschen liebten und hassten sich, handelten und träumten, waren zerrissen zwischen der Idealwelt und den herrschenden Gesetzen der Natur.

Die Nachrichten über die Begegnung mit den Ewig Lebenden, waren seit der Rückkehr der Moira im Netz heftig diskutiert worden. Es wurden viele Antworten dargeboten, einige widersprüchlich, andere absurd, geprägt von übertriebener Paranoia. Aber man konnte sich nicht auf eine eindeutige Deutung einigen. Die ganze Diskussion endete zerfasert. Und da die Ewig Lebenden wieder verschwanden, verebbte langsam auch das Interesse der Menschheit. Bis auf einige wenige Wissenschaftler und Philosophen, die sich noch Jahrhunderte mit dem Ereignis beschäftigen sollten, gingen die meisten Bewohner des Imperium Humanum wieder ihren profanen Tagesgeschäften nach. Es musste schließlich geliebt, gelebt, gestritten und versöhnt werden, damit die Gemeinschaft der Menschen auch weiterhin existieren konnte.

Und so verstrich ein weiterer Tag im Imperium Humanum. Zukunft ungewiss!

Genesis 2.0

Ich nahm Inannas Hand und hielt sie fest umklammert. Unsere Blicke wanderten über die Küstenlandschaft, die sich von unserem Standpunkt – einer Klippe hoch über dem Meer – unter uns ausbreitete. Ich spürte den Wind in meinen Haaren, die nun unveränderlich die meinen waren. Ich roch den salzigen Duft der Brandung mit meiner Nase, die endgültig ihre Form angenommen hatte. Ich fühlte meinen Körper und Inannas warme Handfläche. Ich war so unendlich glücklich, so erfüllt und beseelt wie in vielen erlebten Jahrhunderten nicht mehr. Ich wusste kaum wohin mit den Schüben von Glückseligkeit. Unserer Aufgabe von den Herren der Zeit entledigt, waren wir endlich frei!

So lange hatten wir die Menschheit begleitet, hatten sie im Auftrag unserer Herren manipuliert, nun waren wir endlich ein Teil von ihnen geworden. Wir gehörten jetzt dazu, waren sterblich, konnten unser eigenes Schicksal beeinflussen. Wir hatten uns dem Strom der Geschichte angeschlossen, hatten ein Zuhause, statt hinter den Kulissen des Welttheaters zu stehen.

Inanna und ich waren angekommen. Obwohl unser Ursprung so anders war, als die aller anderen Menschen, waren wir doch eins.

Hier standen wir nun, auf einer Klippe am Meer, auf der fast entvölkerten Erde, die die Geburtsstätte aller Träume und Hoffnungen gewesen war. Hatte sich aus der Wiege etwas entwickelt? Waren die Menschen im Laufe der Jahrtausende klüger, besser oder sogar anders geworden? Hatten sie eine

Zukunft?

All diese Fragen sah ich mich nicht in der Lage zu beantworten, obwohl ich alle Facetten der Geschichte leibhaftig erlebt hatte. Nach all den Ereignissen, mit all meiner gesammelten Erfahrung, wusste ich nicht wie der Weg weiter ging, und wohin. Vielleicht wussten es die Herren der Zeit, wahrscheinlich aber nicht. Ehrlich gesagt, wollte ich es auch nicht mehr wissen. Mir reichte Inanna an meiner Seite, den Duft ihres Haares zu riechen, ihre Haut zu berühren und mit ihr über die unterschiedlichsten Dinge zu sprechen. Dabei hatte ich nicht nur das Gefühl sie eine Ewigkeit zu kennen. Dies war eine Tatsache. Wir hatten viel zu besprechen.

Vielleicht fanden wir eines Tages wirklich alle Antworten auf alle Fragen. Es war immerhin nicht ausgeschlossen, obwohl uns nur noch wenig Zeit blieb, denn wir waren sterblich. Uns blieb nur ein Menschenleben, die Legitimation der Menschheit, einen Sinn in allem, zu finden. Der Tod als großer Gleichmacher, als Chance für die Nachkommenden neue Wege zu beschreiten; für uns hatte er seinen Schrecken verloren, wenn wir ihn jemals gefürchtet hatten. Inanna und ich hatten uns für die Ewigkeit, denn nach uns kam nichts. Wir waren sterblich und glücklich.

Ich blickte Inanna an und küsste sie.

„Wir sind zurückgekehrt."

„Ja", erwiderte Inanna und lächelte. „Hier werden wir neu beginnen. Ein echtes Menschenleben ... Ich verstehe Pinocchio und sein Verlangen."

Ich lachte.

„Eine uralte Legende der Menschen! Wir haben sie gelebt ...“

„Und sind doch nicht schlauer geworden.“

Inanna drückte mir einen Kuss auf die Lippen.

Oh, wie groß war das Wohlbehagen.

Vom selben Autor bereits bei Tredition erschienen:

Kolonie - Aufbruch ins Ungewisse

Die Armada – Wie das Raumschiff des Weisen gefunden wurde

Zeitfracht Medien GmbH
Ferdinand-Jühlke-Straße 7
99095 Erfurt, Deutschland
produktsicherheit@kolibri360.de